DIANA PALMER
Corazones heridos

Editado por Harlequin Ibérica.
Una división de HarperCollins Ibérica, S.A.
Núñez de Balboa, 56
28001 Madrid

© 2004 Diana Palmer. Todos los derechos reservados.
CORAZONES HERIDOS, Nº 9
Título original: Renegade
Publicada originalmente por HQN Books
Traducido por Cristina de la Cerda Caraballo

Editor responsable: Luis Pugni

Todos los derechos están reservados incluidos los de reproducción, total o parcial. Esta edición ha sido publicada con permiso de Harlequin Enterprises II BV.
Todos los personajes de este libro son ficticios. Cualquier parecido con alguna persona, viva o muerta, es pura coincidencia.
™ TOP NOVEL es marca registrada por Harlequin Enterprises Ltd.

®™ son marcas registradas por Harlequin Enterprises Limited y sus filiales, utilizadas con licencia. Las marcas que lleven ™ están registradas en la Oficina Española de Patentes y Marcas y en otros países.

I.S.B.N.: 84-671-3146-2

1

Era lunes por la mañana, y no había mucho movimiento en la comisaría de policía de Jacobsville, Texas. Tres agentes estaban sirviéndose café en la mesita que había en el área de recepción. El subjefe de policía del condado había pasado por allí para entregar una orden judicial. Un vecino de la localidad estaba escribiendo una declaración contra un delincuente que acababa de llevar detenido uno de los agentes. La secretaria no estaba en su puesto.

—¡Se acabó! ¡Estoy harta! No tengo por qué trabajar aquí. Están buscando gente para el supermercado, ¡y voy a ir ahora mismo a presentar mi solicitud!

Los gritos de la secretaria hicieron que todas las cabezas se giraran. Se oyó después al jefe de policía farfullar una escueta respuesta, y a continuación el estruendo de un objeto metálico al golpear el suelo.

Al final del pasillo apareció una adolescente furiosa con el cabello corto y de punta, minifalda y una blusa con mucho escote. Sus ojos lanzaban llamaradas, y sus pendientes largos tintineaban con cada zancada que daba.

Los agentes se apresuraron a hacerse a un lado. La chica fue hasta su mesa, tomó su abultado bolso, y se dirigió hacia la puerta.

Justo cuando tenía la mano sobre el picaporte salió al pasillo Cash Grier, el jefe de policía, un hombre alto, moreno, y guapo. Su cabello, sus pantalones y su camisa estaban salpicados generosamente con posos de café, trizas de papel y un par de hojitas de Post-it, de su larga coleta pendía otra más, y en el empeine de uno de sus relucientes zapatos negros había pegado un pañuelo de papel.

—¿Es por algo que haya dicho? —le preguntó.

La adolescente, que llevaba las uñas y los labios pintados de negro, gruñó y salió dando un portazo.

A los agentes les estaba costando tanto trabajo contener la risa, que parecía que les hubiera entrado un ataque de tos. El hombre que estaba escribiendo la declaración, en cambio, no fue capaz de disimular, y prorrumpió en tales carcajadas, que tuvo que agarrarse los costados.

Cash lanzó una mirada furibunda a sus compañeros.

—Adelante, reíos. Me da igual que se vaya. Ya encontraré otra secretaria.

Judd Dunn, su ayudante, que estaba apoyado en el mostrador, lo miró malicioso.

—Ésa era la segunda desde que te nombraron jefe de policía.

—Por amor de Dios, ¡trabajaba en una tienda de alimentación antes de venir aquí! —masculló Cash, sacudiéndose el uniforme con la mano—. Si consiguió este empleo fue sólo porque su tío, Ben Brady, es el alcalde en funciones, y porque me dijo que, si no la contrataba, el ayuntamiento no nos financiaría los nuevos chalecos antibalas que necesitamos —añadió, resoplando enfadado—. ¡Menudo pájaro! No estaría en el puesto en el que está si a Jack Herman no le hubiera dado ese ataque al corazón que lo ha hecho retirarse de la política. No tengo más remedio que aguantarlo hasta las elecciones de mayo.

Judd lo escuchó sin hacer comentario alguno, y Cash, con el ceño fruncido, siguió despotricando del alcalde en funciones.

—Estoy deseando que lleguen las elecciones, lo juro —farfulló—. Brady me pone enfermo con eso de que me saco casos de tráfico de drogas de donde no los hay, y además se niega a escuchar ninguna de mis ideas para mejorar nuestro departamento. Dicen que Eddie Cane va a presentar su candidatura contra él.

—Fue el mejor alcalde que hemos tenido —comentó Judd—. Estoy seguro de que ganará.

—¿El mejor, dices? Lástima que tengamos que esperar a mayo para votarle y echar a Brady —dijo Cash, contrayendo el rostro al tirar del Post-it pegado en su coleta—. Si se le ocurre proponer a otra secretaria para reemplazar a su sobrina, dimito.

—Pues tendrás que darte prisa en encontrar tú a una antes de que lo haga —apuntó Judd—... si es que logras encontrar a alguien en su sano juicio que quiera trabajar para ti.

—¿Y qué sugieres? —le espetó Cash—, ¿que ponga un anuncio en el periódico, para que venga una avalancha de mujeres ansiosas por estar en la misma habitación que yo, y muramos aplastados?

—Quizá deberías tomarte unos días libres y relajarte un poco —fue el consejo de Judd—. Dentro de nada llegarán las vacaciones de Navidad —añadió mirándolo fijamente—. Podrías irte a algún sitio, cambiar de aires unos días.

Cash enarcó una ceja.

—Ya cambié de aires el mes pasado, cuando fui contigo a ese estreno en Nueva York.

—Y Tippy dijo que podías volver a verla cuando quisieses —apuntó Judd con una sonrisa maliciosa. La Tippy de la que hablaba no era otra que Tippy Moore, la «luciérnaga de Georgia», una famosa modelo que se había pasado al mundo del cine—. A su hermano pequeño le caíste bien, y aunque estudia interno en esa academia militar, seguro que vuelve a casa para pasar las vacaciones con ella.

Cash sopesó la posibilidad con cierta reticencia. Tras descubrir que la modelo no era la mujer superficial, la vampiresa que había creído que era, había empezado a sentirse peligrosamente atraído por ella. Y es que sus vulnerabilidades le resultaban más seductoras que el descarado flirteo que había empleado con él en un principio.

—Bueno, supongo que podría llamarla y preguntarle si lo de esa invitación iba en serio —dijo.

—Buen chico —dijo Judd, acercándose y dándole una palmadita en el hombro—. Puedes tomar el primer vuelo que salga para allá, y yo ocuparé tu mesa como jefe en funciones.

Cash lo miró suspicaz.

—Esto no tendrá nada que ver con ese coche patrulla con el que llevas tanto tiempo dándome la lata, ¿verdad? Hay una junta en el ayuntamiento la semana que viene...

—La pospondrán para después de las fiestas —le aseguró Judd—. Además, jamás intentaría convencer al ayuntamiento para que nos subvencionen un coche patrulla que tú no quieres. En serio.

Cash no se fiaba un pelo de la sonrisa deslumbrante que había en su rostro. Judd era como él: raramente sonreía, y cuando lo hacía solía ser porque estaba tramando algo.

—Y por supuesto tampoco buscaré a otra secretaria antes de que vuelvas —añadió, rehuyendo los ojos de Cash.

—Ajá, así que de eso se trata —dijo Cash de inmediato—. Tienes a alguien en mente. Piensas colocarme a alguna mujer coronel jubilada, o a otra de esas paranoicas que creen en la teoría de la conspiración, como esa secretaria que tuvimos cuando mi primo Chet Blake ocupaba el puesto que yo ocupo ahora.

—No conozco a ninguna paranoica —dijo Judd con aire inocente.

—¿Ni a ninguna mujer ex coronel?

Judd se encogió de hombros.

—Bueno, tal vez a una o dos. Eb Scott tiene una prima...

—¡Ni se te ocurra!

—Pero si no la conoces...
—¡Ni quiero conocerla! Aquí el que manda soy yo. ¿Ves esto? —dijo Cash señalando su placa—. Mi misión es lidiar con el crimen, no con mujeres mayores.
—Bueno, ésta no es mayor... exactamente
—Contrata a una nueva secretaria antes de que vuelva, y la despediré en cuanto aterrice mi avión de regreso —le advirtió Cash—. De hecho, pensándolo bien, creo que será mejor que no vaya a ninguna parte.
Judd se encogió de hombros.
—Como quieras —dijo estudiando sus limpias uñas—, pero he oído que la hermana del comisario de urbanismo te tiene echado el ojo, y puede que le pida al alcalde en funciones una recomendación para el puesto.
Cash se sintió como un conejo perseguido por un perro de caza. El comisario de urbanismo, un hombre bueno y afable, tenía en efecto una hermana. Tenía treinta y seis años, se había divorciado dos veces, llevaba blusas semitransparentes, y pesaba al menos cuarenta kilos de más. El comisario era además el mejor dentista en muchos kilómetros a la redonda, y de todos era sabido que adoraba a su hermana. Demasiada presión incluso para un ex miembro de las Fuerzas de Operaciones Especiales del ejército de los Estados Unidos en una ciudad tan pequeña como Jacobsville.
—¿Cuándo podría empezar la ex coronel? —inquirió, apretando los dientes.
Judd se echó a reír.
—En realidad no conozco a ninguna ex coronel que quiera trabajar para ti, pero estaré al tanto por si se presenta alguna —respondió, moviéndose a tiempo para esquivar la patada de giro que le lanzó Cash—. ¡Oye, que soy oficial de policía! Si me pegas, estarás incurriendo en un delito.
—No si lo hago en defensa propia —farfulló Cash, dándole la espalda y dirigiéndose de regreso a su despacho.

—Mis abogados se pondrán en contacto contigo —le dijo Judd con mucha guasa mientras se alejaba.

Cash le lanzó un gesto insultante por encima de la cabeza.

Sin embargo, cuando estaba a solas en su despacho, con la papelera de nuevo en su sitio, y la basura dentro y no desperdigada por el suelo, Cash se quedó pensando en lo que Judd le había dicho. Quizá tuviera razón; en los últimos días había estado un poco susceptible y tal vez unos días libres podrían ayudarlo a estar algo menos... irritable. Lo cierto era que los dos bebés que habían tenido Judd y Chrissy se habían convertido para él en un doloroso recordatorio de la vida que había perdido.

¿Y si fuera a visitar a Tippy, como le había sugerido Judd? Rory, el hermano de nueve años de la joven, lo idolatraba, y en comparación con el modo en que solía tratarlo la gente: con curiosidad, con respeto, e incluso con miedo, ...sobre todo con miedo, la admiración del pequeño le resultaba inusual y agradable.

Además, el chico no tenía ningún referente masculino en su entorno, a excepción de sus amigos en la academia militar. ¿Qué podría haber de malo en que pasara algún tiempo con él? Después de todo, no tenía que contarles a Tippy ni a él la historia de su vida. Cash contrajo el rostro, recordando la única vez en la que había hablado con alguien de su pasado.

Se sentó tras su escritorio, y se sacó un listín telefónico del bolsillo. Buscó en él un número de Nueva York, levantó el auricular del inalámbrico, y lo marcó.

Esperó dos tonos, tres, cuatro... Profundamente decepcionado, iba a colgar ya, cuando de pronto se oyó al otro lado de la línea una voz suave y seductora: «En este momento no estoy en casa. Por favor, deja un mensaje y tu número, y me pondré en contacto contigo». A continuación sonó un pitido.

—Soy Cash Grier —dijo Cash.

Comenzó a recitar su número de teléfono, pero lo interrumpió aquella misma voz del contestador:

—¡Cash!

Parecía sin aliento, como si se hubiese lanzado a por el teléfono antes de que pudiera colgar. Halagado, Cash prorrumpió en una suave risa.

—Sí, soy yo. Hola, Tippy.

—¿Cómo estás? —le preguntó ella—. ¿Aún sigues en Jacobsville?

—Aquí sigo. Sólo que ahora soy jefe de policía. Judd abandonó el cuerpo de los Texas Rangers, y trabaja conmigo como ayudante —añadió de mala gana. Tippy había estado locamente enamorada de Judd, igual que él lo había estado, tiempo atrás, de su esposa, Christabel.

—¡Cuánto han cambiado las cosas! —suspiró ella—. ¿Y cómo está Christabel?

—Muy feliz —respondió Cash—. Judd y ella han tenido gemelos.

—Lo sé. Hablé con ellos el día de Acción de Gracias —le confesó Tippy—. Un niño y una niña, ¿verdad?

—Jared y Jessamina —asintió él sonriendo. Los mellizos le habían robado el corazón cuando había ido a verlos al hospital. Era padrino de ambos, pero Jessamina era su favorita, y no se esforzó siquiera por disimularlo—. Jessamina es una auténtica muñequita. Tiene el pelo negro como el azabache, y los ojos del azul más profundo. Aunque seguramente cambiarán cuando crezca, claro.

—¿Y Jared? —quiso saber ella, divertida ante esa fascinación que parecía sentir por la pequeña.

—Igualito que su padre —respondió Cash—. Jared les pertenece, pero Jessamina es mía. Así se lo dije. Varias veces

—añadió con un suspiro—. Pero no me sirvió de nada, evidentemente, porque no quieren dármela.

Tippy se echó a reír. Su risa sonaba como cascabeles de plata en una noche de verano, y su voz era sin duda uno de sus mayores encantos.

—¿Y a ti?, ¿cómo te va? —le preguntó Cash.

—Estoy trabajando en una nueva película —contestó ella—, pero hemos parado el rodaje para poder pasar todos las Navidades en casa. Y no sabes cómo me alegro, porque la película tiene bastantes dosis de acción, y no estoy en forma. Tendré que entrenar más si quiero hacerlo bien.

—¿De acción, dices?

—Sí, ya sabes: volteretas, saltar de trampolines, lanzarme desde sitios altos, artes marciales... esa clase de cosas —explicó ella en un tono cansado—. Tengo cardenales por todo el cuerpo. A Rory le va a dar algo cuando me vea. Siempre anda diciéndome que ya no tengo edad para hacer esas cosas.

—¿Que ya no tienes edad? —repitió él incrédulo, pues sabía que sólo tenía veintiséis años.

—Para él soy una vieja, ¿no lo sabías? —le contestó ella—. Tendría que ir por ahí con un bastón.

—Pues no quiero ni imaginarme cómo debe verme a mí, que te llevo doce años —dijo él riendo—. ¿Va a pasar las Navidades contigo?

—Claro. Vuelve a casa cada vez que tiene vacaciones. Tengo un piso pequeño pero acogedor cerca de la calle cinco en el sur del distrito East Village. Y la zona está bien: hay una librería, una cafetería... La verdad es que es un sitio muy agradable para ser parte de una gran ciudad.

—No lo dudo, aunque a mí me gustan más los espacios abiertos.

—Lo sé. No tienes que decirlo —contestó ella. Vaciló un instante—. ¿Tienes problemas o algo así?

Cash se sintió extraño.

—¿A qué te refieres?

—¿Necesitas que haga algo por ti? —insistió ella.

Cash no supo muy bien cómo debía responderle. Nadie le había ofrecido nunca ayuda.

—Estoy bien —contestó en un tono brusco.

—Entonces... ¿para qué me has llamado?

—No te he llamado porque quisiera nada —dijo, con más aspereza de la que pretendía—. ¿Tanto te cuesta creer que te haya llamado sólo porque quería saber cómo te iba?

—La verdad es que sí —admitió ella—. Cuando estuvimos filmando en Jacobsville no le caí muy bien a la gente. Y menos a ti.

—Pero eso fue antes de que dispararan a Christabel —le recordó él—. La impresión que tenía de ti dio un giro de ciento ochenta grados en el momento en que te quitaste aquel suéter tan caro que llevabas sin pensarlo dos veces y lo usaste para aplicar presión en su herida. Aquel día te ganaste la simpatía de muchas personas.

—Gracias —murmuró Tippy tímidamente.

—Escucha, estaba pensando ir a pasar unos días a Nueva York antes de Navidad —le dijo Cash—. ¿Lo de la invitación iba en serio? Podríamos salir por ahí Rory, tú, y yo.

—¡Oh, Cash, eso sería estupendo! —contestó ella al instante, muy ilusionada—. Verás cuando Rory se entere; se pondrá contentísimo.

—¿Está ahí contigo?

—No, aún está en Maryland, en la academia, y tengo que ir a recogerlo yo. No puede marcharse sin que yo vaya a por él y firme en el registro. Lo dispusimos así para evitar que nuestra madre vaya y se lo lleve para sacarme dinero —le explicó con amargura—. Sabe que estoy ganando bastante, y su novio y ella serían capaces de hacer cualquier cosa con tal de conseguir dinero para drogas.

—¿Y si fuera yo a recogerlo y lo llevará conmigo a Nueva York?

Tippy vaciló.

—¿Harías... harías eso por mí?

—Claro. Haré fotocopias de mi documentación y las enviaré por fax a la academia. Tú sólo tendrás que llamar al director y decirle que tengo tu autorización para llevarme al chico. Y Rory me reconocerá.

—Se va a poner contentísimo —repitió Tippy—. No ha dejado de hablar de ti desde que te conoció en el estreno de mi película el mes pasado.

—A mí también me cayó bien. Es un chico honesto.

—Siempre le he dicho que la honestidad es el rasgo más importante en el carácter de una persona —le explicó ella—. Me han mentido tantas veces a lo largo de mi vida, que no hay otra cosa que valore más —añadió quedamente.

—Sé lo que es eso —respondió él—. Bueno, había pensado salir mañana. Dime cómo llegar a la academia militar de Rory, la dirección de tu piso, a qué hora quieres que estemos ahí... ¡y yo me encargaré del resto!

A Judd le hizo mucha gracia ver el cambio de humor en Cash y su animación después de hablar con Tippy.

—Últimamente no sonreías demasiado —le dijo—. Me alegra comprobar que no has olvidado cómo se hace.

—El hermano de Tippy está todavía en la academia, y me he ofrecido a ir yo mismo a recogerlo y llevarlo a casa —anunció Cash.

—¿Aguantará tu camioneta todo el camino hasta Nueva York? —lo picó Judd.

Cash había comprado aquella camioneta negra a un precio razonable y le daba buen servicio, pero ya no estaba para muchos viajes.

Cash vaciló, como reticente a revelarle lo que le reveló a continuación.

—Tengo un coche —le dijo—. Lo guardo en un garaje de

Houston. No lo conduzco muy a menudo, pero me preocupo de mantenerlo en buen estado por si tengo que usarlo.

—¿Qué clase de coche es? —inquirió Judd—. Me pica la curiosidad.

—Pues... un coche, igual que los demás —respondió Cash, encogiéndose de hombros. Le daba vergüenza decirle qué clase de coche era en realidad. No tenía por costumbre hablar de sus finanzas—. No es nada especial. Escucha, ¿estás seguro de que podrás encargarte de todo en mi ausencia?

—He sido un Texas Ranger. ¿Tú qué crees?

Cash sonrió con malicia.

—Ya, pero éste es un trabajo duro de verdad.

Se apartó justo a tiempo para esquivar una patada bien merecida en el trasero.

—Espera y verás —lo amenazó Judd, con un brillo divertido en los ojos—. Te buscaré a la secretaria más fea al este del río Brazos.

—Te creo capaz —contestó Cash—. Bueno, al menos asegúrate de que no sea tan quisquillosa como la sobrina punki del alcalde.

—Por cierto, ¿por qué ha dimitido exactamente?

Cash exhaló un suspiro.

—La enfadó que le prohibiese tocar en el fichero. No podía decirle que era porque había metido ahí temporalmente a Mikey, mi cría de pitón, así que le dije que guardaba allí material secreto sobre avistamientos de platillos volantes.

—Y entonces fue cuando te volcó la papelera sobre la cabeza —adivinó Judd.

—No, eso fue después —replicó Cash—. Le dije que el fichero estaba cerrado con llave por un buen motivo, y que se mantuviera alejada de él. Salí un momento a hablar con uno de los chicos, y ella aprovechó para forzar la cerradura con su lima de uñas. Mikey se había salido de su jaula, y estaba encima de las carpetas cuando abrió el cajón. Pegó un chillido, y cuando volví corriendo a ver qué pasaba, me lanzó unas esposas y me acusó de haberla puesto ahí a propósito para darle un escarmiento.

—Eso explica el grito que oí —dijo Judd—. Ya te advertí que no era buena idea meterla en el fichero.

—Iba a ser sólo por hoy —se defendió Cash—. Bill Harris me la dio esta mañana y no había tenido tiempo de llevarla a casa. Si la metí ahí fue para no asustar a nadie, y luego llevármela cuando acabara la jornada. Y después de lo que ha pasado te aseguro que me la voy a llevar —añadió indignado—, porque no quiero que me la traumaticen más de lo que ya lo está.

—A la sobrina del alcalde le dan miedo las serpientes... ¡imagínate! —murmuró Judd con incredulidad.

—Sí, la verdad es que cuesta creerlo —tuvo que admitir Cash—. Con esas pintas que lleva, es ella la que da miedo.

—¿No le habrás dado razones para que nos demande, verdad? —le preguntó su amigo.

Cash sacudió la cabeza.

—Sólo mencioné que tenía al padre de Mikey en el otro fichero, y le pregunté si quería conocerlo. Entonces fue cuando dimitió —respondió sonriente—. Si despides a un empleado, el ayuntamiento tiene que pagarles el subsidio por desempleo, pero si dimite voluntariamente no, así que le di un empujoncito para ayudarla a dimitir —añadió con una sonrisa maliciosa.

—No te tenía por un tipo maquiavélico... —dijo Judd, intentando no reírse.

—No ha sido culpa mía. Estaba encaprichada conmigo, y se había creído que si su tío le conseguía este empleo podría seducirme con esas minifaldas y esas blusas escotadas —replicó Cash irritado—. Tal vez debería haberla demandado por acoso sexual —añadió frunciendo el ceño.

—Oh, Ben Brady se habría puesto muy contento si hubieras hecho eso —dijo Judd en tono de burla.

—¿Qué quieres? Estoy harto de ser perseguido por secretarias.

—Ahora hay que llamarlas «auxiliares administrativas», no «secretarias» —lo picó Judd.
—¡Vete al cuerno!
—¿Ves?, por eso quiero que vayas a Nueva York.
—Tengo una mascota de la que cuidar —protestó Cash.
—Puedes dejar a Mikey con Bill Harris antes de marcharte. Seguro que no le importará cuidar de ella mientras estés fuera. En serio, necesitas esas vacaciones.

Cash suspiró y se metió las manos en los bolsillos.
—Por una vez estoy de acuerdo contigo —dijo, pero luego se quedó dudando—. Si llama su tío y pregunta por qué ha dejado el puesto...
—Puedes estar tranquilo. De mi boca no saldrá una sola palabra sobre lo de la serpiente —prometió Judd—. Sólo le diré que el ser acosado por una alienígena te estabas empezando a causar problemas mentales.

Cash le echó una mirada asesina y volvió al trabajo.

El día siguiente por la tarde Cash se presentaba en el despacho del comandante en la Academia Militar de Cannae, en Anápolis, Maryland. El nombre de la escuela, aludía a la vergonzosa derrota que había sufrido la poderosa Roma a manos de Aníbal, el guerrillero cartaginés.

El comandante, Gareth Marist, no era un desconocido para Cash, ya que había servido bajo su mando años atrás durante la operación «Tormenta del desierto» en Irak.

Se estrecharon la mano como si fueran hermanos, y en cierto modo lo eran por lo que habían pasado cuando habían atravesado las líneas del enemigo. Pocos hombres habían tenido que soportar lo que ellos habían soportado. Marist había logrado escapar. Cash no.

—Rory me habló de usted sin parar durante al menos diez minutos antes de que cayera en quien era —le dijo Marist—. Pero siéntese, siéntese. Me alegra volver a verlo, Grier.

Según tengo entendido ahora está trabajando en la policía, ¿no es así?

Cash asintió con la cabeza, dejándose caer en una de las dos sillas que había frente al escritorio del hombre uniformado. Más alto que él, Marist debía ser de su misma generación, pero ya tenía entradas.

—Soy jefe de policía en una pequeña ciudad de Texas.

—Es difícil renunciar a la vida militar —le dijo Marist—. Yo me sentí incapaz, y por eso pedí este destino, y no me arrepiento. Es un privilegio poder ayudar a moldear a los soldados del mañana. Y el joven Rory tiene un gran potencial, por cierto —añadió—. Es muy inteligente, y no se deja amedrentar por los chicos que le doblan la estatura. Ni siquiera los matones se atreven con él —dijo riéndose entre dientes.

Cash sonrió.

—Ya lo creo que es valiente. Y no se arredra en absoluto a la hora de decir lo que piensa.

—Y su hermana... —murmuró Marist, con un largo silbido—. Si no estuviera felizmente casado y tuviera dos críos a los que adoro, estaría arrastrándome de rodillas detrás de ella. Es realmente bonita, y se ve que quiere muchísimo al chico. Cuando lo trajo aquí para inscribirlo estaba muy asustada porque habían tenido problemas con su madre, pero no quiso explicarme de qué se trataba. Me mostró los papeles que le otorgaban la custodia del muchacho, y acordamos no permitir que esa mujer se acercase a él. Ni su supuesto padre —le explicó. Escrutó en silencio el rostro de Cash—. Imagino que no sabrá usted el porqué.

—Tal vez lo sepa —fue la contestación de Cash—, pero no tengo por costumbre divulgar secretos.

—Lo recuerdo —contestó Marist con una sonrisa forzada—. Era capaz de soportar la tortura y no revelar nada al enemigo. Sólo conocí a otro hombre capaz de resistir en esa clase de situaciones, y era un miembro del SAS, el regimiento aéreo de operaciones clandestinas del ejército británico.

—Estuvo conmigo —le dijo Cash—. Un tipo increíble. Volvió con su unidad justo después de que escapáramos, como si no hubiese ocurrido nada.

—También usted.

A Cash no le gustaba hablar de aquello, así que cambió de tema.

—¿Qué tal le van los estudios a Rory?

—Oh, muy bien. Está entre los diez mejores de la clase —le dijo Marist—. Y llegará a oficial, seguro —añadió con una sonrisa—. Se distingue fácilmente a los que tienen dotes de mando. Es algo que se ve muy pronto.

—Es verdad —asintió Cash. Ladeó la cabeza—. Su hermana... ¿ha tenido algún problema de tipo financiero para mantenerlo aquí? —inquirió.

El comandante suspiró.

—De momento no —dijo—, aunque por su profesión, como comprenderá, sus ingresos son bastante esporádicos. En un par de ocasiones hemos tenido que ampliarle el plazo de pago.

—Si hubiera otras ocasiones, ¿podría hacérmelo saber... sin decirle nada a ella? —le pidió Cash, sacando una tarjeta de visita de su billetera, y deslizándola por la mesa hacia él—. Considéreme como un familiar de Rory.

Marist vaciló.

—Escuche, Grier, las cuotas mensuales de este sitio son endiabladamente caras —comenzó—. Con el salario de un policía...

—Eche un vistazo al aparcamiento para ver mi coche.

—Ahí abajo hay un montón de coches —replicó el otro hombre, levantándose para ir a la ventana.

—Sabrá enseguida a cuál me refiero.

Hubo una pausa, y luego un silbido cuando Marist vio el impresionante Jaguar rojo hecho de encargo. Se volvió hacia Cash.

—¿Es suyo?

Cash asintió con la cabeza.
—Y lo pagué en efectivo —añadió con toda la intención.
Marist dejó escapar un suspiro.
—Es un diablo con suerte, Grier. Yo tengo una ranchera —le dijo. Regresó a su asiento tras el escritorio—. Por lo que veo en las Fuerzas de Operaciones Especiales pagan bien.
—En realidad no —replicó Cash—, pero antes de ingresar en ese cuerpo estuve haciendo otro tipo de trabajos —añadió—, pero es algo de lo que no hablo. Jamás.
—Lo siento. No era mi intención entrometerme.
—Tranquilo. Ya hace mucho tiempo de eso, pero supe invertir mis ganancias, como ha podido comprobar —respondió Cash sonriendo—. Bueno, ¿qué le parece si hace venir a Rory para que podamos ponernos en camino?
El comandante comprendió que para el otro hombre la charla había terminado.
—Claro —contestó, devolviéndole la sonrisa.

Rory entró en el despacho del comandante sin aliento y colorado de entusiasmo. Dos chicos lo acompañaban, pero se quedaron mirando en el pasillo.
—¡Hola, Cash! —lo saludó Rory con una amplia sonrisa—. Es genial que hayas venido a recogerme. ¿A qué hora sale nuestro tren?
—Vamos en coche —replicó Cash sonriéndole—; odio los trenes.
—Oh. Pues a mí me gustan —contestó Rory—. Sobre todo el vagón-restaurante. Tengo hambre a todas horas.
—Pararemos a comer algo antes de salir hacia Nueva York —le prometió Cash—. ¿Estás listo?
—Sí, señor. Tengo mi petate ahí fuera, en el pasillo. Mi hermana está como loca —le confesó con un placer malévolo—. Por lo que me ha dicho debe haber limpiado el apartamento al menos tres veces y haberle sacado brillo a todos

los muebles. Creo que incluso le ha preparado el cuarto de invitados.

—Vaya. Pues se lo agradezco, pero la verdad es que me gusta tener mi propio espacio —respondió Cash—, y ya he reservado una habitación en un hotel cercano.

El comandante se rió suavemente al oírlo decir eso. No había cambiado nada. Cash Grier siempre había sido muy correcto, y no pasaría una noche en el piso de una mujer soltera aunque cien personas pensasen que no había nada de malo en ello.

—Mi hermana también me dijo que probablemente no querría quedarse con nosotros —comentó Rory, sorprendiendo a Cash—, pero quería que pensase que es una buena ama de casa. Hasta ha estado ensayando para preparar ternera Stroganoff. Judd Dunn le dijo que a usted le gustaba.

—Es mi plato favorito —admitió Cash impresionado.

Rory sonrió.

—El mío también, me alegro de que le guste.

—Bueno, ¿dónde tengo que firmar para que podamos marcharnos? —le preguntó Cash a Marist.

—Un instante —respondió el comandante, sacando el libro del registro—. Páselo bien, Danbury —le dijo a Rory.

Cash frunció el ceño al oír ese nombre. Creía que el chico se apellidaba Moore, como Tippy.

Rory se echó a reír al advertir su sorpresa.

—Moore era el apellido de nuestra abuela, y Tippy empezó a usarlo como nombre artístico cuando comenzó a trabajar como modelo.

Curioso. Cash se preguntó por qué lo habría hecho, pero no era el momento de ponerse a hacer preguntas. Firmó en el registro para poder llevarse al chico, estrechó la mano a los amigos de Rory, que parecían igual de fascinados con él, y salieron del edificio.

Rory se quedó de piedra cuando Cash apretó un botón

del llavero que tenía en la mano y se abrió el maletero de un flamante Jaguar rojo.

—¿*Ése* es su coche? —exclamó boquiabierto.

—Ése es mi coche —repitió Cash sonriendo. Arrojó dentro del maletero el petate del chico y lo cerró—. Hala, sube y vámonos.

—¡Sí, señor! —contestó Rory al momento.

Antes de meterse en el coche se despidió con la mano de sus amigos, que estaban observándolos desde la ventana del despacho del comandante. Cuando Cash arrancó y salieron del aparcamiento, tenían la nariz pegada al cristal.

Antes de llevar a Rory al piso de Tippy en Manhattan, en el sur del distrito East Village, Cash paró un momento en el hotel donde había reservado habitación para registrarse y dejar las maletas.

Minutos después aparcaban frente a la casa de pisos donde vivía Tippy. Llamaron al portero automático para que los dejara subir, y cuando llegaron arriba ella estaba esperándolos en la puerta. Cash apenas la reconoció, al verla allí de pie vestida con unos vaqueros y un suéter amarillo, y el largo cabello rubio rojizo cayéndole sobre la espalda.

Con aquel atuendo informal y sin maquillaje alguno, parecía una persona distinta de la sofisticada y deslumbrante actriz al estreno de cuya última película había ido Cash el mes anterior.

Se alisó nerviosa el cabello con una mano, y se echó hacia atrás sonriente, abriendo la puerta del todo.

—Pasad —les dijo—. Espero que traigáis hambre. He hecho ternera Stroganoff.

Cash enarcó las cejas.

—Es mi plato favorito. ¿Cómo lo sabías? —le dijo con una mirada maliciosa en sus ojos castaños.

Tippy se aclaró la garganta, y Rory intervino en su auxilio.

–También es el mío –dijo riendo–. Siempre me lo prepara para cenar el día que vuelvo a casa.

Cash se rió suavemente.

–¡Vaya manera de ponerme en mi sitio!

Tippy estaba mirando detrás de él.

–¿No traes maletas? Había preparado el cuarto de invitados.

–Gracias, pero he reservado una habitación en un hotel del centro; en el Hilton –contestó él con una cálida sonrisa–. Me gusta tener mi propio espacio.

–Oh. Ya veo –contestó ella, riéndose vergonzosa antes de volverse hacia Rory para darle un abrazo–. No sabes la alegría que me da tenerte en casa por Navidad –le dijo–. Me han dicho que has sacado muy buenas notas.

–Es verdad –asintió él.

–Y que te castigaron por pegarte con un compañero –añadió Tippy enarcando una ceja.

Rory carraspeó.

–Un chico mayor me llamó algo que no me gustó nada.

–¿Ah, sí?, ¿el qué? –inquirió ella, cruzando los brazos cruzados sobre el pecho y mirándolo sin parpadear.

Los ojos de Rory relampaguearon furiosos.

–Me llamó bastardo.

Los ojos verdes de Tippy relampaguearon también.

–Espero que ganaras la pelea.

Rory sonrió enseñando los dientes.

–Lo hice. Ahora somos amigos –dijo. Echó una mirada a Cash, que estaba siguiendo la conversación entre ambos con interés–. Ningún otro chico se había atrevido a plantarle cara. Iba camino de convertirse en un abusón, pero lo he salvado de ese terrible destino.

Cash se echó a reír.

–Bien por ti.

Tippy se echó el cabello hacia atrás.

–¿Qué tal si cenamos? –les propuso–. Hoy me he saltado

el almuerzo y estoy muerta de hambre —añadió, llevándolos a la pequeña pero acogedora cocina, donde la mesa estaba ya dispuesta.

Sobre el mantel bordado había tres servicios con coloridos platos, elegantes copas de cristal, y cubiertos de plata. Tippy sacó una jarra de leche del refrigerador, y llenó dos vasos.

—¿Podrías servirme otro a mí? —le pidió Cash, deteniéndose junto a una de las sillas—. Me gusta la leche.

Tippy dio un ligero respingo y se volvió para mirarlo.

—Iba a ofrecerte un whisky...

Las facciones de Cash se tensaron.

—No tomo bebidas fuertes. Jamás.

El desconcierto de Tippy no podría haber sido mayor.

—Oh —musitó aturullada, dándole de nuevo la espalda.

No había hecho más que meter la pata desde que Cash entrara por la puerta. Se sentía como una idiota. Sacó otro vaso y lo llenó con generosidad. Nunca llegaría a comprenderlo del todo, se dijo.

Cash esperó hasta que Tippy hubo llevado la comida a la mesa y se hubo sentado para tomar asiento él también. Aquella muestra de caballerosidad la hizo relajarse.

—¿Ves?, los buenos modales no tienen nada de malo —le dijo a Rory—. Tu madre debió ser una mujer encantadora —añadió, volviéndose hacia Cash.

Él tomó un sorbo de leche antes de contestar.

—Sí, lo era —respondió, pero no elaboró aquel abrupto asentimiento.

Tippy tragó saliva. Si Cash seguía así de seco toda la noche, aquello podía ser un calvario. Christabel Gaines le había hablado en una ocasión de su pasado, de cómo el matrimonio de sus padres había sido destruido por una modelo, y según parecía los recuerdos todavía le causaban dolor.

—Rory, bendice la mesa —se apresuró a murmurar.

No le pasó desapercibida la sorpresa de Cash, pero hizo

como si no la hubiera advertido y los tres inclinaron la cabeza. Sin embargo, cuando su hermano hubo terminado de recitar la breve plegaria, alzó el rostro y le lanzó una mirada divertida.

—Las tradiciones son importantes, y Rory y yo no teníamos ninguna —le explicó—, así que decidimos iniciar las nuestras, y ésta es una de ellas.

Le indicó a Cash con un ademán que se sirviera carne.

—¿Y cuáles son las otras?

Tippy le sonrió con timidez, y de pronto a Cash le pareció más joven de lo que era. No llevaba maquillaje, a excepción de un carmín suave, y el cabello, limpio y sedoso, le caía con sencillez sobre los hombros.

—Pues, por ejemplo, añadimos un adorno nuevo al árbol cada Navidad, y también le colgamos un pepinillo.

El tenedor de Cash se detuvo a medio camino de su boca.

—¿Un qué?

—Un pepinillo —repitió Rory—. Es una costumbre alemana que da buena suerte. Nuestro abuelo materno era alemán —explicó, tragando un trozo de carne con la ayuda de un sorbo de leche—. ¿De dónde era tu familia, Cash?

—De Marte, creo —respondió él muy serio.

Tippy enarcó las cejas.

—Seguro —dijo Rory riéndose.

Cash esbozó una sonrisa traviesa.

—La madre de mi madre era de Andalucía, una región del sur de España —le respondió, dejándose de bromas—, y por parte de padre tengo sangre cherokee y suiza.

—Curiosa mezcla —comentó Tippy.

Cash le dirigió una mirada especulativa.

—Vuestros antepasados debieron ser irlandeses, o escoceses —dijo admirando su cabello rojizo.

—Eso pienso yo también —respondió ella, sin levantar la vista del plato.

—Nuestra madre es pelirroja —intervino Rory—. El color de Tippy es natural, como el suyo, pero mucha gente cree que es teñido.

Tippy tomó un buen trago de leche, y no dijo nada.

—Yo quería teñirme de morado, pero mi primo, el anterior jefe de policía, pensó que la gente pondría el grito en el cielo —les confesó Cash con un suspiro—. Y además me hizo quitarme el pendiente —añadió con indignación.

A Tippy casi se le atragantó la leche.

—¿Llevabas un pendiente? —exclamó Rory entusiasmado.

—Era sólo un aro de oro —explicó Cash—. En la época en la que empecé a llevarlo estaba trabajando para el gobierno, y el jefe que tenía era tan políticamente correcto, que llevaba una chapita en la que se disculpaba por matar a las bacterias que pisaba sin querer. Es verídico, lo juró —les aseguró asintiendo con la cabeza.

Tippy tuvo que secarse los ojos. Estaba riéndose con tantas ganas, que se le saltaban las lágrimas. Hacía años que no se sentía tan distendida, y que le estuviera ocurriendo con Cash, a pesar de que hubieran empezado con mal pie, era casi un milagro.

—Mi hermana no se ríe muy a menudo —le comentó Rory a Cash con una sonrisa maliciosa—. Y menos cuando tiene que rodar exteriores o posar al aire libre. De hecho, odia a los fotógrafos desde que uno la hizo sentarse en bikini sobre unas rocas y la picoteó un charrán.

—Aquel pájaro estúpido bajó en picado sobre mí cinco veces —le confesó Tippy—, ¡y en la última me arrancó parte del cuero cabelludo!

—Deberías contarle lo que te hicieron las palomas durante aquel rodaje en Italia —la instó Rory.

Tippy se estremeció delicadamente.

—Todavía estoy intentando olvidarlo. Antes me gustaban las palomas.

—A mí me encantan las palomas —dijo Cash sonriendo

malicioso–. No sabréis lo que es un bocado delicioso hasta que hayáis comido pichón envuelto en masa de hojaldre y frito en aceite de oliva...

–¡Salvaje! –lo reprendió Tippy.

–¿Qué pasa? También como serpientes y lagartijas, no sólo palomas.

Rory estaba desternillándose de la risa.

–¡Dios, Cash, éstas van a ser las mejores Navidades de nuestra vida!

Tippy pensaba lo mismo. El hombre sentado frente a ella se parecía muy poco al hostil policía que había conocido durante el rodaje de su última película en Jacobsville, Texas. La gente del lugar definía a Cash Grier como un tipo misterioso con el que no se debía jugar, pero nadie le había dicho que tuviera un sentido del humor tan increíble.

Al advertir su perplejidad, Cash se inclinó hacia Rory y le dijo en un susurro audible:

–Está confusa. En Texas le dijeron que guardaba bajo llave en un fichero documentos militares secretos sobre platillos volantes.

–En realidad me dijeron que lo que escondías eran alienígenas –murmuró Tippy, reprimiendo una sonrisa.

–¡Por amor de Dios!, ¿cómo voy a tener escondido a ningún alienígena en el fichero? –dijo él indignado. Sin embargo, un minuto después asomó a sus ojos castaños un brillo travieso–. Los tengo en un armario de casa.

Rory se rió, y Tippy también.

–Y yo que creía que los actores estábamos locos... –comentó ella con un suspiro.

Después de la cena, Cash propuso ir a dar un paseo por Central Park. Tippy se puso un traje de chaqueta y pantalón verde esmeralda, se hizo una trenza, y dio un ligero toque de color a su rostro ovalado.

La casa de pisos de dos plantas donde vivía Tippy estaba en una calle tranquila, bordeada de árboles. En apenas una década el barrio había pasado de ser relativamente inseguro a convertirse en un área residencial de clase media. Las reformas que se habían acometido en los edificios eran notables, sobre todo en la casa de pisos de Tippy, donde sendas barandillas de hierro negro forjado flanqueaban los escalones de piedra de la entrada.

Durante su época de modelo le había sobrado el dinero, y había estado viviendo durante un tiempo en Park Avenue, pero, tras el año que había pasado apartada de la profesión, le había costado volver a conseguir trabajo, y había tenido que apretarse el cinturón. Fue entonces cuando se mudó allí, justo antes de empezar el rodaje de aquella película en Jacobsville que de repente había relanzado su carrera.

Probablemente con lo que ganaba como actriz podría permitirse algo mejor, pero se había encariñado con los vecinos, y con aquella calle tranquila en la que vivía. Bajando había una librería, justo en la esquina, un poco más allá un mercado, y también una pequeña cafetería donde servían el mejor de los cafés. Y aunque en invierno, la estación en la que estaban, los árboles habían perdido todo su follaje y la ciudad tenía un aspecto frío y gris, en primavera el barrio era un sitio realmente precioso.

El Jaguar rojo de Cash estaba aparcado justo delante de la fachada de la casa de pisos de Tippy. Cuando sus ojos se posaron sobre él, la joven no podía creer lo que estaba viendo, pero no hizo comentario alguno. Rory se sentó detrás, y ella delante, con Cash. En sólo unos minutos habían llegado.

Cuando iban caminando por la acera, pasando los bonitos carruajes que esperaban clientela, Rory le preguntó a Cash si no le preocupaba que pudieran robarle el coche.

—Creía que éste lugar era peligroso —comentó.

Cash se encogió de hombros.

—Central Park es mucho más seguro de lo que solía serlo, pero si alguien intenta robármelo, tendrá que ser muy listo para burlar a mi serpiente de cascabel.

—¿Tu qué...? —exclamó Tippy, mirándose alarmada los tobillos, como si esperara encontrar un ofidio enroscado allí.

Cash sonrió travieso.

—Mi sistema de alarma. Es así como lo llamo. Tengo instalado un sistema electrónico de localización en un sitio oculto del motor. Si alguien intentara hacer un puente para arrancar el coche, o lo robara, a la policía no le llevaría más de diez minutos encontrarlo, incluso aquí en Nueva York —explicó muy ufano.

—Así se entiende que estés tan tranquilo —dijo Rory—. Desde luego es un coche alucinante —añadió con envidia.

—Lo es —asintió Tippy—. Yo conduzco, pero en esta ciudad no resulta muy práctico tener un coche —dijo señalando con un ademán la cantidad de taxis que subían y bajaban por las calles—. Cuando alguna agencia de modelos me llamaba para un trabajo no tenía tiempo de buscar un sitio libre donde aparcar. Nunca hay suficientes. Los taxis y el metro son el medio más rápido de moverte cuando vas con prisa.

—Es cierto —asintió Cash, admirando fascinado lo hermosa que era aun sin apenas maquillaje—. ¿Dónde estáis rodando la película? —le preguntó.

—Principalmente aquí, en la ciudad —respondió ella—. Es una comedia entremezclada con una trama de espionaje. Tengo que luchar con un agente extranjero en una escena, y perseguir a un tipo con una pistola en otra —añadió contrayendo el rostro—. Apenas acabábamos de empezar el rodaje antes de este descanso por vacaciones, pero tengo cardenales por todo el cuerpo por los ensayos de las coreografía de lucha. Incluso tengo que aprender aikido para la película.

—Un arte marcial muy útil —comentó Cash—. Fue una de las primeras que aprendí.

—¿Cuántas conoces? —le preguntó Rory de inmediato.

Cash se encogió de hombros.

—Karate, tae-kwon-do, hapkido, kung fu, y otras cuantas menos conocidas. Nunca sabes cuándo tendrás que recurrir a ellas, pero vienen muy bien para el trabajo policial, ahora que no estoy todo el día detrás de una mesa.

—Judd me dijo que trabajabas en la oficina del fiscal del distrito en Houston —intervino Tippy.

Cash asintió con la cabeza.

—Estaba especializado en ciberdelitos, pero acabó por resultarme aburrido. Quería algo menos rutinario y menos estructurado.

—¿Y qué haces en Jacobsville? —quiso saber Rory.

Cash se rió suavemente.

—Huir de mis secretarias —le confesó avergonzado—. El mismo día que llamé a tu hermana para decirle que iba a venir a Nueva York por Navidad, la secretaria nueva que tenía dimitió, y me vació una papelera sobre la cabeza —añadió poniendo mala cara y tocándose el oscuro cabello—. Todavía estoy quitándome posos de café del pelo.

Los ojos verdes de Tippy se abrieron como platos. Se detuvo, y alzó la vista hacia Cash, sin poder dar crédito a lo que estaba oyendo. No había olvidado la eficiencia con que había parado los pies al ayudante de dirección de su primera película para que no volviera a ponerle las manos encima después de que ella se hubiera quejado de las confianzas que se tomaba.

Rory estaba riéndose.

—¿En serio? —le preguntó a Cash.

—No estaba hecha para el trabajo de oficina. Era incapaz de teclear y hablar por teléfono al mismo tiempo.

—Pero, ¿por qué...? —comenzó Tippy.

Cash terminó la pregunta por ella:

—¿...me vació una papelera encima? ¡Y yo qué sé! Le dije que no tocara en el fichero, pero no me hizo caso y forzó la cerradura. No es culpa mía que Mikey, mi cría de pitón, saltara fuera del cajón y se le echara encima. Asustó al pobre animal, y ahora tiene una crisis nerviosa.

Tippy y Rory se detuvieron, y se quedaron mirándolo de hito en hito. Cash suspiró.

—¿Verdad que resulta incomprensible que haya personas que se pongan nerviosas al ver una serpiente? —inquirió él filosófico.

—¿Tienes una serpiente llamada Mikey? —exclamó Tippy.

—Cag Hart tenía una pitón macho albina y se la dio a un criador después de casarse. El criador la cruzó con una hembra que tuvo una camada de preciosas crías, y yo le pedí una. Lo que ocurrió fue que, el día que me la dio, no pude llevármela a casa porque estaba de servicio, así que la puse temporalmente en el fichero, en un pequeño acuario de plástico, con agua y una rama para que trepara por ella. Y estaba tan tranquila... hasta que mi secretaria forzó la cerradura. Según parece Mikey se había salido del acuario, y estaba encima de las carpetas.

—¿Y qué pasó? —preguntó Rory.

Cash frunció el ceño.

—Pues que le dio al pobre animalito un susto de muerte —masculló—. Estoy seguro de que tendrás secuelas por el trauma psicológico que le ha causado durante el resto de su...

—¡No, qué pasó después! —lo interrumpió Rory.

Cash enarcó las cejas.

—¿Después de que chillara hasta casi dejarme sordo y me tirara unas esposas a la cara, quieres decir?

Tippy no dijo nada; sino que se quedó mirándolo con un brillo divertido en sus ojos verdes.

—Entonces fue cuando me volcó la papelera sobre la cabeza. En fin, en el fondo ha sido un alivio que haya dimitido. Tenía el cabello corto y de punta, *piercings* con aros de plata en cada centímetro de piel visible, y llevaba las uñas y los labios pintados de negro. Mikey todavía no se ha repuesto del susto. Ahora ya la tengo en casa.

Tippy no podía hablar de la risa. Rory sacudió la cabeza.

—Yo una vez casi tuve una serpiente.

—¿Casi? ¿Y eso? —le preguntó Cash.

—Ella no me dejó comprarla —suspiró Rory, señalando a su hermana.

—¿No te gustan las serpientes, hmm? —dijo Cash, lanzando a Tippy una mirada maliciosa.

—No fue porque me diera miedo, sino porque Rory no podía llevársela a la academia con él, y yo no estaba en casa el tiempo suficiente como para ocuparme de ella. Pero si necesitas una secretaria, tan pronto como acabe la película que estoy haciendo, me haré un *piercing* en la nariz, y me cortaré el pelo y me lo pondré de punta —le dijo ella con mucha guasa.

Cash sonrió, mostrando sus perfectos y blancos dientes.

—No sé... ¿Eres capaz de mascar chicle y teclear a la vez?

—No sabe escribir a máquina, y sí que le dan miedo las serpientes... —intervino Rory malicioso.

—Ni una palabra más —lo reprendió Tippy—. Y no dejes que Cash te soborne, o le contaré cuál es tu punto débil —le advirtió.

Rory alzó ambas manos.

—De acuerdo, de acuerdo... lo siento. En serio.

Tippy frunció sus carnosos labios.

—Está bien.

—¡Mira! ¡Está allí el tipo de la gaita! —exclamó de pronto Rory, señalando a un hombre con falda escocesa frente a un hotel cerca del parque. Estaba tocando *Amazing Grace*—. ¿Me dejas dinero, Tip?

Tippy sacó un billete de veinte de su monedero y se lo tendió.

—Toma. Te esperaremos aquí —le dijo con una sonrisa.

Cash siguió al chico con la mirada mientras se alejaba, y finalmente sus ojos se posaron en el gaitero.

—Toca bien —comentó.

—Rory quiere una gaita, pero no creo que el comandante lo dejara practicar en su dormitorio.

—Yo tampoco —dijo Cash, sonriendo melancólico mientras escuchaba la evocadora melodía—. Ese hombre... ¿Lo veis aquí a menudo? —le preguntó a Tippy.

—La verdad es que nos lo hemos encontrado por todo el barrio —contestó ella—. Es uno de los sin techo más agradables de la zona, y siempre que puedo le doy algo de dinero para que pueda comprarse una manta, o comer caliente. Muchos de los que vivimos por aquí le tenemos cariño. Tiene un verdadero don para la música, ¿no te parece?

—Sí que lo tiene. ¿Sabes algo de él? —le preguntó Cash, impresionado por la caridad de la joven para con un extraño.

—No mucho. Dicen que toda su familia murió, pero nadie sabe cómo ni cuándo... ni siquiera por qué. No habla demasiado —murmuró, observando a Rory tenderle el billete al músico, y recibir una leve sonrisa a cambio—. Nueva York está llena de indigentes. La mayoría de ellos tienen un talento u otro, una manera de ganar algo de dinero, y puedes verlos durmiendo entre cajas de cartón, o buscando restos de comida en los contenedores de basura —sacudió la cabeza—. Y se supone que somos el país más rico de la tierra...

—Te sorprendería ver cómo vive la gente en los países del Tercer Mundo —dijo Cash.

Tippy lo miró.

—Una vez tuve que ir a Jamaica para una sesión de fotos, cerca de Montego Bay —recordó—. Nos alojábamos en un hotel de cinco estrellas sobre una colina, con loros en jaulas y una enorme piscina, y todos los lujos imaginables, pero, en la ladera, a unos pocos metros había un poblado de chabolas hechas con planchas onduladas de hojalata en medio del fango.

Cash entornó los ojos y asintió lentamente con la cabeza.

—Yo he estado en Oriente Medio. Allí mucha gente vive en casas de adobe sin electricidad, sin agua corriente, sin ningún tipo de comodidades. Se hacen ellos mismos la ropa, se desplazan en carros tirados por burros. Nuestro nivel de vida los dejaría pasmados.

Tippy aspiró bruscamente.

—No tenía ni idea.

Cash paseó la mirada por los alrededores.

—Allá donde iba era bien recibido, y las familias más pobres insistían en compartir conmigo lo poco que tenían. En general son buena gente, gente amable —bajó la vista hacia Tippy—, aunque como enemigos son temibles.

Tippy estaba observando las cicatrices que marcaban sus recias facciones.

—El comandante Marist me contó que te torturaron —recordó quedamente.

Cash asintió, y sus ojos buscaron los de ella.

—No me gusta hablar de eso. A pesar de que ya han pasado muchos años, todavía tengo pesadillas.

Tippy lo miró con curiosidad.

—Yo también suelo tenerlas —murmuró distraídamente.

Los ojos de Cash escrutaron los suyos, intentando desentrañar el enigma que aquella joven era para él.

—Según tengo entendido, estuviste viviendo mucho tiempo con un hombre mayor que tú, un actor que tenía fama de ser el tipo más licencioso de Hollywood —dijo Cash de pronto, en un tono algo abrupto.

Tippy giró la cabeza hacia Rory, que se había sentado en un banco a escuchar al gaitero, que había empezado a tocar otra canción. Se rodeó el cuerpo con los brazos, y bajó la vista.

Cash se puso frente a ella, dejando muy poco espacio entre ellos, y Tippy se sorprendió al comprobar que su proximidad no la intimidaba. Alzó el rostro hacia él, y la intensidad que había en los ojos de Cash casi la dejó sin aliento.

—Puedes contármelo —le dijo suavemente.

Tippy no fue capaz de resistirse a aquella amabilidad en su voz. Inspiró profundamente, y comenzó a hablar.

—Me escapé de casa a los doce años. Iban a mandarme a un hogar de acogida, pero me aterraba la idea de que mi madre pudiera sacarme de allí y obligarme a volver con ella... para vengarse de que hubiera llamado a la policía después de que su novio... —se quedó callada.

—Continúa —la instó Cash.

—Después de que me violara reiteradamente —dijo Tippy en un hilo de voz, incapaz de mirarlo—. Prefería morirme de hambre antes que volver con ella, así que empecé a mendigar por las calles de Atlanta, porque no tenía otro modo de conseguir dinero para poder comprar algo de comida —contrajo el rostro al recordar aquellos días.

Las facciones de Cash estaban tensas. Por lo poco que sabía sobre su vida, había sospechado que debía haberle ocurrido algo así.

—Se me acercó un hombre atractivo y bien vestido. Quería llevarme a su casa —cerró los ojos—. Yo estaba hambrienta, tenía frío, y estaba muy asustada. No quería ir con él, pero había tal amabilidad en su mirada... —tragó saliva en un intento por deshacer el nudo que se le había hecho en la garganta—. Me llevó a su hotel. Tenía una suite enorme, y tan lujosa que podría haber sido el aposento de un rey. Cuando pasamos dentro, se rió por lo nerviosa que estaba, y me prometió que no me haría daño, que sólo quería ayudarme. Yo estaba tan asustada que me derramé un vaso de agua por el frontal de la camisa —sonrió levemente—. Creo que no olvidaré la expresión de asombro en su rostro mientras viva. Yo tenía el cabello corto, y aunque nunca he tenido mucho pecho... y menos entonces, que era una niña, pero con la camisa mojada... –alzó el rostro hacia Cash, que estaba escuchándola atentamente–. Claro que él no estaba interesado en mí en ese sentido...

–¿Me estás diciendo que Cullen Cannon, el que tenía fama de donjuán en todo el mundo, era homosexual? –preguntó Cash atónito.

Tippy asintió con la cabeza.

–Lo era, pero lo ocultó siempre con la ayuda de amigas. Era un hombre bueno y amable –recordó con añoranza–. Le dije que no me parecía bien abusar de su generosidad, que creía que debía arreglármelas por mí misma, pero no me lo permitió. Me dijo que se sentía muy solo. Su familia no quería saber nada de él, y no tenía a nadie, así que me quedé con él. Me compró ropa, me pagó los estudios, y me protegió del pasado para que mi madre no pudiera encontrarme –se le humedecieron los ojos–. Yo lo quería –susurró–. Le habría dado cualquier cosa. Pero él sólo quería ayudarme –se rió–. Supongo que luego, cuando fui un poco más mayor y me inscribió en una escuela de modelos aquí, en Nueva York, me retuvo a su lado porque le gustaba la imagen que le daba el tener a una joven bonita viviendo con él, no sé... el caso es que seguí con él hasta que murió.

–Los medios dijeron que fue un ataque al corazón.

Tippy sacudió la cabeza.

–Murió de sida. En el último momento sus hijos fueron a verlo, y enterraron el pasado. Al principio habían creído que estaba con él porque quería quedarme con su dinero, pero supongo que acabaron por darse cuenta de lo mucho que lo quería –le dijo sonriendo–. Cuando murió insistieron en que me quedara con su piso, e incluso se ofrecieron a hacerme una cuenta fiduciaria con parte de lo que les había dejado en herencia porque cuidé de él durante su último año de vida, pero rehusé.

–Por eso no hiciste ningún trabajo como modelo durante un año, hasta que te ofrecieron hacer tu primera película... –murmuró Cash–. Dijeron que habías tenido un accidente y que tenías que reponerte.

A Tippy la halagó que recordara aquello, teniendo en cuenta que, durante el tiempo que había estado rodando en Jacobsville, la había odiado literalmente.

–Cullen no quería que nadie supiese la verdad..., ni siquiera cuando se estaba muriendo.

–Pobre diablo.

–Era el hombre más bueno que he conocido en mi vida –dijo Tippy con tristeza–. Me salvó, y sigo yendo a poner flores en su tumba.

–¿Y el tipo que te violó? –inquirió Cash con crudeza.

Tippy giró la cabeza para mirar a Rory, que estaba charlando con el gaitero. La expresión de su rostro era de auténtico tormento.

–Según mi madre es el padre de Rory –dijo cuando logró recobrar el habla.

Cash aspiró bruscamente.

–Y a pesar de eso... tú lo quieres.

Tippy se volvió hacia él.

–Con toda mi alma –se reafirmó–. Mi madre sigue con ese bastardo, Sam Stanton, o más bien lo dejan y vuelven, lo dejan y vuelven... una y otra vez. Discuten, él la golpea, y ella llama a la policía, pero al final siempre vuelven. Los dos son drogadictos.

–¿Y cómo acabaste haciéndote cargo de Rory? –inquirió Cash.

–El policía que me salvó la última noche que pasé en casa de mi madre, cuando Sam me violó, me llamó un día, cuando Rory sólo tenía cuatro años. Su padre le había dado una paliza, y estaba en el hospital. Yo todavía estaba viviendo con Cullen, y me acompañó a verlo. Mi madre se quedó muy impresionada con Cullen –recordó con ironía–, y después de que le dieran el alta a Rory vino con él al hotel donde estábamos alojados, en busca de dinero. Cullen se ofreció a comprar a mi hermano, y nos lo vendió −añadió en un tono gélido−; por cincuenta mil dólares.

−Dios del cielo −masculló Cash−. Y yo que creía que lo había visto todo...

−Rory ha estado conmigo desde entonces −le dijo Tippy−. Para mí es como si fuera mi propio hijo.

−¿Y nunca te quedaste embarazada?

Tippy sacudió la cabeza.

−Fui una flor tardía. No tuve mi primera regla hasta que cumplí los quince. Qué suerte, ¿eh? −dijo con amargura, apartando de su rostro un mechón rojizo−. Una suerte increíble...

−Pero ahora tu madre quiere recuperar a Rory −adivinó Cash.

−El dinero se le acabó hace años. Ha tenido que ponerse a trabajar en un establecimiento de platos preparados para conseguir más, y no le gusta nada. Sam trabaja cuando le parece, y por lo que tengo entendido nada de lo que hace es legal. El año pasado mi abogado tuvo que darle dinero a mi madre para que nos dejara tranquilos. Me había amenazado con acudir a la prensa amarilla y decirles que estaba tratándola de un modo denigrante −dijo Tippy, resoplando y sacudiendo la cabeza−. «Rica estrella de cine permite que su pobre madre viva en la miseria mientras ella va de un lado a otro en limusina»... −añadió sonriendo con cinismo−. Supongo que puedes imaginártelo.

−En tecnicolor −asintió Cash indignado.

−Y ahora, como tú has dicho, quiere recuperar a Rory. Envió a Sam a la academia militar para que intentara sacarlo de allí, pero Rory le dijo al comandante lo que le había hecho, y lo que me había hecho a mí. El comandante llamó a la policía, pero esa sabandija escapó antes de que llegaran.

−Bien por el comandante.

−Sí, pero temo que estén planeando secuestrar a Rory

—respondió Tippy—, porque saben que pagaría cualquier rescate con tal de recuperarlo. No duermo muy bien últimamente pensando en ello —añadió—. Sam tiene un primo que vive cerca de aquí, en una de las peores zonas de la ciudad, que está metido en un montón de asuntos sucios.

Cash estaba haciendo equilibrios mentales para seguirla.

—¿Y Rory siente algún tipo de cariño por su padre o por vuestra madre?

—Odia a nuestra madre —contestó Tippy—. Y no sabe que Sam Stanton es su padre.

—¿No se lo has dicho?

—No he tenido valor para hacerlo —le explicó ella—. Además, el psicólogo me dijo que le quedarán secuelas por el resto de su vida por la paliza que le dio esa rata.

—¿Y tú?

—Bueno, he logrado sobrevivir —murmuró ella—. De vez en cuando los fantasmas del pasado vuelven para atormentarme, pero ahora soy más fuerte.

—No tanto como sería deseable —dijo él—, pero lo serás si pasas conmigo el tiempo suficiente.

Tippy alzó el rostro hacia él, y esbozó una sonrisa traviesa.

—¿Y tendré esa oportunidad?

Cash se encogió de hombros.

—Eso depende de ti. Pero tengo que advertirte que tengo unas cuantas rarezas.

—También yo —replicó ella—, ...además de otras tantas inhibiciones —añadió.

Cash se metió las manos en los bolsillos y escrutó su rostro en medio del ruido del tráfico de Nueva York.

—No me gustan las ataduras. Y no voy a comprometerme a nada. Me gustaría que nos viéramos mientras esté aquí. Eso es todo.

—Veo que no te andas por las ramas.

Cash asintió con la cabeza, y Tippy lo miró a los ojos.

—No te encuentro repulsivo como a la mayoría de los hombres —le dijo de sopetón—, y eso es algo nuevo para mí, pero aún tengo heridas que no se han cerrado, y aunque puedo resultar convincente interpretando el papel de vampiresa, no es más que eso, un engaño. Nunca he tenido relaciones sexuales consentidas.

Cash dejó escapar un silbido.

—Eso es cargar a un hombre con una gran responsabilidad.

Tippy asintió con la cabeza, y una sonrisa se dibujó lentamente en los labios de Cash.

—Bueno, entonces supongo que tendremos que recurrir al «abecé de las relaciones personales».

Tippy se rió.

—No me lo había planteado de esa manera.

—Iremos paso a paso —le dijo Cash, girándose al ver que Rory regresaba con ellos—. Has tardado —le dijo al chico.

—Quería que le hablara de la escuela militar a la que voy. ¿Sabéis qué? Me ha contado que luchó en Vietnam —dijo el chico contrayendo el rostro—. Qué triste, ¿verdad?, que haya acabado como ha acabado.

Había angustia en los ojos de Cash cuando volvió el rostro y observó al hombre, que levantó una mano y la agitó en su dirección antes de ponerse a tocar de nuevo.

—Por desgracia demasiados ex combatientes acaban así —comentó con voz queda.

—Pero a ti no te pasó —replicó Rory con orgullo.

Cash le sonrió y le revolvió el cabello.

—No, a mí no. Bueno, ¿qué os parece si vamos a la Estatua de la Libertad? Ya estará cerrada para subir, pero podemos verla por fuera. ¿Os apetece?

—¡Muéstranos el camino! —contestó Rory riendo.

Cash tomó la fina mano de Tippy en la suya, y al entrelazar sus dedos con los de ella los notó fríos y ligeramente temblorosos. Parecía que sólo con tocarse saltasen chispas de electricidad entre ellos. A la joven se le cortó el aliento, y alzó el rostro hacia él, mirándolo fascinada. Por un instante le había parecido como si la tierra se hubiese tambaleado bajo sus pies. ¡Era pura magia!

Cash se miró en sus ojos.

—Lección primera, página uno: tomarse de la mano —le susurró cuando Rory se paró frente un escaparate.

Tippy dejó escapar una risa vergonzosa, que sonó como campanillas de plata.

Aquel día de turismo por la ciudad con Cash estaba siendo uno de los mejores de toda su vida, se diría Tippy más tarde. Parecía que conociese la ciudad como la palma de su mano, y mientras caminaban les iba relatando hechos históricos poco conocidos sobre ella.

—¿Cómo sabes tanto de Nueva York? —inquirió Rory cuando estuvieron de regreso en el piso de Tippy esa noche.

—El mejor amigo que tuve en mi época de instrucción era de aquí —le confesó Cash—. ¡Era una mina de información!

Tippy se rió.

—Yo tengo una amiga a la que le pasa igual, sólo que con Nassau —dijo—. Es modelo, y ahora está haciendo unos posados... ¡en Rusia nada menos!

—¿Y con qué ropa posa?

Tippy le lanzó una mirada maliciosa.

—Con trajes de baño.

—¡Me tomas el pelo!

—¡No! Parece que a algún cerebro pensante se le ha ocurrido que resultaría sexy que posara con el Kremlin de fondo en bañador... con botas y un abrigo de pieles.

—¿No será porque, si posara con pieles aquí, los defensores de los animales se le echarían encima? —inquirió Cash.

—Es piel sintética —le explicó ella riéndose—. Aunque es muy cara, y parece auténtica.

—¿Te apetece un sándwich, Cash? —le preguntó Rory desde la puerta de la cocina.

—No, gracias, Rory. Me marcho ya a mi hotel a descansar —contestó él con una sonrisa—. Pero lo he pasado muy bien.

—Yo también, Cash —le dijo Rory con sinceridad—. ¿Te veremos mañana?

—Sí, ¿te veremos? —lo secundó Tippy.

Cash miró primero a Rory, que estaba observándolo expectante, y luego a Tippy, que estaba sonriéndole.

—Claro, ¿por qué no? —murmuró Cash, sonriendo también—. Si os atrevéis podemos hacer un tour por los museos de la ciudad.

—¡Genial!, ¡me encantan los museos! —exclamó Rory entusiasmado.

—Bueno, mientras no tenga que posar, contad conmigo —dijo Tippy con un suspiro—. Todavía no me he repuesto de aquella vez que tuve que posar en uno, recostada contra una estatua de Rodin, durante cuatro horas, y con una pierna levantada.

—¿No será la estatua que creo? —inquirió Cash malicioso, riéndose suavemente al ver que Tippy enrojecía.

—Estoy segura de que era una en la que las figuras estaban completamente vestidas —mintió ella.

Cash sacudió la cabeza.

—Ya, ya... —farfulló—. Bueno, ¿a qué hora soléis levantaros en vacaciones?

—A las ocho —respondió Rory.

Tippy asintió con la cabeza.

—No somos trasnochadores —le dijo a Cash—. Rory está acostumbrado a la rutina militar, que comienza al alba, y yo tengo que levantarme incluso antes para llegar a mi hora a los estudios de rodaje.

—Ya veo —respondió él—. Conozco una panadería cerca

de aquí, donde venden bollos de canela, pasteles de almendra, donuts rellenos... y todo hecho por ellos.

—No podemos tomar bollería —le dijo Rory apenado. Señaló a su hermana—. Tippy no tiene un ápice de fuerza de voluntad. Cuando entra en casa algo dulce, no puede resistirse.

Ella se echó a reír.

—Tiene razón. Mi vida es una lucha constante contra los kilos de más. Para desayunar tomamos beicon y huevos; sólo proteínas; nada de harinas.

—Eso también me recuerda a mis años de instrucción... —suspiró Cash—. En fin, ¿qué se le va a hacer? ¿Desayunamos aquí, entonces? Pero tendrás que hacer café, porque soy incapaz de empezar el día sin una buena taza —le advirtió a Tippy con un sonrisa sincera.

Era la primera vez en mucho tiempo que sonreía a una mujer de esa manera... a excepción de Christabel Gaines, claro, pero ahora estaba casada con su mejor amigo.

—Bueno, pues yo me voy a tomar un sándwich antes de irme a la cama —dijo Rory—. ¡Buenas noches, Cash, nos vemos mañana!

—Cuenta con ello —respondió él.

Tomó la mano de Tippy y la llevó al vestíbulo con él.

—Miraré la cartelera para ver si hay algo interesante de ópera o ballet, por si quisieras...

—Cualquiera de las dos cosas me encantaría —exclamó Tippy.

—¿Y la música clásica, te gusta también? —inquirió Cash.

Ella asintió con entusiasmo.

—En fin, supongo que no me moriré por llevar traje por una noche —suspiró Cash.

—Si no recuerdo mal llevaste a Christabel Gaines a un ballet en Houston —le dijo Tippy, con un atisbo de celos que no pudo disimular.

Sorprendido, Cash escrutó sus ojos con una mirada tan intensa que Tippy enrojeció.

—Ahora se llama Christabel Dunn —le recordó él—. Y sí, es verdad que la llevé. No había ido nunca a un ballet.

—Y yo que creía que era una niña mimada... —dijo Tippy—. ¡Qué equivocada estuve respecto a ella desde el principio! Es una mujer muy especial. Judd es muy afortunado.

—Sí que lo es —admitió Cash a regañadientes. Todavía tenía clavada en el corazón la espinita de que Christabel hubiera escogido a su amigo y no a él—. Y están los dos locos con sus mellizos.

—Los niños son un regalo del cielo —dijo Tippy—. Cuando me hice cargo de Rory ya tenía cuatro años, pero era adorable —añadió con una sonrisa melancólica—. Con un niño cada día es una aventura.

—Supongo que sí. Yo no tuve la oportunidad de comprobarlo —murmuró Cash.

Tippy alzó la vista sin comprender, y la expresión en las recias facciones de Cash la dejó aún más confundida.

—Tengo que irme —farfulló él, apartando la vista—. Te veré por la mañana.

Le soltó la mano y salió por la puerta, dejándola allí plantada. Tenía la sensación de que había algo en su pasado que le había hecho mucho daño, algo relacionado con los niños. Judd le había dicho que creía que había estado casado, pero no sabía nada más. Cash Grier era un verdadero enigma, pero se sentía atraída por él como jamás se había sentido atraída por otro hombre.

A la mañana siguiente, Cash se presentó a las ocho en punto en el piso de Tippy con una cafetera niquelada en una mano, y una bolsa de papel en la otra.

—Pero si he hecho café —le dijo Tippy contrariada.

Cash levantó la cafetera.

—Capuchino a la vainilla —le dijo pasándosela bajo la nariz–: mi única debilidad... bueno, a excepción de esto –añadió agitando la bolsa de papel.

–¿Qué hay ahí? –inquirió ella, siguiéndolo a la cocina.

La mesa ya estaba preparada, y Rory estaba sentado, esperándolos para empezar.

–Bollos rellenos de crema –contestó Cash–. Lo siento, pero no puedo renunciar al azúcar. Creo que es uno de los cuatro grupos de alimentos principales junto con el chocolate, los helados, y la pizza.

Rory se echó a reír, y Tippy lo secundó.

–Es increíble –comentó ella, recorriendo con la vista su cuerpo musculoso–; viéndote nadie diría que hayas probado jamás nada de grasa ni de azúcar.

–Hago ejercicio cada día –le confesó Cash–. No tengo más remedio. Nos hacen los uniformes justos para que vayamos marcando músculo –bromeó flemático, quitándose la chaqueta de cuero negra que llevaba.

La colgó sobre el respaldo de la silla, y los ojos de Tippy se vieron atraídos como imanes por sus bíceps, que resaltaban bajo el polo de manga larga.

–¿Y bien? –la picó Cash, sentándose.

Tippy suspiró.

–Sólo miraba –farfulló lacónica.

Aprovechando que Rory se había ausentado para ir al servicio, Cash agarró la larga falda de Tippy y la atrajo hacia su silla.

–Pues, si juegas bien tus cartas, quizá me quite la camisa algún día para ti –le susurró seductor.

Tippy no supo si reírse o reprenderle por intentar hacerla sonrojar. Nunca sabía si hablaba en broma o en serio.

–Aunque tendrás que ganártelo, claro está –le advirtió Cash–. No soy un hombre fácil.

Esa vez Tippy sí se rió, y, al hacerlo, sus ojos brillaron como esmeraldas.

Cash sonrió.

–Ten. Toma un bollo de crema. He traído suficientes para que podamos comer los tres.

Tippy metió la mano en la bolsa, consciente de su mirada sobre su rostro.

–Tienes una piel preciosa; incluso sin maquillaje –dijo Cash con voz ronca–. Parece de seda.

Cuando Tippy giró la cabeza hacia él sus ojos se encontraron, y sintió cómo el corazón le daba un vuelco. Dios, era tan sexy...

–¿En qué piensas? –inquirió él en un murmullo.

–Estaba pensando que seguramente sabes todo lo que hay que saber sobre las mujeres –le confesó ella quedamente.

Cash entornó los ojos.

–Y tú, en cambio, no sabes casi nada sobre los hombres.

Los ojos de Tippy se llenaron de lágrimas.

–Tampoco es que haya querido –musitó, bajando la vista a los bien definidos labios de Cash.

–Ten cuidado, Tippy: podrías quemarte –le advirtió él–; hace mucho que no he tenido relaciones con una mujer.

–Sé que tú nunca me harías daño –susurró ella, alzando el rostro y enfrentando su mirada inquisitiva–. Querría... ¡oh, Cash, querría...!

–¿Querrías... qué? –la instó él, apretando la mandíbula cuando inspiró y su fragancia le inundó las fosas nasales.

Tippy estaba tan cerca de él, que podía ver latir la vena en su garganta. Quería estrecharla entre sus brazos y besar sus hermosos labios hasta dejarlos hinchados.

Aquel mismo deseo estaba apoderándose de Tippy. Bajó la vista a la boca de Cash, y se preguntó qué sensación experimentaría si lo besase apasionadamente, si se fundiese con él en un beso como el que había escenificado ante las cámaras con su compañero de rodaje para la película que habían hecho en el rancho Dunn.

Casi podía imaginar el sabor de los masculinos labios de

Cash, y se notaba el cuerpo hinchado y dolorido por la excitación contenida. Era como una sed que ni toda el agua de un río podría llegar a saciar.

Sus carnosos labios se entreabrieron, y aspiró con brusquedad.

—Querría que...

El ruido de la cisterna los hizo separarse. Olvidando el bollo de crema, Tippy se fue al fregadero a lavarse las manos porque necesitaba algo que detuviera su temblor.

Rory volvió en ese momento, ignorante de haber interrumpido un momento íntimo entre los adultos, y tomó un bollo. Al cabo de un rato Tippy se puso café, le sirvió a su hermano zumo de naranja, y se sentó a la mesa como si nada hubiera ocurrido.

El primer lugar donde fueron aquella mañana fue el museo de Historia Natural, para visitar la exposición ampliada sobre dinosaurios en la cuarta planta. Había una larga cola por las novedades en la programación del museo, entre las que había un documental sobre Albert Einstein y una tienda de regalos con el científico como tema, y tardaron más de una hora en llegar a la taquilla y comprar las entradas.

Rory iba de un fósil a otro, y subió incluso a lo más alto de una escalera de caracol metálica que se alzaba junto al mayor de los esqueletos para poder ver desde arriba los enormes omóplatos y las articulaciones de las caderas.

—Le encantan los dinosaurios —le dijo Tippy a Cash, mientras recorría junto a él la exposición.

Se había puesto una blusa de seda blanca, una falda larga de terciopelo verde, botas, y una chaqueta negra de cuero. El cabello se lo había dejado suelto, y aunque apenas llevaba maquillaje, atraía las miradas tanto de hombres como de mujeres.

Cash se sintió de pronto orgulloso a su lado. No se podía negar que era muy hermosa, pero para él su belleza no estribaba tanto en su apariencia externa como en su corazón de oro, en lo que llevaba dentro... lo que verdaderamente contaba.

—A mí también me gustan —contestó—. Estuve aquí hace años, pero no pude verlos porque estaban remodelando esta exposición. Son impresionantes.

Tippy se inclinó sobre un cartel para leerlo.

—¿Cómo no te has traído las gafas? —inquirió Cash.

—Porque soy un desastre andante cuando las llevo puestas —contestó ella, riéndose vergonzosa—. Las limpio con lo que tenga a mano, y siempre acabo rayando las lentes. Ya he tenido que cambiarlas dos veces.

—Ahora venden unas lentes especiales que no se arañan con facilidad —comentó Cash.

—Lo sé, son las que tienen mis gafas. Por desgracia no son a prueba de personas descuidadas como yo —respondió ella, encogiendo uno de sus bonitos hombros—. Me pondría lentillas si pudiera, pero mis ojos no las aguantan. Me producen infecciones.

Cash extendió una mano grande y fuerte y tomó entre sus dedos un mechón del cabello de Tippy, comprobando su suavidad y dando un paso hacia ella.

—Da la impresión de que tu pelo esté vivo —murmuró—. Había visto este color en otras mujeres, pero nunca me había parecido tan natural.

—Es que es natural —contestó ella, notándose las rodillas temblorosas por la proximidad de Cash.

Olía a colonia y jabón, olores frescos y seductores. Puso las manos sobre el frontal del polo, regocijándose en su calidez, y en la sensación, como de almohadillado, del vello de su tórax bajo sus palmas.

Un deseo casi irrefrenable de subirle el polo y tocarlo la invadió de pronto, dejándola sin aliento. No se había sentido tan excitada en toda su vida.

–¿Y no hay nada artificial en ti? –la provocó Cash.
–Nada físico –contestó ella.
Cash escrutó los ojos verdes de Tippy durante más tiempo del que había pretendido, y notó cómo se le tensaban las facciones.
Ella estaba segura de que se estaba dando cuenta de lo nerviosa que estaba, pero no podía evitarlo. Era un hombre tan masculino que despertaba todo lo que había de femenino en ella.
–No me fío de las mujeres.
–Pero estuviste casado –apuntó ella.
Cash asintió con la cabeza, y enredó el mechón entre sus dedos con una expresión angustiada.
–Estaba muy enamorado de ella. Y creía que ella sentía lo mismo por mí –dijo–. Sólo después me daría cuenta de que el único motivo por el que estaba conmigo era mi dinero.
Un escalofrío recorrió la espalda de Tippy.
–Hay tantas cosas en tu pasado de las que no quieres hablar... –murmuró–, tantas cosas que no sé de ti...
–Me cuesta confiar en la gente –respondió Cash–. Si te abres a los demás te vuelves vulnerable, y pueden acabar haciéndote daño.
–¿Y para ti la solución es no dejar que se te acerque nadie? –inquirió Tippy.
–¿Acaso no es lo mismo que haces tú? –le espetó Cash–. A excepción de Rory y de Judd te cierras a todo el mundo... especialmente a los hombres.
Tippy tragó saliva.
–He tenido muy malas experiencias con los hombres... a excepción de Cullen –dijo–, y nunca hubo nada entre nosotros. Le gustaban las mujeres como amigas, pero físicamente le producían rechazo.
–¿Lo amabas?
–A mi manera –respondió Tippy, sorprendiéndolo–. En toda mi vida sólo él y otra persona se portaron bien con-

migo sin esperar nada a cambio. No puedes imaginarte cuántas proposiciones deshonestas me han hecho hombres de mi entorno laboral —añadió con una sonrisa cínica—. Me ha llevado años perfeccionar la manera de rechazarlas sin que tomaran represalias contra mí.

—No es que disculpe a esos tipos, pero en cierto modo es comprensible —farfulló Cash—; eres el sueño hecho realidad de cualquier hombre.

El corazón de Tippy dio un brinco.

—¿También el tuyo? —le preguntó en un tono burlón.

Sin embargo, la pregunta iba en serio. Quería que la deseara, como jamás había querido nada en toda su vida.

Cash soltó el mechón de Tippy.

—Yo hace años que decidí olvidarme por completo de las mujeres.

—¿Y no te sientes solo? —quiso saber ella.

—¿Y tú? —le preguntó él a su vez.

Tippy suspiró, escrutando soñadora sus recias facciones.

—Me asustan las relaciones serias —contestó con voz ronca—. Lo he intentado con dos o tres tipos que me parecieron buenas personas, pero ninguno de ellos estaba interesado de verdad en mí, ni querían conocerme mejor... sólo me querían en su cama.

Cash entornó los ojos.

—Después de lo que te pasó... ¿puedes...?

Tippy bajó la vista a su tórax, donde bajo el estrecho polo que llevaba, se dibujaba el relieve de los músculos.

—No lo sé —respondió con sinceridad—. Nunca lo he... intentado.

—¿Y querrías intentarlo?

Tippy se mordió el labio inferior y frunció el entrecejo, mirando el dinosaurio que tenía delante sin verlo en absoluto.

—Tengo veintiséis años, Cash, y no estoy dispuesta a arriesgar más veces mi corazón para que me lo rompan.

Tengo a Rory, una carrera... y soy moderadamente feliz. No me hace falta más.

—No es verdad. La vida que llevas es una vida a medias.

—También lo es la tuya —le espetó ella, alzando la vista hacia él.

—Tengo una razón aún mejor que la tuya para vivir como vivo —contestó Cash con aspereza.

—Pero no vas a contármela —adivinó ella—. No confías lo bastante en mí como para hacerlo.

Cash hundió las manos en los bolsillos del pantalón y la miró irritado.

—Estuve casado una vez, hace años. Era la primera vez en mi vida que estaba enamorado de verdad. Incluso íbamos a tener un hijo. El día que me dijo que estaba embarazada me puse loco de contento. Yo no quería que hubiese secretos entre nosotros, y pensé que debía hablarle de lo que había sido mi vida antes de que nos casáramos —el brillo que había en sus ojos se tornó frío—. Y así lo hice. Se sentó y me escuchó. Estaba muy calmada, y se limitó a escucharme sin decir nada, como si lo comprendiera. Se había puesto algo pálida, pero no era de extrañar, porque algunas de las cosas que le relaté, cosas que tuve que hacer por mi trabajo, eran terribles, realmente terribles —le explicó dándole la espalda—. Tuve que salir unos días de la ciudad por negocios, y se despidió de mí con total normalidad, como si nada hubiese pasado. Regresé con regalos para ella y también con alguna cosa que había comprado para el bebé, aunque sólo estaba de unas semanas. Estaba esperándome en la puerta, con las maletas hechas.

Se inclinó hacia delante, apoyándose en la baranda que se asomaba a la planta inferior, y siguió hablando sin mirar a Tippy.

—Me dijo que había ido a una clínica para abortar mientras estaba fuera, y que también se había puesto en contacto con un abogado para tramitar nuestro divorcio. Justo antes de salir por la puerta me dijo que no iba a traer al mundo al hijo de un hombre capaz de asesinar a sangre fría.

Tippy había intuido desde el momento en que se habían conocido que había algo traumático en su pasado. De pronto todo encajaba, como los celos que destilaban sus palabras cada vez que mencionaba a los mellizos de Judd y Christabel. Debía haber sido terrible para él, pensó, sintiendo su dolor como propio. La halagaba hondamente que le hubiera confiado algo tan personal.

–¿No vas a decir nada? –inquirió él, sin volverse, en un tono sarcástico.

–¿Era muy joven? –le preguntó Tippy.

–Tenía mi misma edad.

La joven bajó la vista a las manos de Cash. Su rostro no reflejaba emoción alguna, pero tenía los nudillos blancos por la presión que estaba ejerciendo sobre la baranda de acero.

–Soy de la clase de personas que no pisan a un insecto si pueden evitarlo –le dijo quedamente–, igual que sería incapaz de acostarme con un hombre sin usar algún método anticonceptivo a menos que lo amase. Creo que los hijos deben ser concebidos por amor, no por error.

Cash giró la cabeza lentamente hacia ella, y la miró con curiosidad.

–Tenía razón, Tippy: soy un asesino –le dijo en un tono inexpresivo.

Ella escrutó su rostro con ojos amables.

–No lo creo.

Cash frunció el ceño.

–¿Cómo dices?

–El comandante Marist me contó que formaste parte de una unidad de élite de las Fuerzas de Operaciones Especiales –respondió Tippy–, que te enviaban cuando las negociaciones fallaban, cuando había vidas en juego. Por mucho que digas no voy a creer que fueras un sicario, que mataras a gente por dinero. No eres esa clase de persona.

Cash parecía estar conteniendo el aliento.

—No sabes nada de mí —le dijo abruptamente.

—Mi abuela era irlandesa, y tenía un sexto sentido para intuir lo que otras personas no pueden —le explicó Tippy, todavía con esa expresión compasiva en la mirada—. Todas las mujeres de nuestra familia lo tienen... excepto mi madre —añadió—. Yo misma sé cosas que no debería saber. Presiento las cosas antes de que ocurran. De hecho, estoy muy preocupada por Rory, porque tengo un mal presagio; tengo la sensación de que nos acecha un peligro que tiene relación con él.

—No creo en esas cosas —le espetó Cash—; no son más que supersticiones.

—Quizá lo sean para ti, pero para mí no —replicó ella, buscando con la mirada a su hermano.

Rory estaba en medio de un grupo de personas observando un celacanto disecado que colgaba del alto techo de la sala.

Cash tenía la impresión de que Tippy podía ver en su interior, de que se había vuelto transparente ante sus ojos, y era una sensación que no le gustaba. Era un hombre reservado, un hombre con secretos, y no quería que nadie escudriñase en su mente.

—Te he enfadado. Lo siento —le dijo Tippy suavemente, sin mirarlo a los ojos—. Voy a la tienda de Einstein. Rory quiere una camiseta. Me reuniré con vosotros en el vestíbulo dentro de una hora.

Cash le agarró la mano y la hizo volver junto a él.

—Ni hablar. Iremos juntos —la tomó por la barbilla para poder mirarla a los ojos—. Como le dije a Rory una vez, sí hay algo que valoro, es la honestidad.

—No es verdad, no cuando alguien hace conjeturas sobre tu vida privada.

—Te he hablado sobre mi vida privada —le contestó él. Inspiró lentamente—. Nunca le había hablado a nadie de ese hijo que podría haber tenido.

—Supongo que tengo la clase de cara que hace que la gente se sincere —le dijo Tippy con una tierna sonrisa.

—Sí que la tienes —murmuró él, acariciándole levemente la mejilla—. Escucha, Tippy, tengo más secuelas psicológicas que tú por las cosas que he vivido, y eso ya es decir algo. Creo que no sería sensato que, siendo dos personas marcadas por experiencias tan terribles, iniciáramos una relación, así que sencillamente no va a suceder, y ya está.

Tippy lo miró entre tímida y curiosa.

—¿Te... te habías planteado la posibilidad... de tener una relación conmigo? —inquirió, como si no pudiera creerlo.

Era obvio que la mera idea la halagaba, y aquello sorprendió a Cash. No había imaginado que Tippy pudiese sentirse atraída por él. Tenía que ser difícil para ella, con lo que le había pasado.

—Pero, después de lo que te ocurrió... —murmuró Cash.

Tippy dio un paso hacia él y sintió que le faltaba el aliento.

—Olvidas algo: tú eres policía.

—¿Y por eso no me tienes miedo? —inquirió él, notándose sin aliento como ella por su proximidad y el embriagador aroma floral de su perfume.

Tippy encogió nerviosa uno de sus perfectos hombros.

—Judd estuvo en los Texas Rangers y me sentía segura con él.

—¿Adónde quieres llegar, Tippy?

La joven se mordió el labio inferior, y sus mejillas se tiñeron de un ligero rubor.

—No me siento exactamente... segura contigo. Haces que sienta nerviosa... temblorosa. Es como si estuviese ardiendo por dentro. No hago más que pensar todo el tiempo en cuánto me gustaría tocarte, y me pregunto... me preguntó qué sentiría si me besaras —susurró.

Se habían quedado apartados del resto de los visitantes.

Cash no podía creer que Tippy hubiese dicho lo que había dicho, pero en sus ojos podía leerse también. Parecía que estuviese en trance.

Sus fuertes manos la agarraron por la cintura, atrayéndola hacia sí, y la escuchó aspirar con brusquedad. Bajó la vista a los carnosos labios de la joven y le dijo con voz ronca:

—A mí también me gustaría tocarte, Tippy. No sabes cuántas veces he imaginado el tacto sedoso de tu piel contra mi pecho —le confesó, acariciándole con los pulgares la curva exterior de los senos. Mientras hablaba, inclinó la cabeza, dejando sus labios a sólo a unos centímetros de los de ella, y Tippy pudo sentir su aliento cálido y mentolado—, o cuántas veces me he imaginado besándote, haciéndote abrir la boca, y saboreándote con la lengua.

Tippy emitió un gemido ahogado. Temblorosa, apoyó la frente en su tórax mientras intentaba volver a respirar con normalidad.

—Cash... —jadeó, clavándole las uñas en el pecho.

Los pulgares de Cash se volvieron más insistentes. El deseo estaba inundándolo como la repentina crecida de un río, y notó cómo su cuerpo se tensaba y empezaba a perder el control sobre sí mismo. Iba a dar un paso atrás, pero en ese instante Tippy movió ligeramente las caderas, y sintió un latigazo de placer que lo hizo estremecer.

La joven alzó la vista, sorprendida por esa reacción inmediata de su cuerpo. Sabía por qué a los hombres les ocurría aquello, pero hasta ese momento siempre le había resultado repugnante. En ese momento, en cambio, le pareció algo fascinante, maravilloso. Sus labios se entreabrieron mientras se miraba en sus ojos tormentosos. ¡La deseaba!

Se frotó contra él de nuevo, ansiosa por darle placer, pero las manos de Cash bajaron a sus caderas, agarrándolas con brusquedad.

—Si vuelves a hacer eso —masculló—, vamos a acabar convirtiéndonos en el centro de las miradas de toda esta gente.

—¿Eh? ¡Oh...! —murmuró ella, tragando saliva al comprender.

Miró azorada en derredor, pero por fortuna nadie parecía estar observándolos.

Cash la apartó de sí y se irguió, recitando mentalmente las tablas de multiplicar para apartarla también de sus pensamientos. El estado de excitación en que Tippy lo había puesto, por mucho tiempo que llevase sin tener relaciones, le resultaba inquietante.

La joven estaba igualmente confundida. En cuestión de segundos había pasado de la aprehensión a la más apasionada expectación y, de pronto, lo único en lo que podía pensar era en una cama, con Cash tumbado en ella. Casi podía imaginar su cuerpo musculoso completamente desnudo...

Gimió levemente con la cabeza aún gacha. Se sentía incapaz de mirarlo a los ojos.

Cash no pudo contenerse, y una suave risa escapó de su garganta, tensa todavía por el deseo. Tippy era como un libro abierto. Era halagador saber que podía excitarla con unas caricias tan inocentes. Tippy también lo excitaba, pero no se fiaba de ella. ¿O sí? Hasta entonces nunca le había hablado a nadie de su esposa.

Manteniendo una discreta distancia entre ambos, Tippy subió sus bonitas y cuidadas manos al frontal de la camisa de Cash, y apretó vacilante las palmas contra él. No se atrevía a alzar la vista. Nunca se había sentido tan insegura, tan tímida... y nunca se había sentido tan feliz, ni tan... excitada.

Las grandes manos de Cash le rodearon la estrecha cintura, y permanecieron así un buen rato. La gente a su alrededor se movía, hablaba, se reía... pero Tippy y él estaban en su propio mundo. No recordaba haber experimentado nada similar en toda su vida.

—Podría acabar haciéndote daño —masculló irritado consigo mismo—. Y no me refiero a físicamente: soy demasiado independiente, no me abro... me he vuelto... casi incapaz de experimentar emoción alguna.

Parecía tan vulnerable... Fascinada, Tippy alzó el rostro, y cuando sus ojos verdes se encontraron con los turbulentos ojos negros de él, se estremeció por dentro como si hubiese sido alcanzada por un rayo, dejando escapar un gemido ahogado.

—Pero es que yo... estoy sintiendo cosas que no había imaginado que pudiera sentir jamás.

Las manos de Cash, aún en torno a su cintura, dieron una pequeña sacudida. Apretó los dientes.

—¿No te das cuenta de que permitir esto sería un suicidio? —le dijo con aspereza.

Recordando una frase de un libro, los ojos de Tippy se iluminaron, y le susurró divertida:

—Bueno, ¿acaso quieres vivir eternamente?

Aquello disipó la tensión, y Cash se echó a reír. El rostro de la joven irradiaba felicidad.

—Hasta hace sólo unos días no sabía si podría tener una relación con un hombre después de lo que me pasó —le confesó quedamente—, pero estoy casi segura de que contigo sí que podría. ¡Sé que podría, Cash!

Él la miró con la misma fascinación con que lo había mirado ella un momento antes. Escrutó en silencio sus facciones, y al cabo de un rato le preguntó:

—¿Con qué fin, Tippy?

—¿Fin? —repitió ella sin comprender.

No podía pensar; se notaba todo el cuerpo dolorido de deseo.

El pecho de Cash subió y bajó en un profundo suspiro.

—No quiero volver a casarme —le dijo en un tono inexpresivo—. Y no hay vuelta de hoja.

Tippy abrió mucho los ojos al darse cuenta de lo que, sin pretenderlo, habían insinuado sus palabras. Al menos fue capaz de reaccionar rápido y aplicar el ingenio para evitar ponerse aún más en evidencia.

—Oye, oye... Espera un momento, amiguito —le dijo—. Eso

no era una proposición de matrimonio. ¡Si apenas te conozco! ¿Sabes cocinar y limpiar? , ¿sabes llevar las cuentas?, ¿y zurcir un calcetín? Por no hablar de hacer la compra..., ¡porque sería incapaz de considerar seriamente la posibilidad de casarme con un hombre que no sepa hacer la compra!

Cash parpadeó a propósito dos veces, y se puso una mano tras la oreja a modo de bocina.

—¿Podrías repetir lo que has dicho? —le pidió muy educado—. Tenía la cabeza en otra parte.

—Y aparte de todo eso —continuó ella sin echarle cuenta—, si algún día me caso, mi futuro marido tendrá que cumplir muchos otros requisitos, y siento decirlo, pero me temo que tú no tendrías ni la más mínima posibilidad. Así que no seas tan presuntuoso, Grier. Como mucho puedes considerarte en periodo de prueba.

Los ojos de Cash brillaron maliciosos.

—Bien —dijo insolente, encogiéndose de hombros.

Tippy se apartó de él, sacudiendo la cabeza.

—Te lo digo en serio: no vayas a pensarte que me tienes en el bote sólo porque haya accedido a salir contigo. Y recuerda que no estamos solos, así que más te vale no intentar nada.

Cash esbozó una sonrisa traviesa.

—Bien.

Tippy frunció el entrecejo.

—¿No sabes ninguna palabra de al menos dos sílabas?

La sonrisa maliciosa de Cash se hizo aún más amplia. Abrió la boca para contestar, pero Tippy lo interrumpió.

—¡Ni se te ocurra decirlo!

Cash enarcó las cejas.

—Seguramente tampoco creerás en el poder de leer la mente de las personas, pero acabo de leer la tuya, y si fuera tu madre te lavaría la boca con jabón.

Esa referencia a su madre borró la sonrisa de los labios de Cash, y se le mudó la expresión.

—Lo siento —murmuró Tippy, contrayendo el rostro—. Lo siento mucho, Cash. No debería haber dicho eso.

Él frunció el ceño.

—¿Por qué?

Tippy rehuyó su mirada y fue junto a un esqueleto pequeño que había expuesto en una vitrina.

—Sé... lo de tu madre. Crissy me lo contó.

Cash se quedó callado un buen rato antes de volver a hablar.

—¿Cuándo?

—Aquel día... después de que me hicieras llorar —le confesó ella, no queriendo recordar aquello—. Me dijo que no era nada personal, que simplemente no te gustaban las modelos... y me explicó el porqué.

Cash hundió las manos en los bolsillos del pantalón, y de repente los dolorosos recuerdos del pasado le revolvieron las entrañas.

Tippy se volvió hacia él y lo miró.

—No puedes olvidarlo, ¿no es verdad? Ni siquiera después de todos estos años. El odio es como un ácido que te corroe por dentro, y la única persona a la que hace daño es a ti.

—Tú sin duda lo sabes bien —contestó él bruscamente.

—Pues sí, lo sé muy bien —contestó ella, sin sentirse ofendida—, porque sé lo que es odiar. Aquel malnacido me dio tal paliza que no podía siquiera defenderme. Sangraba, y tenía todo el cuerpo lleno de cardenales cuando me violó, una y otra vez... Yo gritaba, pidiendo ayuda, y mientras, mi propia madre... —tragó saliva y miró hacia otro lado.

Cash sentía ganas de vomitar mientras la escuchaba, y sólo podía imaginar lo horrible que aquello debía haber sido para ella.

—Alguien debería haberlo matado —dijo en un tono desprovisto de emoción.

—El vecino de al lado era policía —respondió Tippy con voz ronca—. Siempre pensé que quizá fuera mi verdadero padre, por el modo en que se preocupaba por mí. Oyó mis gritos y vino corriendo. Fue una suerte que ésa fuera su noche libre. Arrestó a Stanton y a mi madre, y los mandaron a la cárcel. A mí me llevó a un centro de acogida. Fue muy amable conmigo —añadió tragando saliva de nuevo—, y la gente del centro también lo fue, pero yo sabía que mi madre acabaría saliendo de la cárcel y que encontrarían la manera de hacerme volver con ellos. Antes habría preferido la muerte, así que me escapé del centro de acogida.

—¿Y te buscaron? —inquirió él.

—Parece que sí, pero Cullen se había encargado de borrar mis huellas, y tenía suficiente dinero como para mantenerme a salvo. Cuando cumplí los catorce se convirtió en mi tutor legal, y mi madre no era tan estúpida como para intentar apartarme de él. Cullen conocía a unos cuantos tipos «peligrosos» —añadió, dirigiéndole una sonrisa maliciosa. Él desde luego encajaba en aquella categoría—, como un amigo que se movía en los círculos mafiosos: Marcus Carrera. Ahora ya ha abandonado ese mundo, y tiene casinos en Las Bahamas y en no sé cuantos sitios más. Por lo que sé Cullen y él eran socios en algún tipo de negocio. Se ha reformado, como te digo, pero su reputación le sobra y le basta para disuadir a la mayoría de la gente de causarle problemas.

—Y no es homosexual, desde luego —farfulló Cash—. Lo conozco. Es un buen tipo... para ser un ex gángster, quiero decir.

—El caso es que Cullen le dijo a mi madre que si intentaba recuperar mi custodia tendría una pequeña charla con Marcus, y mi madre sabía quién era. Después de aquello me dejó tranquila, y desistió también de recuperar a Rory.

—¿Has vuelto a verla alguna vez?

Tippy cruzó los brazos sobre el pecho.

—No, no la veo, ni hablo con ella... sólo a través de mi abogado. Lo último que he sabido de ella es lo que te he contado: que se ha quedado sin blanca y pretende ir a la prensa amarilla para sacar dinero —le explicó alzando la vista hacia él—. Estoy empezando una nueva carrera, y no puedo permitir que manche mi nombre de esa manera. Podría afectarme negativamente, y perderlo todo... incluso a Rory... si saca a relucir el pasado. Lo peor es que ella no tiene nada que perder.

—Todavía no me conoces bien —le dijo Cash quedamente—, pero espero que sepas que haría cualquier cosa que esté en mi mano por Rory y por ti. Lo único que tenéis que hacer es llamarme y pedírmelo.

Tippy lo miró preocupada.

—No sería justo involucrarte —comenzó.

—No tengo familia —respondió él en un tono inexpresivo—. No tengo a nadie en el mundo.

—Eso no es cierto —replicó ella—. Quiero decir... tú mismo me contaste que tenías varios hermanos, y que tu padre aún vive...

Las facciones de Cash se endurecieron.

—A excepción de Garon, el mayor de mis hermanos, hace años que no veo a los otros ni a mi padre —contestó—, y mi padre y yo no nos hablamos.

—¿Y con tus hermanos tampoco tienes relación? —insistió ella.

Una expresión atormentada se asomó a los ojos de Cash.

—Sólo con Garon —repitió—. Vino a verme hace unas semanas. Me dijo que los otros querían que enterráramos el hacha de guerra.

—Entonces no todo está perdido.

—Tal vez. No sé.

Tippy frunció sus finas cejas.

—Eres incapaz de perdonar a nadie, ¿no es así?

Cash parecía no querer mirarla a los ojos, y también parecía reacio a contestar. Volvió el rostro hacia el esqueleto de dinosaurio que tenían en frente.

—Tu madre debió ser una mujer muy especial —murmuró Tippy.

—Era una persona amable y callada, tímida con los extraños —contestó Cash. Daba la impresión de que las palabras estuviesen siendo arrancadas una a una de su alma—. No era hermosa, ni tenía una personalidad chispeante. Un año, en la feria del ganado, mi padre conoció a una joven modelo que estaba haciendo una sesión de fotos allí. Se encaprichó con ella, y mi madre no podía competir con esa chica. Mi padre comenzó a tratarla con crueldad, porque lo irritaba estar atado a ella. Al poco tiempo le diagnosticaron un cáncer a mi madre, pero no se lo dijo a nadie. Sencillamente se dejó morir sin dar batalla a la enfermedad —cerró los ojos—. En sus últimos días, cuando ya estaba en fase terminal en el hospital, me iba allí con ella cada día. Me negaba a ir al colegio, y mi padre había renunciado a intentar obligarme. Sostuve su mano cuando murió. Yo tenía nueve años.

Olvidándose de las gente que había a su alrededor, Tippy lo abrazó y se apretó contra él.

—Continúa —le susurró—. Te escucho.

Cash detestaba mostrarse vulnerable ante ella, ¡lo detestaba!, pero a pesar de todo la estrechó entre sus brazos. ¡Necesitaba tanto aquel consuelo...! Se había guardado todo aquel dolor dentro durante demasiado tiempo.

Suspiró junto a la oreja de Tippy, exhalando sobre ella su cálido aliento.

—Llevó a su amante al entierro, al entierro de mi madre —dijo en un tono gélido—. Aquella mujer me odiaba tanto como yo a ella. Se había camelado a dos de mis hermanos, y ellos estaban encantados con ella... y furiosos conmigo porque me negaba a darle una oportunidad. Yo la había calado desde el primer momento; sabía que sólo iba detrás del dinero de mi padre y de nuestras tierras. Para vengarse de mí, se deshizo de todas las cosas de mi madre, y le dijo a mi padre que la había llamado cosas horribles, y que lo único que buscaba era separarlos —inspiró profundamente—. El resultado era predecible, supongo, pero yo entonces no habría podido imaginarlo. Mi padre me envió a una academia militar, y se negaba incluso a dejarme volver a casa en vacaciones a menos que me disculpara por haber sido tan grosero con ella —añadió riendo con amargura. Sus brazos apretaron en ese momento la cintura de Tippy con tanta fuerza que le hizo daño, pero ella no se quejó—. El día en que me fui de casa le dije que lo odiaría hasta el día en que muriera, y no he vuelto a poner un pie allí.

—Pero... con él tiempo él debió darse cuenta del juego de esa mujer, ¿no es así? —inquirió Tippy.

Los brazos de Cash se relajaron un poco.

—Cuando yo tenía doce años la pilló en la cama con uno de sus amigos, y la echó a patadas —contestó Cash—. Ella presentó una demanda de divorcio con la que pretendía sacarle hasta el último centavo, y le dijo que le había mentido sobre mí para quitarme de en medio. Se reía cuando se lo dijo, jactándose de ello. Perdió el pleito, pero había conseguido enfrentarlo conmigo, y se aseguró de restregárselo por las narices.

—¿Cómo te enteraste?

—Me negaba a contestar sus llamadas, así que mi padre me escribió una carta contándomelo todo. Me decía que lo sentía, que quería que volviese a casa, y que me echaba de menos.

—Pero tú no quisiste volver —adivinó Tippy.

—No, no quise. Le respondí que jamás le perdonaría lo que le había hecho a mi madre, y que no volviera a intentar ponerse en contacto conmigo. Le dije que si no quería seguir pagándome la academia me pondría a trabajar para acabar mis estudios, pero que no pensaba volver a casa —cerró los ojos, recordando lo dolido y furioso que se había sentido aquel día—. Así que seguí en la academia, saqué buenas notas, fui subiendo de rango... Me dijeron que en la ceremonia de graduación estuvo allí, pero yo no lo vi. Después ingresé en el ejército, pasando de una misión a otra. De vez en cuando también intervenía en misiones coordinadas con gobiernos de otros países, y cuando dejé el ejército fui por libre, me convertí en un mercenario. No tenía nada por lo que vivir y nada que perder, así que... Ganaba mucho dinero —se puso tenso—. Pensaba que no necesitaba a nadie, que era duro como una roca. Es curioso, ¿sabes?, hay cosas con las que crees que podrás vivir... hasta que las has hecho.

Tippy subió una mano a la curtida mejilla de Cash, marcada por varias cicatrices, y la acarició con ternura.

—Tienes que liberarte de esas cadenas —le dijo quedamente, mirándolo a los ojos—. Te has quedado atrapado en el pasado, y no puedes salir porque te niegas a perdonar, a dejar atrás el dolor, el odio, y la amargura que te corroe.

—¿Acaso lo has hecho tú? —le espetó él—. ¿Has perdonado al hombre que te violó?

Tippy exhaló un suspiro.

—Todavía no —admitió—, pero lo he intentado, y al menos he aprendido a apartar esos recuerdos de mi mente. Durante mucho tiempo odié a todo el mundo, pero cuando me hice cargo de Rory me di cuenta de que lo primero era él, y que tenía que dejar atrás el pasado. No he podido hacerlo del todo, pero ya no es para mí una losa tan pesada como solía serlo hace unos años.

Cash siguió con el índice el arco de las cejas de las cejas de la joven.

—No había hablado de esto con nadie... nunca.

—Tus secretos están a salvo conmigo —le aseguró Tippy

suavemente–. En el trabajo soy la confidente de todo el mundo.

–También yo –confesó él con una leve sonrisa–. Siempre les digo que los gobiernos de muchos países se vendrían abajo si contará lo que sé. Y quizá sería así...

–Mis secretos no son tan importantes –dijo ella sonriendo también–. ¿Te sientes mejor ahora?

Cash suspiró.

–La verdad es que sí –respondió sorprendido, riéndose suavemente–. Quizá seas una bruja –murmuró–, y me hayas hecho un sortilegio.

–Tenía un tío que decía que nuestra familia descendía de los druidas de la antigua Irlanda. Claro que también me contó que entre nuestros antepasados había sacerdotes, y otro que había sido un ladrón de caballos –dijo ella riéndose–. Odiaba a mi madre, e intentó conseguir mi custodia cuando tenía diez años, pero ese mismo año murió de un ataque al corazón.

–Qué mala suerte.

–Mi vida ha estado marcada por la mala suerte –contestó ella–, como la tuya, pero los dos hemos luchado y hemos sobrevivido.

–Aunque quisieras no podrías hacerte una idea de las cosas tan horribles por las que he pasado –respondió él quedamente.

–Podrías intentar pensar en los malos recuerdos como granos –le propuso ella con mucha guasa–. Si no los revientas se ponen peor.

–Los míos no, cariño.

Tippy enarcó las cejas. Aquel término afectuoso, y el tono aterciopelado en que Cash lo había pronunciado, la hizo sonrojarse un poco. Resultaba curioso. Hasta ese instante era una palabra que siempre había detestado, por los cientos de veces que la había oído de labios de los engreídos machistas que la habían pretendido.

Cash enarcó una ceja y la miró divertido.
—Te ha gustado lo de «cariño», ¿eh? —le dijo arrogante—. Espero que sepas que no suelo usar esa clase de lenguaje por norma general.
Tippy asintió.
—Sé muchas cosas de ti que no debería saber.
Cash le alzó la barbilla y la miró.
—Cuando te conocí en Jacobsville me pareció que podías ser peligrosa. Ahora sé que lo eres.
Tippy sonrió traviesa.
—Me alegra que te hayas dado cuenta.
Cash se echó a reír y la soltó.
—Vamos. Acabaremos atrayendo la atención de la gente si seguimos aquí parados —le dijo tendiéndole la mano.
Tippy ladeó la cabeza.
—¿Es ésa la única parte de tu cuerpo que vas a ofrecerme? —le preguntó, poniéndose roja como una amapola cuando se dio cuenta de lo que acababa de decir.
Cash prorrumpió en carcajadas y entrelazó sus dedos con los de ella.
—No seas impaciente —la reprendió—. Antes de llegar a lo interesante tenemos que pasar por unas cuantas fases previas. No hemos tenido todavía ni esas sesiones ardientes de caricias y besos que practican los adolescentes en los autocines.
Tippy carraspeó.
—No te hagas ilusiones. Soy una chica muy pudorosa.
—Tranquila, yo te quitaré la vergüenza.
—Eres un poco presuntuoso, ¿no?
—No dirás lo mismo cuando me veas en acción —la provocó Cash, apretándole suavemente los dedos. Se inclinó hacia ella y le dijo en voz baja—: conozco al menos una docena de posturas que te encantarán, y me gusta ir despacio, muy despacio... De hecho, si no fuera por lo modesto que soy te podría dar incluso referencias. Te haré experimentar sensaciones que jamás olvidarás.

—Oh, sí; muy modesto, ya lo veo... —dijo Tippy con sorna.

—Un hombre con tanta pericia en las artes amatorias como yo puede prescindir de la modestia —murmuró él provocador.

Tippy jamás lo habría admitido, pero sólo imaginarse esa pericia de la que hacía alarde hizo que se le cortara el aliento. Cash lo leyó en su rostro, y la sonrisa que había en sus labios se volvió aún más amplia.

Almorzaron en un restaurante japonés, y Tippy y Rory se quedaron fascinados al oír a Cash mantener una conversación fluida con el camarero.

—¡No tenía ni idea de que hablaras japonés! —exclamó Tippy—. ¿Has estado en Japón?

—Varias veces —contestó él, llevándose un trozo de pollo a la boca con los palillos. Parecía que llevase toda la vida usándolos por la destreza con que los manejaba—. Me encanta Japón.

—¿Y hablas más idiomas, Cash? —quiso saber Rory.

—Unos seis, creo —contestó Cash, como si aquello no tuviese ningún mérito. Sonrió al ver la expresión admirada del chico ante su respuesta—. Cuando trabajas para los servicios secretos los idiomas te ayudan más que una licenciatura en derecho.

—Ah, no, ni hablar —se apresuró a decirle Tippy a Rory, que había abierto la boca para decir algo—. Tú te buscarás un trabajo normal, como técnico informático, te casarás, y formarás una familia.

Rory le lanzó una mirada irritada.

—Me casaré cuando lo hagas tú.

Cash se rió.

—O mejor —añadió Rory—: me casaré cuando *él* lo haga—dijo señalando a Cash.

—Yo no aceptaría esa apuesta —le advirtió Cash a Tippy.
—Tampoco yo —contestó ella.

Cash la miró curioso, pero no sonrió. Nunca había sentido nada parecido a lo que sentía cuando estaba con Tippy, y eso estaba empezando a preocuparlo de verdad. Aquella mujer estaba generando en él deseos y necesidades que le causaban más temor que las balas.

Ansiaba hacerle el amor, y era evidente que ella se lo permitiría. El sólo pensamiento hacía que le diera vueltas la cabeza. Casi podía imaginar el perfecto cuerpo de la joven debajo del suyo, entre sábanas blancas, sus largas piernas rodeándole la cintura, sus carnosos labios devorando los suyos... Tippy le había dicho que no sabía prácticamente nada de sexo, pero eso no suponía necesariamente un problema; él le enseñaría. Tenía sobrada experiencia, pericia, y podía mostrarle todo un mundo de placeres que ni imaginaba. De hecho, lo cierto era que se moría por hacerlo. ¿Se daba cuenta ella de hasta qué punto la deseaba? ¿Lo sospecharía siquiera?

Cuando estaban juntos le brillaban los ojos, y aunque en cierto modo fuese aún virgen, no podía ser tan ingenua como para no advertir el deseo en la mirada de un hombre y no leer las señales que emitía su cuerpo. Más aún, estaba seguro de que sabía que la deseaba. De pronto se sintió como un conejo atrapado.

Se obligó a apartar la vista de ella mientras intentaba decidir qué hacer. Ir a Nueva York no había sido una buena idea, se dijo enfadado. Tenía que marcharse mientras todavía estaba a tiempo.

A Tippy, que estaba aprendiendo a interpretar las emociones de Cash por los leves matices expresivos de su rostro, no le pasó desapercibido su cambio de actitud, y se retrajo como él. De regreso a su piso, siguió mostrándose educada y alegre, pero adoptó la misma actitud de distanciamiento que Cash.

Cuando llegaron, en la puerta había un chico que tendría más o menos la edad de Rory, llamando al timbre con impaciencia. Al oírlos acercarse se volvió.

—¡Eh, Rory! ¡Mi madre dice que nos lleva a ver esa película que acaban de estrenar, y que puedes quedarte a dormir! —miró a Tippy y a Cash y contrajo el rostro decepcionado—. Aunque si tenéis visita supongo que no querrás venir...

—Cash no es una visita, Don, es como de la familia —le dijo Rory, perdiéndose la expresión emocionada en el rostro de Cash—. Me encantaría ir. ¿Puedo, Tip?

Don Hartley y su familia vivían junto a ellos, y sabían los problemas que Rory y ella habían tenido con su madre; nunca perderían al chico de vista.

—Bueno... —comenzó su hermana vacilante.

—Seguro que Cash se muere por llevarte a algún sitio elegante —la instó Rory—. ¡Y ni siquiera tendréis que sobornarme para que os deje a solas!

Cash se echó a reír.

—Podríamos ir al ballet —le propuso a Tippy—. Tengo... um... tengo entradas, pero no sabía si querrías ir...

—Me encanta el ballet —contestó ella ilusionada—. De niña soñaba con ser bailarina, pero... nunca tuve la oportunidad de aprender —giró la cabeza hacia Don—. De acuerdo, puede ir, pero mañana después del desayuno iré a recogerlo. No voy a poder pasar mucho tiempo con él, porque el día después de Año Nuevo volvemos al rodaje.

—¿No lo dirás en serio? —exclamó Cash.

—Me temo que sí. El productor nos dijo que el director tiene que empezar otra película en marzo... en Europa, así que quiere tener ésta lista lo antes posible —respondió ella con un suspiro.

—Acabarás otra vez llena de cardenales —gimió Rory.

Tippy se encogió de hombros.

—¿Qué le vamos a hacer?, son gajes del oficio —contestó, y añadió con una sonrisa—: ¡Soy una estrella!

Rory guardó un pijama, una muda de ropa y sus objetos de aseo en una mochila, y se marchó con los vecinos; Cash regresó a su hotel para cambiarse; y Tippy... Tippy se tiró una eternidad buscando en el armario el vestido adecuado.

Justo acababa de encontrarlo cuando Cash llamó a la puerta. Cuando abrió, Tippy se quedó sin habla. Llevaba una inmaculada camisa blanca y una corbata negra, unos pantalones muy bien planchados, y unos zapatos que relucían de tal modo que se reflejaba en ellos el techo. Se había quitado la coleta para la ocasión, y el cabello, negro y ligeramente ondulado, le caía sobre la nuca. Estaba increíblemente guapo.

—¿Vas a ir en bata? —le preguntó Cash, señalándola con la cabeza.

Tippy se la cerró, y se ató el cinturón.

—No, es que... estaba buscando qué ponerme.

Cash miró su reloj de pulsera.

—Pues tienes cinco minutos para encontrarlo —le dijo—. He reservado mesa en el Bull and Bear a las seis.

Tippy lo miró boquiabierta.

—¡Ese es uno de los restaurantes más selectos de la ciudad; y está en...!

—Y está en el hotel Waldorf-Astoria, lo sé —acabó él por ella—. El ballet empieza a las ocho, así que si no piensas ir con eso... —le dijo señalando la bata azul, que le llegaba a los tobillos—, ...será mejor que te des prisa.

Tippy corrió como un rayo a su dormitorio. Se dejó el cabello suelto, se aplicó un ligero toque de maquillaje, y se puso un conjunto de pendientes, collar, y pulsera de diamantes. Luego se enfundó el vestido que había escogido: terciopelo blanco con escote palabra de honor y un lazo negro en la cintura, y encima se colocó un abrigo de terciopelo negro con forro blanco por dentro. Sin volver a mirarse al espejo, salió de su habitación para reunirse con Cash.

Éste, que estaba echando un vistazo a los libros que tenía en la estantería, se volvió al oír abrirse la puerta... y se quedó de piedra.

Tippy se sintió repentinamente insegura.

—¿Debería ponerme otra cosa? —inquirió, hecha un manojo de nervios.

Cash siguió mirándola en silencio, con los ojos entornados.

—Una vez vi un cuadro en una pinacoteca... —murmuró, dirigiéndose lentamente hacia ella—, ...de un hada bailando y riendo a la luz de la luna. Me recuerdas a ella.

—¿También llevaba un abrigo de terciopelo negro? —le preguntó Tippy traviesa.

—No bromeo —le dijo Cash, tomando su rostro entre sus grandes manos—. Estaba convencido de que esa mujer del cuadro era la criatura más seductora que había visto jamás... pero en este preciso instante acabo de darme cuenta de que estaba equivocado —añadió bajando la vista a la boca de Tippy—. ¡Me has dejado sin aliento...!

Despacio, para no asustarla, posó su boca sobre la de ella, y la atrajo hacia sí con suavidad, no a la fuerza, mientras la besaba con sensualidad hasta que sintió que su cuerpo empezaba relajarse y que sus labios se distendían. Tippy inspiró temblorosa, y se recostó contra su pecho, rodeándole el fuerte cuello con ambas manos. Cash las sintió frías sobre su piel, y levantó la cabeza para mirarla a los ojos. Estaba asustada, pero no parecía querer apartarse de él. Sí, en sus ojos había temor, pero también brillaban de deseo.

—No voy a hacerte daño —le susurró.

—Lo sé. No me das miedo —contestó ella sin aliento.

—¿Estás segura? —murmuró Cash.

Atacó su boca en una sucesión de suaves pero ardientes

besos que tuvieron un efecto explosivo en ambos. Luego, sin previo aviso, la asió por las caderas y la atrajo hacia las suyas. Tippy emitió un gemido ahogado, y se estremeció ante aquel contacto tan íntimo, sintiendo que una ráfaga de placer se disparaba por sus venas.

—Oh, sí... sabes lo que está ocurriendo ahí abajo, ¿no es verdad, nena? —jadeó Cash contra sus labios. Sus manos apretaron las caderas de Tippy, y su boca se volvió más insistente—. ¿Quieres sentirlo dentro de ti? —le susurró al oído.

—¡Cash! —exclamó ella, revolviéndose en su abrazo y asustándose al ver que no podía soltarse.

Aquello sacó a Cash del estado de trance en el que lo había sumido el deseo, y aflojó inmediatamente la presión sobre sus caderas.

—Lo siento —farfulló.

Tippy no se apartó de él.

—Yo también —murmuró, escrutando sus ojos—. Olvidé que los hombres... pierden el control.

—Yo no —replicó él con brusquedad—. Esto no me había pasado nunca. No me había pasado hasta hoy.

Tippy estaba observándolo con los ojos muy abiertos, fascinada. Aquella confesión debería haberla asustado aún más, pero tuvo el efecto contrario, porque lo hizo más vulnerable a sus ojos, y disipó su temor. La joven exhaló un largo suspiro.

—Está bien —susurró, logrando esbozar una leve sonrisa—. Ya no tengo miedo.

Los dedos de Cash le acariciaron la barbilla y después sus tiernos labios, recorriéndolos con las yemas como el pincel de un artista, trazando su contorno... atormentándola.

Tippy se estremeció cuando Cash la atrajo hacia sí con un brazo, pero alzó la barbilla y cerró los ojos en muda invitación.

—Sabes a algodón de azúcar, Tippy —susurró Cash mientras su boca descendía sobre los labios entreabiertos de ella—. Te comería a besos...

Tippy sintió cómo los labios de Cash rozaban los suyos, cómo apenas los tocaban para retirarse luego, como sondeando. Se dejó llevar, saboreando cada segundo en su amoroso abrazo. Cash no la intimidaba, y tampoco la asustaba. Le encantaba sentir el calor de su cuerpo, y aspirar el aroma fresco de su *aftershave*; le encantaba el modo en que la tenía estrechada entre sus brazos: con ternura, pero también con fuerza y confianza.

Empezó a notarse de pronto unos ligeros temblores subiéndole por las piernas y por la espalda que no había sentido jamás, y se apretó vacilante contra Cash.

Sus manos, aún tras el cuello de Cash, se entrelazaron, como si tuvieran vida propia, y su cuerpo se arqueó involuntariamente para pegarse todavía más a él. Lo deseaba tanto...

Cash, al notar que la joven empezaba a responderle, despegó sus labios de los de ella, y miró a sus confundidos ojos.

—Me deseas, lo sé, pero no voy a aprovecharme. Conmigo puedes estar tranquila —le susurró—. Déjate llevar. No voy a hacerte daño, ni voy a forzarte, ¿de acuerdo?

Tippy todavía se sentía algo insegura, pero asintió levemente y cerró los ojos, esperando a que él diera el siguiente paso.

Que demostrara esa confianza en él hizo que a Cash le temblaran las rodillas. Sabía lo difícil que tenía que ser aquello para ella después de lo que le había ocurrido siendo sólo una niña, el ceder el control de su cuerpo a un hombre. Reprimió con decisión el creciente deseo que lo estaba invadiendo. Quería ser tierno con ella; quería darle tanto placer que nunca mirase a otro hombre mientras viviese.

Sus labios rozaron los de ella, primero con suavidad, luego con más insistencia. Dejó que las reacciones de Tippy lo guiaran, apartándose un poco cuando la notaba tensarse, siendo un poco más audaz cuando ella se apretaba contra él... Los segundos fueron pasando en un ardiente compás de placer que iba en aumento.

Tippy gimió suavemente cuando los besos de Cash se volvieron todavía más intensos, y de nuevo su cuerpo se arqueó hacia él desesperado por satisfacer el ansia que la consumía. Cash sintió la espiral de deseo que se elevaba dentro de ella, alimentada por la misma necesidad abrasadora que él sentía.

Sí, pensó febril, Tippy lo deseaba... aunque ella todavía no lo supiera. Bajó las manos a la cintura de la joven y la levantó del suelo sin dejar de besar apasionadamente sus dulces labios.

Tippy tembló al sentir la palpitante excitación de Cash. Sus labios estaban atacando los de ella con fiereza, y pronto todo su cuerpo empezó a ponerse rígido de nuevo. Tippy lo oyó gemir dentro de su boca al tiempo que sus brazos la estrechaban aún con más fuerza.

Debería estar asustada. Quizá Cash no hubiese perdido nunca el control con otra mujer, pero con ella lo estaba perdiendo en cuestión de segundos. Aquel deseo arrollador la halagaba.

Recordó entonces lo que le había dicho, sobre el tiempo que hacía que no tenía relaciones. Estaba muy excitado, y ella, aun de un modo involuntario, se estaba mostrando dispuesta. ¿Qué haría si Cash no quisiese parar? ¿Y si no podía parar?

Al notar que el entusiasmo de la joven disminuía, Cash la bajó al suelo y se apartó de ella al instante. Levantó la cabeza, y la miró. En su rostro, carente de expresión, sólo sus brillantes ojos negros parecían vivos.

Tippy tragó saliva.

—Sólo quería... comprobar algo —musitó.

—¿Si de verdad sería capaz de parar? —murmuró él con una sonrisa.

Tippy asintió azorada, y Cash acarició con el índice sus labios hinchados.

—Estaba equivocado contigo.

—Y yo contigo —respondió ella.

Dio un paso hacia él y ocultó el rostro en su pecho un

momento, mientras recordaba la descarada pregunta que él le había hecho un momento antes. Se excitó sólo de pensar en ello, imaginándolo dentro de su cuerpo, muy adentro, y el placer exquisito que la invadió la hizo estremecer. Sin embargo, cuando iba a decirle algo igualmente atrevido, Cash se apartó de ella.

—Deberíamos irnos ya —le dijo inclinándose hacia delante, y besándola en la punta de la nariz—; si no no llegaremos a tiempo ni a un sitio ni al otro.

Vacilante, Tippy alzó el rostro hacia él. Se sentía acalorada, tensa, ansiosa..., y en sus ojos se reflejaba el deseo insatisfecho.

—Si te pidiera...

—¿El qué? —la instó él.

Tippy tragó saliva y se obligó a continuar.

—Si te pidiera que me hicieras el amor...

Los ojos de Cash llameaban cuando la interrumpió, poniendo el pulgar sobre sus labios hinchados.

—¡Quiero hacerlo! —le dijo—. No te imaginas hasta qué punto, pero no tengo por costumbre empezar cosas que no puedo llevar hasta el final.

—Pero esto sí podríamos llevarlo hasta el final —replicó ella—; ¡sé que contigo podría!

Cash se estremeció visiblemente y se apartó de ella. No se atrevía a aceptar ese ofrecimiento. De hecho, ya había ido demasiado lejos con lo que había hecho y dicho.

—Bueno, pues no vamos a hacerlo. Esta noche no —respondió Cash bruscamente, yendo hacia la puerta—. Te he invitado a cenar y al ballet; sólo a eso —abrió la puerta y se volvió para mirarla—. ¿Vienes o no?

Tippy se avergonzó de haber hecho un ofrecimiento semejante de manera tan precipitada, y precisamente a Cash Grier, de entre todos los hombres del planeta. Sin embargo, el azoramiento pronto dio paso a una profunda irritación. Al fin y al cabo era él quien había empezado aquello, atormentándola con aquel cuerpo perfecto, y luego apartándola de él, como quien tienta con un caramelo a un niño y luego se lo vuelve a guardar en el bolsillo. ¿Serían todos los hombres así?

—Es verdad, sólo me has invitado a cenar y al ballet —repitió con aspereza, arrebujándose en su abrigo y abrochándolo hasta arriba—. ¡Y no te preocupes, no intentaré seducirte en el coche!

Cash la miró irritado.

—Gracias. Te confieso que la idea me tenía preocupado.

Tippy pasó por delante de él con altivez, y salió por la puerta.

Molestos como estaban, cenaron sin saborear apenas la comida, y a Tippy la invadió un sentimiento de culpa, porque lo cierto era que estaba todo delicioso. Del elegante restaurante se fueron al ballet, y se sentó junto a Cash sin prestar tampoco atención al espectáculo que se estaba desarrollando sobre el escenario. Por un lado estaba enfadada, y por otro se sentía eufórica. Se notaba ardiendo por dentro, consumida por un ansia que jamás había experimentado. El deseo que sentía por Cash la tenía enajenada. Quería saltar sobre él, allí mismo, y arrancarle la ropa. Sin embargo, esas ansias que no podía evitar la mortificaban y la enojaban, y lo ignoró durante toda la representación.

Como si comprendiese cómo se sentía, Cash no le dijo una palabra ni la tocó hasta que la función hubo terminado y hubieron salido del teatro.

Cuando fueron a cruzar la calle para regresar al parking público donde habían dejado el coche, la tomó del brazo, y la notó tensa como las cuerdas de un violín.

Ya en el parking, Cash abrió el coche, y Tippy entró y se abrochó el cinturón de seguridad sin mirarlo. Cash se sentó al volante, y la miró de reojo mientras ponía el motor en marcha. Se sentía mal por haberla rechazado con tanta brusquedad, pero lo había hecho con la mejor intención. No tenía nada que ofrecerle, nada en absoluto. Además, no sería justo que se aprovechase de algo que ella no podía evitar. Lo halagaba que se sintiese tan atraída por él, pero se fiaba de ella.

De hecho, todavía no podía comprender cómo había podido confiar sus secretos a una mujer que, después de todo, era poco más que una extraña. Y aun así... lo curioso era que cuando estaba con ella no se sentía como si estuviese con una extraña. Se sentía cómodo, relajado, como si se conociesen de toda la vida. Eso lo preocupaba aún más.

Sacó el vehículo del aparcamiento con un volantazo, y a Tippy no le pasó desapercibida la irritación implícita en ese gesto.

Le dio la vuelta a su bolso sobre el regazo, y giró la cabeza hacia la ventanilla, observando las calles llenas de gente por las que pasaban, y los anuncios de neón en los edificios.

—No deberías ser tan presuntuoso, Grier —le dijo con aspereza—. Estoy segura de que debe haber al menos otros cinco o seis hombres en el mundo capaces de hacerme arder en deseos de abalanzarme sobre ellos.

De la garganta de Cash escapó un sonido ronco, pero Tippy no quiso volverse para ver si había sido una risa desdeñosa o algo distinto.

—Además, siempre puedo solucionarlo con una ducha fría, o apuntándome a algún deporte de equipo...

Cash apretó el volante entre sus manos en un intento por controlarse.

—¿Te importaría dejar el tema? —le pidió pasado un minuto—. Los dos sabemos que en cuanto te tocase... y no me refiero a caricias inocentes... empezarías a chillar.

Tippy se volvió hacia él sorprendida.

—¿Es eso lo que crees?

—Mira, Tippy, llevo la mayor parte de mi vida sirviendo en el ejército y en la policía —contestó Cash, aminorando la velocidad para hacer un giro–. Sé más sobre víctimas de violaciones que tú.

Ella no dijo nada, pero se quedó mirándolo, esperando.

Cash volvió el rostro hacia ella mientras hacía el giro.

–Puede que creas que has dejado atrás lo que te sucedió, que estás preparada para hacerlo, pero no te va a resultar sencillo... aunque sea con un hombre al que piensas que deseas. Uno de los peores casos de violación en los que he testificado sucedió en circunstancias similares a éstas. Una chica joven que había sufrido una violación quiso hacer el amor con su novio; se asustó y le pidió que parara, pero él no podía hacerlo.

–¿Y qué pasó?

–Empezó a gritar. Sus padres llegaron a casa en ese momento. Llamaron a la policía y detuvieron al chico. Ella intentó retirar los cargos, pero ya era demasiado tarde. Lo soltaron en libertad condicional, porque era su primer «delito», pero no volvió a hablar a la chica. Ella lo quería; sencillamente era incapaz de tener relaciones después de lo que le había pasado.

Tippy cruzó los brazos sobre el pecho y se estremeció.

–¿Te haces una idea? –le dijo Cash.

Tippy asintió, y giró la cabeza de nuevo hacia la ventanilla, hacia los escaparates y las luces de neón. Cash apretó los labios.

–Si hubiera perdido el control y te hubiera forzado... no habría podido vivir con ello –añadió.

Tippy emitió un gemido ahogado.

–Pero fui yo quien te ofrecí... –murmuró.

Cash la miró enfadado.

–¿Y qué hubiera importado eso si te hubiese dejado más secuelas de las que ya tienes?

La irritación de Tippy se desvaneció, y lo miró en silencio.

–Desde que me ocurrió aquello, nunca había sentido lo que siento estando contigo –le confesó–. Me sentía atraída por Cullen, pero no le gustaban las mujeres. Y ni siquiera lo que sentía por él es comparable a esto. Estoy... estoy ardiendo por dentro —le dijo con una risita vergonzosa—; siento un ansia punzante... casi es dolor. Y lo único en lo que puedo pensar es qué sentiría compartiendo la cama contigo toda una noche.

Mientras Cash intentaba convencerse de que aquello podía convertirse en un desastre anunciado si seguía escuchándola, sus manos apretaron el volante de tal modo que se le pusieron los nudillos blancos.

—Claro que si no estás interesado, no estás interesado —continuó Tippy—. Supongo que te preocupa lo de acabar atado de por vida y todo eso, pero puedo asegurarte que no tengo intención alguna de proponerte matrimonio por muy bueno que seas en la cama... si es que cambias de opinión.

Cash no pudo evitar echarse a reír.

—No lo entiendes, ¿verdad?

—¿No me digas que eres impotente? —murmuró Tippy.

Él le lanzó una mirada irritada.

—Por supuesto que no.

—Oh, entonces es que estás reservándote para alguien de quien no me has hablado —insistió ella.

—Sí, claro, eso es —farfulló Cash—. ¡Tippy, por amor de Dios...!

—Bueno, lo único que intento decirte es que necesito tu colaboración para un proyecto científico —prosiguió ella, imperturbable.

—¿Un *qué*?

—Un proyecto científico; de anatomía —contestó ella sonriendo traviesa.

Cash contrajo el rostro. Estaba perdiendo terreno, y aquello no iba por buen camino. Tenía que mantener la cabeza fría, porque a la vista estaba que ella estaba perdiendo la suya.

—Ni siquiera te pediría que dejásemos la luz encendida... —dijo Tippy.

Cash frunció el ceño.

—¿Y por qué iba a querer que la apagaras?

—Bueno, un hombre de tu edad... —murmuró ella malévola, mirándose las uñas esmaltadas—; en fin, ya sabes lo que quiero decir: quizá tengas ciertas inhibiciones por tu cuerpo... —le dijo, pestañeando con falsa coquetería.

Cash notó cómo se le tensaba cada músculo, y se preguntó si Tippy tendría idea de lo mucho que estaba excitándolo esa conversación.

—Agradezco tu consideración, pero tengo un cuerpo estupendo.

—En ese caso podremos dejar la luz encendida.

Cash suspiró exasperado. Giró para entrar en la calle de Tippy, y detuvo el vehículo frente a la casa de pisos donde vivía sin apagar el motor. La calle, iluminada por la luz de las farolas, estaba desierta y en silencio. Cash se volvió en el asiento hacia Tippy, y la miró ceñudo.

—¿Quieres hacerlo aquí, con el motor encendido? —exclamó ella, fingiéndose escandalizada, mirando a un lado y a otro.

—¡No, no quiero! —masculló él.

—Entonces... ¿no sería mejor que subiéramos? —lo instó Tippy—. No puedo saber cuál sería la reacción de cada uno, claro, pero estoy segura de que mis vecinos pondrían el grito en el cielo si nos pillaran aquí haciéndolo.

Cash la miró fijamente y trató de recordarse una vez más las consecuencias que aquello podría tener, pero su cerebro no parecía dispuesto a cooperar con él. De hecho, las reacciones de su cuerpo estaban haciéndole imposible pensar. El sólo verla allí, delante de él, con ese vestido blanco, y la turgencia de sus senos insinuándose debajo lo estaba volviendo loco. Hacía tanto tiempo desde la última vez que le había hecho el amor a una mujer...; demasiado tiempo. Se sentía más que dispuesto para una noche salvaje, pero no con una mujer que había sido violada y que, obviando ese horrible detalle, era virgen a todos los efectos.

—Última oportunidad —le dijo Tippy sin aliento, clavando las uñas en el bolso para combatir su natural timidez.

Cash suspiró irritado.

—Escucha...

Tippy levantó una mano para interrumpirlo.

—¿Cuántas más excusas vas a darme? —le dijo—. Lo siento, pero no sirven de nada. No quieres hacerlo conmigo y ya está. No pasa nada; lo entiendo. Gracias por la cena y la invitación al ballet. Ya sé que por mi actitud te habrá dado otra impresión, pero lo he pasado muy bien.

Abrió la puerta del coche y se bajó. Se volvió y se inclinó sobre la ventanilla con una sonrisa forzada.

—¿Contaremos contigo mañana? Es Nochebuena.

Cash frunció el entrecejo.

—No lo sé.

—Bueno, pues, si te animas, tendremos pavo con su guarnición y salsa de arándanos —dijo Tippy.

Cash estaba irritado y estaba hecho un lío. Nunca se había encontrado tan dividido entre lo que quería y lo que creía que debía hacer. No había deseado jamás a ninguna mujer como deseaba a Tippy, pero por cómo había reaccionado con él estaba seguro de que no había superado completamente lo que le había ocurrido. Tenía que hacerle ver que estaba siendo demasiado optimista.

—¿Te ha visto algún psicólogo? —le preguntó abruptamente.

—¿Crees que necesito ir a un psicólogo sólo porque te he propuesto que nos acostemos? —exclamó ella.

—¿Quieres parar? —explotó Cash—. ¿Es que no puedes hablar en serio aunque sea durante un minuto?

—Me he pasado toda mi vida adulta comportándome con seriedad, y hasta la fecha no me ha llevado a ninguna parte.

—Necesitas asistencia psicológica —insistió él.

Tippy lo miró enfadada.

—No necesito asistencia psicológica. Lo único que necesito es... ¿Qué más da lo que necesite? De todos modos tú no estás interesado.

—No te has enfrentado al pasado —le dijo Cash.

—Sí lo he hecho. Y he aprendido a vivir con ello. No sé si tú puedes decir lo mismo.

Se giró sobre los talones y subió los escalones de entrada. Estaba enfadada, pero todo su ser continuaba palpitando como una herida. Aquello era algo que no podría controlar; ni eso, ni su deseo insatisfecho.

Cash pensaba que no podría tener relaciones con un hombre, pero se equivocaba. De hecho, estaba convencida de que sí podría... al menos con él. Sin embargo, de nada le serviría intentar hacerle cambiar de opinión, porque no la creería.

Se detuvo para sacar la llave del portal del bolso y se volvió. Cash seguía sentado en el coche, con las ventanillas subidas y el motor aún en marcha.

Agitó la mano en señal de despedida y entró. Aquello era lo más difícil que había hecho en mucho tiempo, porque sabía que quizá nunca volviera a verlo. Lo gracioso era que le había dicho la verdad: su cuerpo palpitaba de deseo. Lo deseaba de tal modo que casi estaba temblando.

Cualquier otro hombre la habría llevado a la cama antes incluso de que hubiese acabado de proponérselo. ¿Por qué tenía que haberse topado con uno tan preocupado por su salud mental como para rehusar?

Cash la vio desaparecer tras la puerta con el corazón en la garganta. Aquella mujer dulce y preciosa lo deseaba, pero ella estaba ya dentro, y el estaba fuera, allí sentado en el frío de la noche y con el motor encendido. ¿Y por qué? Porque temía que una vez no fuera a ser suficiente.

Tenía la sensación de que finalmente había encontrado a una mujer a la que no podría dejar atrás, y no quería arriesgarse a hacerle el amor y acabar completamente en sus redes. Había padecido en carnes propias el poco valor que la palabra amor tenía para algunas mujeres, y aquella experiencia había destrozado su vida.

Sin embargo, Tippy no era una mujer cualquiera. Había sufrido una vejación terrible en el pasado con cuyo recuerdo no tenía más remedio que aprender a vivir, y lo comprendía... quizá mejor que nadie.

Christabel Gaines también lo había escuchado, y se había mostrado muy comprensiva con él. Su amabilidad y su sincera preocupación le habían llegado al corazón, pero aquello no había sido amor... no por parte de ella. Únicamente había sido amistad.

Lo que había entre Tippy y él era distinto. Tippy despertaba una pasión ardiente en su cuerpo, en su mente, en su corazón... Quería saber qué sentiría si la hiciese suya. Ansiaba saberlo.

Mientras intentaba convencerse de que debería marcharse, su mano derecha giró la llave en el contacto para apagar el motor, y la izquierda abrió la puerta del coche. Estaba tan excitado, tan atormentado, que no podía pensar en otra cosa que no fuese aplacar ese fuego que lo estaba consumiendo. Todos sus argumentos estaban siendo destrozados por el torbellino de pasión que se había generado en su interior.

Antes de poder echarse atrás, apretó el botón del piso de Tippy en el panel del portero automático.

Un pitido indicó que la joven le había abierto desde arriba. Cash entró en el portal y subió las escaleras con el corazón latiéndole como un loco. No iba a pensar en el día siguiente, no hasta que llegara el alba.

Tippy estaba esperándolo en la puerta cuando llegó. Se había quitado el abrigo, pero todavía llevaba puesto el vestido de terciopelo blanco, y la hermosa melena rubia rojiza le caía sobre los hombros en suaves ondas.

A pesar de la leve expresión de temor que se reflejaba en sus ojos, su rápida respiración delataba la excitación que no podía contener. Su piel parecía de seda.

Cash entró y cerró la puerta, echando también, por si acaso, el cerrojo. Tippy retrocedió, y por un momento Cash creyó que había cambiado de idea, pero era hacia el dormitorio hacia donde se dirigía.

Con el deseo escrito en el rostro la siguió lentamente, cruzó el umbral del dormitorio, y cerró la puerta tras de sí, echando también el pestillo. Se quedó allí de pie, mirándola, sin reparar apenas en la bonita colcha que cubría la cama de matrimonio, ni en las ventanas cerradas y las cortinas.

Tippy tragó saliva.

—La luz... —balbució, sonrojándose.

A pesar de su bravata de hacía unos minutos, no podía ocultar su azoramiento.

Cash entrecerró los ojos.

—¿Quieres que la apague?

Tippy asintió con la cabeza.

—Hay algo que debes saber antes de que hagamos nada —le dijo Cash—: No tengo preservativos, ni nada que podamos usar.

Los ojos de la joven buscaron los suyos.

—No me importa.

Cash sintió que el corazón le daba un brinco en el pecho. Pensó en Jessamina, la niñita de Christabel; se imaginó un hijo de su sangre... A pesar de estar diciéndole que podía dejarla embarazada, Tippy no se había echado atrás. Cash sabía lo mucho que le gustaban los niños, y por un instante, se permitió imaginar a una pequeña de cabello pelirrojo y ojos verdes, y el corazón comenzó a latirle como un loco.

—Hemos perdido la cabeza... los dos —dijo con voz entrecortada por la emoción.

Tippy asintió lentamente con la cabeza, y entreabrió los labios.

—Apaga la luz, por favor.

Fue lo último que dijo.

Cash la encontró en la penumbra primero con las manos, y luego con los labios. Tippy se derritió contra su cuerpo. Notó cómo le bajaba muy despacio la cremallera del vestido, y emitió un gemido ahogado al experimentar la increíble sensación que le produjo el contacto de las manos de Cash con su piel desnuda.

—Oh, sí... —murmuró Cash en su oído—. Tú también lo sientes, ¿verdad? Cuando te toco es como si se produjera un chispazo eléctrico. Nunca había acariciado una piel tan suave como la tuya. Tiene el tacto de los pétalos de una flor calentados por el sol —le susurró con voz ronca. Sus manos subieron por la espalda de la joven, y luego volvieron a bajar lentamente, llevándose con ellas el vestido, y con él la media combinación y las medias.

—No llevas demasiado debajo de esto —murmuró Cash divertido.

La respiración de Tippy se había tornado entrecortada. Las caricias de Cash estaban haciendo que le temblasen las rodillas.

—No se puede llevar demasiado debajo de un vestido como éste —le confesó.

La boca de Cash fue descendiendo por su cuerpo al tiempo que sus manos, y cuando Tippy la notó sobre uno de sus senos se estremeció.

Cash levantó un poco la cabeza, dejando sus labios a unos centímetros del endurecido pezón.

—¿Asustada? —le preguntó en un susurro.

—¡No! —se apresuró a exclamar ella.

Pero dio un respingo cuando sintió que los cálidos labios de Cash se posaban abiertos sobre la areola, y tiraban del pezón. Enredó los dedos en su oscuro y fosco cabello, y emitió un largo gemido.

Cash se rió suavemente.

—¿Te ha gustado? Pues esto apenas ha empezado.

En ese momento Tippy no comprendió qué quería decir, pero cuando Cash continuó explorándola con la boca y luego con las manos, y su pasión fue en aumento, poco a poco sus palabras empezaron a tener sentido para ella.

Cash no tenía intención alguna de apresurarse; tenía todo el tiempo del mundo. Estimuló con dedicación cada centímetro de su piel: explorando, jugueteando, probando..., mientras Tippy gemía y jadeaba ante las deliciosas sensaciones que la invadían. Las oleadas de placer estaban relajando de tal modo sus músculos, que tenía la impresión de que sus huesos se hubiesen desintegrado. Su deseo, en cambio, no hacía sino aumentar. Quería que Cash la hiciese suya. Su cuerpo le pertenecía. Toda ella le pertenecía. Cada caricia de sus labios en lugares prohibidos, cada lento movimiento de sus manos la volvían loca.

Cash la sintió empujar las caderas hacia él, y sonrió con los labios pegados a su suave vientre. Estaba disfrutando con cada una de sus reacciones, con sus suaves gemidos de placer, y también con la maravillosa sensación de unidad con que experimentaba al estar desnudos como estaban, piel contra piel.

Tippy dio un respingo cuando lo sintió, pero Cash la tranquilizó, besándola en los labios mientras se posicionaba despacio entre sus largas y temblorosas piernas.

—¿Recuerdas lo que te pregunté? —le dijo entre beso y beso, mientras empezaba a penetrarla con cuidado—. Te pregunté si querías sentirme dentro de ti —aspiró bruscamente—. Lo quieres, ¿no es verdad? —farfulló, cerrando los ojos—. Yo también quiero sentirte, Tippy. Quiero que llegar tan adentro de ti... como sea posible.

—¡Cash...! —exclamó Tippy temblando, mientras con ambas manos se aferraban a sus musculosos brazos—. ¡Es muy grande...!

—Shhh... —susurró él contra sus labios—. Encajaremos como dos piezas de un puzzle, a pesar de lo que estás pensando. Y te prometo que no seré rudo, ni violento. No voy a precipitarme, y no voy a hacerte daño. Relájate. Eso es, relájate. Yo conduzco, así que tú disfruta del paseo, ¿de acuerdo?

Tippy prorrumpió en una suave risa ante la comparación. Cash empezó a moverse lentamente, de un modo sensual, y ella se tensó ligeramente, pero no experimentó dolor. No era algo violento, ni tampoco... apresurado. Era como... Cerró los ojos, y comenzó a jadear suavemente de placer cuando los lentos movimientos de Cash empezaron a estimular terminaciones nerviosas por todo su cuerpo que hasta entonces ni siquiera había sabido que tenía.

Las manos de Cash estaban en ese momento debajo de ella. Una estaba en su nuca, mientras que la otra, bajo sus caderas, la levantaba suavemente, atrayéndola hacia las suyas.

—Eso es... —le susurró—. Hacer el amor es como el *blues*. Cuanto más lento, mejor.

Succionó suavemente el labio superior de Tippy entre los suyos mientras se movía sobre ella lánguidamente, con ternura. Con cada leve embestida ella lo sentía cada vez más y más adentro de sí, y las palpitaciones de placer se fueron extendiendo por todo su cuerpo mientras notaba cómo su interior se iba ensanchando para acomodarse a él. Un gemido ahogado escapó de su garganta al sentir su fuerza y su calor.

—Te... siento dentro de mí... —le susurró, apretándose más contra él.

—Yo también te siento a ti: tu piel de seda, tus blandos senos, tu dulce boca... Pero... no es suficiente...

Ella tenía la misma impresión. El placer que la sacudía por dentro se volvió todavía más intenso, y jadeó su nombre estremeciéndose extasiada cada vez que Cash empujaba sus caderas contra ella. ¡Era maravilloso!

Los labios de Cash tomaron los suyos cuando sus movimientos empezaron a volverse más rápidos y enérgicos, y Tippy volvió a estremecerse. ¡Aquello era tan... hermoso! Lo sentía dentro de ella, sentía cómo su interior se expandía para él... Nunca había imaginado que pudiera ser así.

Abrió la boca igual que su cuerpo se estaba abriendo para él, y sintió cómo la llenaba... por completo. Ante sus párpados cerrados aparecieron brillantes auras de colores, y el placer se convirtió en una auténtica llamarada. Verdaderamente se notaba ardiendo por dentro, sentía que todo su ser palpitaba, que se estaban provocando explosiones en cada célula de su cuerpo. Sollozó, rodeándolo frenética con ambos brazos, y entrelazó las piernas con sus poderosos muslos, sintiendo la creciente tensión de los músculos cuando Cash incrementó un poco más la fuerza de sus embestidas y avivó el ritmo.

—¡No tenía... ni idea...! —jadeó Tippy con voz entrecortada—. Por favor... por favor no pares... no pares... ¡no... pares!

Cash la besó afanosamente en el cuello.

—Sé cómo hacer que te guste aún más: desliza tus piernas entre las mías —masculló Cash sin aliento—. ¡Deprisa, cariño!

Tippy no comprendió hasta que hizo lo que le decía. De pronto una explosión de placer se produjo en su interior. Siguió sollozando sin poder contenerse, y le hincó los dientes a Cash en el hombro, al tiempo que su cuerpo se arqueaba de tal modo que pareció que fuese a partirse en dos.

En medio de la neblina que cubría su mente, Tippy escuchó la voz de Cash en su oído, susurrando en un tono ronco y apasionado: «¡Dame un hijo, Tippy...!».

Y de repente se encontró volando hacia el sol, estallando de placer. De su garganta escapó un gritito ahogado, y quedó en un estado de aturdimiento durante unos segundos. Cuando recobró la capacidad de pensar, escuchó a Cash gemir en su oído, y al notarlo estremecerse sobre ella supo que también había alcanzado el cielo.

Sin embargo, parecía que sus temblores no pasaban, y lo apretó contra sí mientras seguía convulsionándose entre sus brazos. Lo besó tiernamente, con el corazón henchido de felicidad y su cuerpo convertido en uno con el de él.

Finalmente Cash se derrumbó sobre ella. Los latidos de su corazón retumbaban contra su cuerpo sudoroso en la oscuridad. Tippy se aferró a él y cerró los ojos, rogando en silencio: «Dios, no quiero que acabe todavía... no quiero que acabe todavía...».

Sin darse cuenta, acabó pronunciando esas palabras en voz alta, y el tono suplicante de su voz excitó a Cash hasta el punto de provocarle una nueva erección.

Aquello era... imposible. Había tenido conversaciones con sus amigas sobre esas cosas, y sabía por ellas que era virtualmente imposible. Abrió la boca para decírselo, pero Cash había empezado a moverse de nuevo, y esa vez no fue despacio, ni con cuidado, ni fue tierno.

Enredó los dedos de una mano en sus cabellos, y sus labios tomaron los de ella en un beso apasionado. Sus caderas la embistieron con insistencia, con envites rápidos y seguros, que la llevaron en cuestión de segundos a un clímax repentino y maravilloso.

Tippy profirió un grito ahogado dentro de su boca, con las piernas aferradas a sus caderas y los brazos apretándolo contra sí. Su deseo había sido satisfecho, pero el de Cash aún no, y la odiaba por lo que estaba ocurriéndole. No podía parar. No podía contenerse. Ansiaba volver a paladear el éxtasis desenfrenado que acababa de compartir hacía un instante con ella. Necesitaba experimentarlo de nuevo. ¡Lo necesitaba!

Su cuerpo se pegó al de ella mientras sus besos se tornaban más abrasivos. ¿Por qué estaba tardando tanto en alcanzarlo...?

—No tengas... prisa, Cash —susurró Tippy contra sus labios, con voz dulce, y casi sin aliento—. No hay prisa.

—¡Maldita sea, Tippy...! —masculló él.

Su voz sonaba quebrada por el deseo, ese deseo que no podía ocultar.

—No pasa nada, Cash —le susurró ella de nuevo—. Yo también te deseo. Te deseo tanto... No hay por qué tener prisa. Por favor, no reniegues de lo que sientes. Ve a tu ritmo. Haré cualquier cosa por ti. ¡Cualquier cosa! Sólo dime lo que quieres.

Aquel pequeño y apasionado discurso hizo que Cash se relajara y sintiera que recobraba el control. El ritmo de sus embestidas se volvió más suave.

—Dime qué debo hacer —le susurró Tippy de nuevo en el oído, aferrándose a él—. Haré... ¡haré lo que me pidas!

Cash depositó un beso tembloroso en cada uno de sus párpados, otros dos en sus mejillas, otro en la nariz...

—Nunca me había sentido tan excitado —jadeó con voz ronca.

Los dedos de Tippy le acariciaron el contorno de los labios, la barbilla, el fuerte cuello...

—No imaginaba que pudiera ser así —murmuró—. Creía que siempre dolía...

—¿Y no te duele? —susurró él contra sus senos—. Es un dolor... ¡maravilloso!

—¡Sí!

Cash la hizo rodar con él sobre el colchón hasta que quedó encima de él, y con ambas manos guió sus caderas. Apenas podía ver su rostro, pero intuía su azoramiento.

—Levántalas un poco. ¡Así...!

Tippy lo obedeció, y sintió que el cuerpo de Cash se iba excitando aún más, pero de su garganta escapó un gemido quejumbroso.

—¿Qué ocurre? —inquirió él al instante.

—Pues que... ¡no sé nada! —masculló ella irritada—. Lo he visto en las películas, y he leído sobre ello en libros, pero no sé cómo...

—Yo te enseñaré lo que necesitas saber —le susurró Cash, empujándola hacia abajo—. Lo estás haciendo muy bien —añadió, buscando sus labios—. Eres la amante más increíble... que he tenido jamás.

Aquello recordó a la joven que no era en efecto la primera con la que hacía aquello, y empezó a decir algo, pero Cash volvió a hacerla rodar con él para colocarse de nuevo sobre ella, y ambos experimentaron nuevos estallidos de placer.

—Hacía años que no lo hacía... —jadeó Cash entre sus senos—, y ni siquiera la mejor de esas veces... ¡podría compararse con esto!

A Tippy se le cortó el aliento. Sabía que Cash estaba siendo sincero.

—Quiero un hijo —susurró Cash mientras seguía empujando sus caderas contra las de ella—. ¡Oh, Dios, Tippy... quiero un... hijo!

La joven estaba hundiéndose en aquel mar de placer. Oyó a Cash susurrándole algo mientras esas deliciosas sensaciones comenzaban a expandirse por todo su ser. Su cuerpo seguía como por instinto al de Cash, y dejó que le enseñara cómo tocarlo, cómo hacerlo suyo.

Fueron los minutos más hermosos de toda su vida y, hasta la última sacudida de placer estuvo segura de que no podría sobrevivir a aquello.

Al oír un roce de tela sobre piel Tippy imaginó que Cash debía estar vistiéndose. Parpadeó. Todavía no era de día. Echó un vistazo al reloj de la mesilla. Tenía los números grandes, así que podía ver la hora sin las gafas. Eran las cuatro de la mañana.

—¿Te marchas? —le preguntó aturdida.

Cash no contestó. Acabó de vestirse y se sentó en el sillón que había junto a la cama para calzarse los zapatos.

—Pero... ni siquiera es de día... —insistió ella.

Cash siguió sin contestar.

Tippy lo oyó ponerse de pie y al poco escuchó también cómo se abría la puerta del dormitorio, inundando la habitación con la luz del salón, que se habían olvidado de apagar.

Cash se dio la vuelta y la miró, sentada en la cama con los hombros y los brazos desnudos, y la sábana de flores rosas y azules agarrada sobre el pecho.

El rostro de Cash no reflejaba emoción alguna, y sus facciones estaban endurecidas.

—¿No vas a decir nada? —inquirió Tippy, llena de inseguridad, pero tratando de ocultarlo.

—Los dos hemos actuado de un modo irresponsable —farfulló Cash—, y los dos sabíamos que era una locura, pero tú lo empezaste.

Tippy suspiró.

—¡Oh, por el amor de Dios! ¿Quieres que vaya a por el cilicio y el flagelo? —murmuró Tippy, dejándose caer sobre el colchón.

Cash no podía creer que Tippy hubiera dicho lo que había dicho.

—¡No voy a casarme contigo! —continuó enfadado—. Lo cual no quiere decir por supuesto que, si te hubiera dejado embarazada, vaya a dejar de asumir mi responsabilidad. ¡Y si fuera así, quiero que me lo digas!

Tippy se estiró, empujando la sábana hacia abajo con los pies, se destapó hasta la cintura, dejando sus sonrosados senos a la vista. Sabía que Cash estaba mirándolos. La sola idea la hizo sentirse extraña: sensual... y muy femenina. Nunca había experimentado nada parecido, pensó sonriéndose.

—¿De veras? —murmuró, observando sus tensas facciones.

Cash aspiró con brusquedad. No quería mirarla, pero era incapaz de apartar la vista.

—Tienes los senos más hermosos que he visto en mi vida —dijo sin poder contenerse.

Tippy empujó de nuevo la sábana hasta quedar totalmente destapada, y se arqueó para que la viera mejor.

—¿Y qué me dices del resto? —le preguntó con voz ronca.

—Moriré intentando olvidarlo —dijo Cash, dándole la espalda.

—¿Por qué tendrías que olvidarlo? —inquirió ella.

Cash cerró los ojos.

—Mira, Tippy, ya te lo he dicho: no quiero ataduras —masculló.

—Menos mal que me lo has dicho, porque iba a regalarte una corbata por Navidad.

Cash se volvió para mirarla y no pudo evitar reírse.

—Diablos.

Tippy se estiró, desperezándose.

—¿No te gustaría quedarte hasta que amanezca? —le preguntó.

—No creo que sirviera de nada; estoy agotado. Y supongo que tú también estarás cansada.

Tippy suspiró.

–Un poco.

Cash la miró posesivo.

–Todas mis amigas tienen pareja, y dicen que ningún hombre puede hacerlo dos veces seguidas –comentó.

Cash enarcó una ceja.

–Tienen razón.

Tippy se quedó mirándolo, y Cash se encogió de hombros.

–Bueno, supongo que será algo normal cuando has estado mucho tiempo sin hacerlo.

Ella siguió mirándolo fijamente, y Cash carraspeó.

–De acuerdo, cuando has estado mucho tiempo sin hacerlo... y cuando es con la mujer adecuada.

Tippy enarcó ambas cejas.

–¿Qué es lo que quieres de mí? –le preguntó él quedamente.

«De modo que de eso se trata», se dijo Tippy, advirtiendo la expresión suspicaz en su rostro.

–Tengo suficiente dinero en mi cuenta bancaria –le dijo volviendo a taparse–; no suelo permitir que ningún hombre comparta mi cama... excepto en esta ocasión, claro está; no necesito un cocinero, ni tampoco un guardaespaldas, así que saca tus propias conclusiones.

Cash había estado evitando a las mujeres desde su desastroso matrimonio porque la mayoría sólo querían su dinero, pero lo que Tippy le había dicho era cierto. Tenía fama y, aunque en su profesión no había una estabilidad, también tenía dinero. No podía querer nada de él... salvo a él mismo. Claro que quizá lo quisiese como amante, pensó recordando que aquella había sido su primera vez, la primera vez que lo había hecho por voluntad propia. ¿Sería eso?, ¿la euforia de la primera vez?

–Oh, sí, es por eso –dijo Tippy, como si supiese lo que estaba pensando–. Eres el primer hombre con quien lo he hecho, y me he quedado maravillada de lo increíble que ha sido, así que por supuesto no quiero otra cosa más que retenerte junto a mí todo el tiempo que pueda.

Cash la miró irritado.

—Para ya con eso. No me gusta que me lean el pensamiento.

Tippy se encogió de hombros.

—Como quieras.

—Y esto ha sido sólo un romance de una noche. Nada más.

—Entonces, ¿por qué querías dejarme embarazada? —inquirió Tippy, con toda la lógica.

Cash la miró con los ojos como platos. Había olvidado aquello.

—Los... los hombres dicen esas cosas para excitar a las mujeres —farfulló irritado.

—Oh, ya veo... —murmuró Tippy, asintiendo con la cabeza—. ¡Qué bonito detalle por tu parte! ¡No sabes cómo me puso!

—Me marcho —farfulló Cash en un tono frío.

—Ya me he dado cuenta.

—Me voy a casa.

—Estupendo. Te enviaré una tarjeta de Navidad.

—No te dará tiempo. Es pasado mañana.

—En ese caso, feliz navidad.

—Lo mismo digo.

—¿Vas a despedirte al menos de Rory? —le preguntó Tippy.

La mano de Cash vaciló sobre el pomo de la puerta. No había pensado en Rory. El chico estaba muy ilusionado con que fuese a pasar el veinticuatro con ellos.

—Podríamos intentar comportarnos como personas civilizadas durante la cena de Nochebuena... por el bien de Rory —dijo Tippy—. Y si vas a quedarte más tranquilo, te doy mi palabra de que no intentaré aprovecharme de ti tumbándote sobre la mesa y echándome encima como una salvaje, entre el puré de patata y el relleno de pan de maíz.

Cash sintió a la vez deseos de aullar y de echarse a reír. No sabía qué diablos quería.

—Me marcho.

—Eso ya lo has dicho —murmuró Tippy con malicioso deleite.

Cash estaba confundido, abrumado... estaba hecho un lío. Y ella sabía por qué. Aunque no quisiera admitirlo, sentía algo por ella, algo que hacía que le costara mantener el control, pero contra lo que parecía dispuesto a luchar hasta el final. A pesar de ello, Tippy se sentía extrañamente optimista.

—Volveré a la noche —dijo Cash finalmente—. Pero sólo me quedaré a cenar. Voy a hacer el equipaje y esta misma noche me iré de la ciudad.

—De acuerdo.

Cash vaciló, y se quedó mirándola pensativo, en silencio.

—¿Te hice daño cuando estábamos...?

—No, claro que no —respondió ella suavemente.

Cash suspiró, y su enfado se disipó en parte mientras observaba el rostro de Tippy en la penumbra.

—¿Ni siquiera la segunda vez? —insistió preocupado—. Fui algo brusco, y no lo pretendía, de verdad.

—Lo sé. Pero no me asusté en ningún momento. ¡Fue maravilloso! —exclamó, esbozando una sonrisa—. Nunca imaginé que fuera a ser tan increíble... —añadió encogiéndose de hombros—. El placer que sentía era casi... insoportable.

Cash asintió con la cabeza.

—Para mí también fue increíble —respondió—, pero aun así fue algo irresponsable por parte de ambos —añadió entornando los ojos—. Debería haber usado algo.

—Te lo recordaré la próxima vez —dijo Tippy.

Cash frunció el ceño.

—Te lo he dicho, Tippy: no habrá una próxima vez.

—Bueno, en realidad no es exactamente lo que dijiste hace un rato.

—Me marcho.

—No corras —lo provocó Tippy.
Cash le lanzó una mirada furibunda, y salió del piso dando un portazo. Al cabo de un par de minutos oyó el rugido del motor del coche de Cash, y luego un acelerón furioso. Con razón los llamaban Jaguar, pensó Tippy, contrayendo el rostro al oír el chirrido de los neumáticos.

Al día siguiente, mientras limpiaba el apartamento y cocinaba, Tippy se sentía más feliz de lo que nunca se había sentido en su vida. Estaba loca por Cash. No podía sacarse de la cabeza el recuerdo de la noche anterior, de aquella febril noche de pasión, y una y otra vez lo revivía en su mente.

Ocultárselo a Rory sería difícil. No estaba segura de si lo comprendería o no, pero no quería que la estima del chico por Cash disminuyese por lo que había ocurrido entre ellos. No quería que pensase que se había aprovechado de ella, o que la había herido.

—Qué alegre estás hoy —comentó Rory cuando Tippy estaba sacando el pavo del horno.

—Es que me siento bien —murmuró ella.

—Entonces vuestra cita de anoche fue bien, ¿eh? —inquirió el chico, con ojillos maliciosos.

—No estuvo mal —admitió ella.

—Esta mañana, cuando aún no había amanecido oímos a un loco alejarse en coche a todo gas —farfulló Rory sin mirarla—. Fuera hay marcas de neumáticos.

—Cash y yo tuvimos... una pequeña desavenencia —respondió ella, también sin mirarlo—. Nada importante, no tienes que preocuparte. Le dije que la invitación a cenar de hoy seguía en pie.

—Cash no es exactamente lo que parece —le dijo Rory con una solemnidad inusual para un chico de nueve años—. Ha recibido unos cuantos golpes muy duros en su vida, y apenas tiene amigos.

—Siempre olvido que el comandante Marist lo conoce.

Rory asintió con la cabeza.

—Cash me parece un tipo estupendo, pero no quiero que acabes haciéndote daño, hermana.

Rory estaba diciendo únicamente lo que ella misma pensaba, pero el oírselo decir la hizo tensarse. Estaba engañándose a sí misma. Había seducido a Cash, y de pronto se había montado en la cabeza todo un cuento de hadas. Hasta su hermano de nueve años tenía los pies más en el suelo que ella.

Era una tonta si de verdad creía que un hombre que había llevado una vida llena de peligros y aventuras querría atarse a una mujer. Sobre todo después de un matrimonio desastroso que lo había destrozado, y que aún no había superado.

Cash no estaba pensando en matrimonio. Él mismo se lo había dicho. De hecho, en un principio ni siquiera había querido tocarla. Había sido ella quien se había aprovechado de su debilidad y su deseo. Lo había conducido hasta su cama, y él había sido incapaz de resistirse, pero nada de eso implicaba que la amase. Ni siquiera aquel apasionado ruego que le había susurrado de que le diese un hijo implicaba amor. Únicamente significaba que se sentía solo, que tenía celos de Judd Dunn, y que se moría por tener un hijo. ¿O sería más bien que le habría gustado que los hijos de Christabel hubiesen sido suyos, y no de Judd? ¿La amaría todavía? Tippy se preguntó si se habría rendido a su seducción simplemente para satisfacer el deseo por una mujer que no podía tener.

En un instante la situación se transformó por completo ante sus ojos. La alegría la abandonó como la lluvia que descargan las nubes.

Rory contrajo el rostro.

—Lo siento —murmuró, yendo junto a ella y abrazándola tan fuerte como pudo—. Perdóname, Tippy.

Los ojos de la joven se llenaron de lágrimas, pero era demasiado orgullosa como para derramarlas. Rodeó con los brazos a su hermano y lo apretó contra sí sin poder evitar sentirse engañada, completamente engañada.

—Éstas van a ser unas Navidades estupendas, ya lo verás —le dijo al cabo de un rato, secándose las lágrimas discretamente antes de separarse de él y sonreírle—. ¿Quieres hacer tú las galletas?

—¿Quieres que podamos comérnoslas? —preguntó el chico a su vez.

Tippy se echó a reír. Rory y ella siempre se habían llevado muy bien, desde el mismo momento en que se había hecho cargo de él.

—Supongo que tendré que hacerlas yo. Pero a ti te tocará entretener a Cash si llega mientras estoy aún en la cocina.

Rory le dirigió una mirada traviesa.

—Ésa es mi especialidad, sí, señor —le dijo subiendo y bajando las cejas—. Voy a ver si encuentro mis pelotas de malabarismo y mi sombrero de copa...

Tippy le lanzó la bayeta de la cocina, pero Rory ya había salido de la cocina entre risas. Tippy la recogió del suelo y fue a sacar el aceite de oliva y la leche. Ya sola, sin embargo, se le mudó la expresión. Lo cierto era que no tenía la más mínima idea de si Cash aparecería o no, a pesar del afecto que sentía por Rory. La noche anterior había acabado siendo un completo desastre, y había sido por su culpa. Si no hubiera empujado a Cash a tomar una decisión con respecto a la atracción mutua que había entre ellos, quizá aún siguieran siendo amigos. Y, partiendo de esa base, quizá podría haberlo enamorado de verdad. En vez de eso sus sueños habían quedado reducidos a una noche de pasión que para Cash, con una larga lista de conquistas a sus espaldas, no pasaría nunca de ser lo que le había dicho: un romance de una noche.

Tippy suspiró con pesadumbre, deseando que hubiera algún modo de retroceder en el tiempo y así poder corregir los mayores errores que había cometido a lo largo de su vida. Por desgracia ante ella sólo se abría un camino, y era el futuro.

Cash sí apareció finalmente... justo cuando Tippy ya lo tenía todo listo en la mesa, y estaba mordiéndose las uñas de los nervios.

El corazón le dio un vuelco cuando oyó sonar el timbre del portero automático. Rory fue a ver quién era, y fue Cash quien contestó desde abajo.

—¡Enseguida te abro! —exclamó Rory, apretando el botón.

Tippy se había puesto para la velada un top blanco de seda, unos pantalones de terciopelo color esmeralda, y se había recogido el cabello con un pañuelo a juego. El conjunto tenía un aire de fiesta, pero a la vez era informal. No creía que Cash se hubiese puesto muy elegante.

Y no se equivocaba. Cash había optado por ir de negro de nuevo: la chaqueta de cuero, la camiseta, y los pantalones que llevaba eran de ese color. Apenas la miró, y esbozó una sonrisa sólo porque Rory estaba allí.

—Qué buena pinta tiene todo —dijo.

—No es nada especial, son sólo recetas caseras —respondió Tippy—. Siéntate. Rory, ¿quieres bendecir la mesa? —murmuró, sentándose en su sitio.

El chiquillo obedeció con un gran suspiro, mirando por el rabillo del ojo a los dos adultos mientras recitaba la oración.

Fue una cena muy callada en comparación con la que habían compartido el primer día. Tippy se sentía fatal porque tenía la impresión de que había arruinado no sólo sus navidades y las de Cash, sino también las de Rory. Comieron prácticamente en silencio hasta que hubieron terminado el segundo plato.

—Tippy me preguntó si quería hacer yo las galletas —le

dijo Rory a Cash–, pero le dije que si quería que pudiéramos comerlas sería mejor que las hiciera ella.

Cash se echó a reír.

–¿Tan mal cocinero eres?

–Bueno, Tippy me ha enseñado a hacer unas cuantas cosas –respondió Rory–, pero el pan por ejemplo me cuesta mucho.

–A mí también –le confesó Cash–. El bizcocho no me sale mal, pero suelo comprar esos sobres preparados que se vierten en un molde y se meten al horno.

–Tippy no –replicó Rory–; hace bizcocho casero de verdad.

–Es que tienes una hermana que vale mucho –dijo Cash sin mirar a la joven.

Y para Tippy fue una suerte que no lo hiciera, porque se había puesto roja como la grana. Se levantó como un resorte para ir a cortar el pastel de cerezas que había hecho, y a sacar del congelador una caja de helado de vainilla para acompañarlo.

A Cash no le pasó desapercibido el ligero temblor de sus manos, y se maldijo por haber perdido la cabeza la noche anterior. No era justo que Tippy estuviese recriminándose cuando la culpa de lo ocurrido era sólo de él.

Tippy cortó tres trozos de pastel y añadió encima de cada uno una bola de helado, para llevar a continuación los platillos a la mesa con una sonrisa forzada.

–El pastel es de los que vienen preparados para hornear porque si lo hubiera tenido que hacer yo no me habría dado tiempo, pero lo he comprado en alguna otra ocasión y está bueno.

–Está todo perfecto, Tippy –le dijo Cash en un tono de disculpa.

Tippy no lo miró.

–Gracias.

Cash se tomó la porción de pastel sintiéndose como un

miserable. Tippy se estaba echando la culpa de todo, y cuando él se hubiese marchado sería aún peor, porque seguramente acabaría convenciéndose de que no era mucho mejor que una prostituta, y no volvería a acercarse a él.

Parpadeó, sorprendido ante el hecho de que la conociese tan bien. Había acusado a Tippy de leerle la mente, pero él mismo parecía poder leer también en la suya como si fuese un libro abierto. Resultaba inquietante. Era como si estuvieran... conectados de alguna manera.

—Estaba buenísimo, Tippy —le dijo Rory cuando hubo dejado limpio su plato—. ¿Quieres que friegue yo?

—No hace falta —respondió ella de inmediato—. No me importa hacerlo.

—Deja que se ocupe Rory —le dijo Cash con firmeza, poniéndose de pie—. Quiero hablar contigo.

—Pero si no me importa, de verdad... —protestó ella.

Pero Cash ya la había agarrado de la mano y estaba sacándola de la cocina. Cuando estuvieron a solas en el salón la miró muy solemne.

—No debes culparte por lo de anoche, Tippy —le dijo con firmeza—; simplemente ocurrió. No te reproches por ello. Pase lo que pase, asumiré mi responsabilidad.

Tippy tragó saliva. No quería mirarlo. Cada vez que lo hacía no podía evitar volver a oír en su mente las cosas que le había susurrado al oído la noche anterior, en la oscuridad, mientras hacían el amor.

Cash tomó la barbilla de Tippy y la alzó para que lo mirara, pero al ver la expresión que había en sus ojos el rostro se le contrajo.

—Suéltame, por favor —murmuró Tippy, apartándose de él—. No soy una niña. No tienes que preocuparte de que vaya... de que vaya a perseguirte, ni nada parecido.

Cash sintió repugnancia de sí mismo. Había hecho mucho más daño del que había creído.

—No he pensado eso, Tippy; ni lo pensaría nunca —replicó.

Tippy dio otro paso atrás, forzando una sonrisa.

—Espero que tengas un buen viaje de regreso. Por favor, saluda a Judd y a Christabel de mi parte. Supongo que ahora Christabel estará muy feliz, con un marido que la adora, y dos bebés que criar. Seguro que será una madre estupenda.

—Lo es —dijo Cash, sin poder reprimir una nota de ternura en su voz.

Tippy, que sabía que Christabel había sido muy especial para él, la envidiaba, y se odiaba a sí misma por ello. Miró un instante a Cash, y luego apartó la vista.

—Voy a ayudar a Rory con los platos, y le diré que salga a decirte adiós. Gracias por ir a recogerlo, y por la cena y el ballet.

Cash se estaba enfadando, y se le notaba. Sus ojos negros llameaban furiosos por la situación en la que se encontraba. Estaba seguro de que cualquier cosa que hiciese o dijese sólo empeoraría más las cosas. Antes de que pudiera ocurrírsele algo, Tippy se había marchado y Rory salía de la cocina y se plantaba ante él con una mirada curiosa.

—Ojalá pudieras quedarte más tiempo —le dijo—. Éstas han sido las mejores navidades que he tenido.

Las palabras del chico, con el que Cash se había encariñado aún más esos días, lo emocionaron. Le tendió la mano, y Rory le dio un firme apretón.

—Si necesitarais algo, Tippy tiene mi número —le dijo—. Y si ella no estuviera, llama a la comisaría de policía de Jacobsville y ya se encargará alguien de buscarme, ¿de acuerdo?

Rory le sonrió.

—No creo que necesitemos nada, pero gracias, Cash.

—Nunca se sabe —respondió él. Lanzó una mirada en dirección a la cocina—. Cuida de ella. Es más frágil de lo que parece.

—No te preocupes por ella; estará bien —replicó Rory—. Es sólo que, hasta ahora, cada vez que se le ha acercado un hombre era porque quería algo de ella, así que es normal que se haya dejado llevar un poco al haber encontrado a uno que no busca nada, y al que le cae bien simplemente por ser quien es, ¿sabes? —contrajo el rostro—. Me parece que sólo estoy liándolo más, pero es que no sé explicarlo mejor.

—Entiendo lo que quieres decir, Rory —le dijo Cash, poniéndole una mano en el hombro—. Lo superará.

—Claro. Seguro.

Ninguno de los dos lo creía, por supuesto.

—Cuídate. Ya nos veremos —le prometió Cash.

Rory le sonrió.

—Tú también. No te metas en ninguna pelea.

Cash enarcó ambas cejas.

—Lo haré si tú tampoco lo haces.

Rory sonrió vergonzoso.

—Lo intentaré.

—Y yo también. Hasta luego.

—Hasta luego.

—¡Adiós, Tippy! —se despidió Cash desde el vestíbulo.

—¡Adiós, que tengas buen viaje! —le contestó ella desde la cocina. No dijo nada más.

Cash abrió la puerta y salió del piso. Cuando la cerró tras de sí, tuvo la sensación de que había dejado dentro parte de sí.

Tippy se quedó muy deprimida cuando Cash se marchó. Lo echaba de menos, y era curioso, porque no se conocían desde hacía tanto como para eso. Claro que, a decir verdad, habían ido bastante rápido, y se habían saltado unos cuantos pasos. Si los latidos del corazón se le aceleraban cada vez que recordaba su apuesto rostro, ¿cómo podría seguir viviendo sin él?

Rory regresó a la academia el día uno, y ella volvió al rodaje. Sin embargo, al poco tiempo empezó a sentirse mal, y al consultar el calendario de bolsillo en el que marcaba sus reglas, se dio cuenta de que la noche que había pasado con Cash no había podido caer en peor fecha.

Además, ese mes todavía no le había venido, y nunca se le atrasaba, ni siquiera por las exigencias físicas de su trabajo.

La preocupaban las escenas de acción que tendría que hacer. ¿No decían que era peligroso hacer ejercicio durante el primer trimestre del embarazo? ¿O sería sólo una patraña?

Un mes después de la partida de Cash compró una prueba de embarazo y la usó. El resultado fue exactamente el que había imaginado, y la dejó bastante angustiada. No podía llamar a Cash y destrozar su vida.

Y en cambio, por otro lado, no podía evitar sentirse feliz. ¡Iba a tener un bebé! ¿Se parecería a ella, o se parecería quizá a Cash?, se preguntó soñadora. Tal vez saliera a algún antepasado que ninguno de los había conocido.

De pronto se encontró pensando ilusionada en pañales, biberones, en ella dándole el pecho... Y Rory seguro que se pondría contentísimo cuando se enterase de que iba a tener un sobrino o una sobrina.

Claro que tendría que dejar de trabajar, pensó. No inmediatamente, por supuesto, sólo cuando empezase a notársele. Sin embargo, aquello podía suponerle otro problema. En el mundo del cine nadie se sorprendía de que las estrellas tuviesen hijos sin estar casados, pero su madre podría utilizar su embarazo como un arma contra ella. A pesar de su turbio pasado sería capaz de ir a la prensa amarilla y contarles que iba por ahí acostándose con cualquiera, y que no era una buena tutora para su hermano pequeño.

Y aún había otra cuestión a tener en cuenta... Cash no quería casarse. Era un solitario, y quería seguir siéndolo. Por mucho que ansiase tener un hijo, para él lo que había habido entre ellos había sido únicamente un romance de una noche. Probablemente lo que le había dicho era la verdad, que si le había susurrado aquello mientras hacían el amor había sido sólo para excitarla. Los hombres decían cosas que no sentían cuando eran presa de la pasión. No era que lo supiese por propia experiencia, pero se lo había oído decir a otras mujeres.

¿Qué iba a hacer? No podría ocultar su embarazo los nueve meses. Y en algún momento tendría que ir a un ginecólogo. Sabía que las embarazadas tenían que tomar algunas vitaminas, comer bien... Al pensar en comer recordó que ganaría peso, y eso también tendría repercusiones en su trabajo, porque no le permitían poner más de dos kilos durante el rodaje; estaba en las cláusulas de su contrato. No podía perder su empleo. No cuando necesitaba el dinero para pagar la academia de Rory, el alquiler del piso, los recibos...

Sin embargo, quería tener aquel bebé. Por las tardes, cuando volvía del trabajo, se sentaba y se ponía a soñar despierta, como ese día. Ese pequeño sería carne de su carne y sangre de su sangre. Iba a ser madre y eso conllevaría grandes responsabilidades, por supuesto, pero también alegrías. Se dio una palmadita en el vientre liso, y se imaginó el día que por fin tuviera a su hijo en los brazos. Suspiró, cerró los ojos, y siguió soñando.

La realidad, por desgracia, era bastante más cruda. El primer ayudante de dirección de la película que estaba rodando se había tomado unos días libres por asuntos personales, y el segundo, un tipo joven y exigente llamado Ben, lo sustituyó.

Ben estaba empeñado en que tenía que saltar de la azotea de un edificio del plató a otro. No es que hubiera mucha altura, y había pocas probabilidades de que saliese mal, pero aún así era arriesgado.

—No puedo hacerlo —le dijo Tippy con firmeza, poniéndose una mano en el vientre.

—Pues si no lo haces, estás despedida —contestó Ben fríamente.

—Estoy embarazada —replicó ella—. Contrata a una doble.

—¿Y qué más? Ya estamos pasándonos del presupuesto, y yo estoy en la cuerda floja. No podemos pagar a una doble y además tampoco la necesitamos; ese salto no supone ningún peligro.

—¿Puedes garantizarme que si me caigo no me haré daño, ni le haré daño al bebé?

—¿Cuántas veces tengo que decírtelo? ¡No te pasará nada! —le espetó él impaciente.

—Está bien, está bien; si estás absolutamente seguro...

—farfulló Tippy—. Pero si por esto acabase peligrando mi embarazo, te juro que te lo haré pagar —le advirtió.

—¡Ooooh, estoy temblando de miedo! ¡Como si tuvieras alguna influencia con mi jefe, que dirige a actores de primera línea! —replicó Ben—. ¡Mueve el trasero!

Tippy regresó a su puesto, y su mente se cerró al trajín del plató de cámaras, técnicos de sonido, maquilladores... Lo único en lo que podía pensar era en lo que perdería si algo saliese mal. Ni siquiera había llegado a decírselo a Cash... aunque tenía intención de hacerlo; igual que tenía intención de tener unas palabras con Joel Harper sobre aquel simio arrogante que estaba a sus órdenes.

En ese momento, sin embargo, lo que tenía que hacer era prepararse para la escena. Cerró los ojos, pronunció para sus adentros una pequeña oración, echó a correr, y saltó. Por desgracia, al no llevar puestas las gafas, había calculado mal la distancia, y sintió que se precipitaba por el espacio entre los dos falsos edificios. La caída la dejó postrada en el suelo, con un dolor terrible en el vientre, y de su garganta escapó un grito.

Tippy podía caminar, pero Joel Harper, que llegó cuando estaba aún doblada de dolor, hizo que pidieran una ambulancia de inmediato. Ya en el hospital, mientras se la llevaban al pabellón de urgencias, Ben intentó excusarse con su jefe, que habían estado llamándolo de todo de camino allí.

—Está embarazada, imbécil. ¿Por qué crees que he tenido tanto cuidado con ella durante la semana pasada? —le espetó Joel—. Si pierde el bebé puede ponernos una demanda millonaria, y estaría en todo su derecho. ¡Maldito idiota!

—Pero, señor... —protestó Ben, que estaba lívido.

—Estás despedido —lo cortó Joel—. ¡Y no volverás a trabajar conmigo en ninguna otra película! ¡Fuera de mi vista!

Ben se alejó maldiciendo su suerte, pero no se marchó,

sino que se quedó a unos pasos, esperando que salieran a decirles cómo estaba Tippy.

Joel Harper aguardó pacientemente hasta que se acercó un médico para hablarle.

—¿Está casada? —le preguntó el doctor.

—No —contestó Joel—. Vive sola, y tiene a su cargo a su hermano pequeño.

—Ha perdido el bebé —le dijo el médico—. Estaría de unas seis semanas. Está destrozada, y no hemos tenido más remedio que sedarla.

Joel lo miró horrorizado, y se volvió hacia Ben, que había oído cada palabra y estaba temblando como una hoja.

—¡Hijo de perra! —masculló, escupiendo esas palabras mientras iba a por él y lo agarraba por el cuello de la camisa—. ¡Ha perdido el bebé porque la obligaste a hacer una escena peligrosa que no debería haber tenido que hacer!

—¡No es verdad! ¡Lo hizo porque quiso! —mintió Ben—, ¡yo no la obligué! ¡No le importaba el bebé!

—¡Cerdo embustero!

Joel estaba realmente furioso, y Ben, decidiendo que lo mejor sería poner pies en polvorosa, se dio la vuelta y salió corriendo. Ni Joel ni él advirtieron la presencia de un hombre con un bolígrafo y una libreta, que empezó a escribir en ella entusiasmado y sacó de su bolsillo un teléfono móvil. Era un reportero de uno de los principales periódicos amarillistas del país. Lo habían avisado de que un preso fugado y herido había sido llevado al hospital por sus captores, y había ido allí con la esperanza de conseguir una exclusiva. Sin embargo, había conseguido algo mejor... mucho mejor.

—Pásame con redacción —dijo—. ¿Harry? Apunta esto: Tippy Moore, la diosa del mundo de la moda, ha sacrificado a su bebé hoy por cumplir con el contrato de una película...

Ese tipo de prensa se vendía en todos los supermercados del país, y Jacobsville, Texas, no era una excepción. Cash había ido después de su turno de servicio al supermercado Jensen para comprar un cartón de huevos, y se encontró al llegar a la caja con un periódico que tenía en su portada una foto grande de Tippy, en la que aparecía con un aspecto muy sofisticado, sobre la que destacaba en letras rojas un titular que decía que sólo le preocupaba el éxito, y que su ambición la había llevado a sacrificar al bebé que llevaba en su vientre.

Cash se quedó aturdido. Tippy había estado embarazada, y con toda probabilidad el padre era él. Según el periódico sólo estaba de seis semanas cuando ocurrió el accidente, y ése era exactamente el tiempo que había pasado desde que se despidieran el uno del otro en Nueva York.

—Qué espanto, ¿eh? —le dijo una mujer mayor, al verlo con los ojos pegados al periódico—. Estuvo aquí el año pasado, haciendo una película. Una chica muy guapa... Supongo que hoy día a las mujeres no les importa demasiado formar una familia, ni construir un hogar. Pobre criatura... seis semanas... En fin, quizá sea lo mejor. ¿Qué clase de madre podría haber sido una mujer así?

Cash apenas oyó una palabra. Pagó su compra, con el rostro lívido, y se fue a casa. Ni siquiera encendió la luz. Simplemente se sentó en la oscuridad, con la sensación de que la historia volvía a repetirse.

Tippy estaba tan destrozada por la pérdida del bebé, que se sintió incapaz de volver al trabajo a pesar de que en menos de veinticuatro horas estuvo fuera del hospital sin ningún otro daño físico.

Joel Harper le había dicho que pospondrían el rodaje de las escenas que faltaban hasta que se sintiera con fuerzas para volver a trabajar, que contratarían a una doble, y se había disculpado una y otra vez por lo que había hecho su ayudante. De hecho, él mismo había entablado una demanda, y había insistido a Tippy para que iniciara también acciones judiciales.

A Tippy aquello era lo que menos le importaba. Estaba desolada, y ni siquiera podía llamar a Cash y decirle lo mal que se sentía, porque estaba segura de que ya habría leído lo que la prensa amarilla había escrito sobre el asunto. Pensaría que era cierto, que lo había hecho deliberadamente, igual que su ex esposa, que no había querido tener un hijo suyo. Quizá incluso pensaría que con ello había pretendido vengarse de él por que la hubiera dejado. Y eso no era cierto, no lo era. Había querido tener aquel hijo... con toda su alma.

Joel Harper estaba tan preocupado por ella, que llamó a la academia militar de Rory y le explicó la situación al comandante Marist. Éste puso al chiquillo en el primer avión que salía el sábado para el aeropuerto de Newark, en Nueva York y Joel, que había pagado el billete, fue a recogerlo.

—¿Cómo está mi hermana? —le preguntó Rory.

—¿Has leído los periódicos? —contestó Joel mientras lo conducía a una limusina negra que estaba esperándolos en el aparcamiento.

—Sí —respondió el chico con tristeza—. En realidad más bien me lo han contado mis compañeros.

Joel contrajo el rostro.

—No pensaba hacerte venir, Rory, pero últimamente Tippy no es la misma.

—Lo sé —le dijo Rory—. Ayer fue mi cumpleaños y no me llamó, y eso es muy raro en ella. Siempre me envía alguna cosa, y siempre llama.

Joel suspiró mientras el chico entraba en el vehículo.

—Está muy deprimida, y no hay nada que la saque de su estado. Necesita tener a alguien con ella.

Rory estaba intentando contener sus emociones, pero los ojos se le habían llenado de lágrimas.

—Sabes quién es el padre, ¿no es verdad? —le preguntó Joel—. ¿Crees que vendría a verla si lo llamáramos?

—Tal vez —respondió el chico—, pero antes de llamarlo quiero hablar con Tippy.

Joel no pudo menos sentirse impresionado con la sensibilidad del muchacho, que parecía muy maduro para su edad.

—De acuerdo —dijo—, esperaremos.

Tippy estaba en el piso, sentada en camiseta y pantalones de chándal frente al televisor, viendo una película antigua, cuando sonó el timbre del portero automático. Se levantó sin ganas para contestar, pero al oír la voz de Rory le faltó tiempo en dejarlo subir, y en cuanto cruzó el umbral lo estrechó con fuerza entre sus brazos.

Lloraba como una niña, mientras Rory le daba palmaditas en la espalda y trataba de consolarla. Joel se quedó sólo unos minutos, y luego los dejó solos, prometiendo regresar el día siguiente por la tarde para llevar a Rory al aeropuerto, de regreso a Maryland.

Rory se sentó en el sofá junto a su hermana, más preocupado que antes al ver por sí mismo lo ojerosa que estaba, y lo tensa que parecía. En sus ojos había tanto dolor, que apenas podía soportar mirarla a la cara.

—Joel quiere que llame a Cash —comenzó vacilante.

—¡No!

—Pero, Tippy... —le rogó él.

—No, por favor, escúchame —lo cortó su hermana—: tienes que prometerme que no te pondrás en contacto con él. ¡Prométemelo, Rory!

—Pero ha salido en todos los periódicos —insistió el chico—. A estas horas ya lo sabrá...

—Rory, puede que te cueste un poco entender esto —le dijo Tippy con voz ronca—, pero Cash estuvo casado, y su esposa... abortó... porque no quería tener un hijo suyo. No lo ha superado todavía. No quiere volver a casarse, y en realidad tampoco quiere un hijo, pero me culpará de todos modos por haberlo perdido. Me... me odiará —sintió una fuerte punzada de dolor, y cerró los ojos—. Yo quería tener ese bebé... ¡Lo deseaba tanto! Pero Cash nunca lo creerá. Me odiará toda la vida, Rory; me odiará porque no me negué a hacer aquella escena. Pensará que lo hice deliberadamente, no lo ves? Además —añadió con un suspiro—, si se ha enterado, supongo que ahora mismo estará pasándolo muy mal, incluso peor que yo, así que no creo que debamos hacerle más daño.

Rory no creía que Cash fuera capaz de culparla por lo ocurrido. Quizá no lo conociera muy bien, pero estaba convencido de que nunca haría algo así. No, por supuesto que no.

Esa misma fe ciega, sin embargo, hizo que el golpe fuese aún peor cuando, mientras Tippy se daba una ducha, llamó a la comisaría de Jacobsville y Cash se negó a ponerse. Colgó el teléfono sintiéndose solo y asustado, pero no le dijo a Tippy una palabra sobre esa llamada.

El día después de leer sobre el aborto de Tippy en la prensa, Cash no fue al trabajo, pero al siguiente ya se había reincorporado. Quería aparentar que no le había afectado, pero de pronto había empezado a comportarse de un modo irascible y todo parecía caerle mal. Nadie sabía a qué se debía ese cambio, por supuesto, porque no sabían que él era el padre del hijo que había perdido Tippy Moore.

Judd lo sospechaba, pero no se atrevía a preguntar a Cash por temor a acabar con un ojo morado. Con todo, días después se sorprendió al escuchar a uno de los hombres diciéndole a otro que Cash había dado instrucciones de que no le pasaran llamadas de nadie con el nombre de Danbury.

Danbury era verdadero apellido de Tippy. Se lo había revelado un día, cuando estaba rodando aquella película en el rancho donde vivía en la actualidad con su esposa Christabel.

—¿Quién era? —inquirió preocupado.

El agente se encogió de hombros.

—Un chico que se llamaba Danbury.

—¿También ha dicho Cash que no le pasen llamadas de niños?

El agente lo miró con el ceño fruncido.

—Si no te importa que te rompa la nariz, díselo tú —farfulló—. A mí ya me ha caído hoy una buena, y no soy masoquista.

Judd entró en el despacho de Cash sin llamar, y lo observó en silencio antes de hablar.

—Tienes mala cara —le dijo.

Cash no levantó la vista.

—Estoy ocupado.

Judd cerró la puerta y se sentó en una esquina del escritorio.

—No creo que fuera deliberado.

Cash le lanzó una mirada furibunda.

—¿Por qué no? ¡Mi ex esposa lo hizo!

Judd se quedó de piedra.

—Las mujeres no quieren niños; dan mucha lata. ¡Lo único que quieren es una carrera!

—Oh, claro —farfulló Judd, perdiendo la paciencia—; por eso Tippy se hizo cargo de su hermano pequeño y está criándolo.

Cash lo miró fijamente, pero no dijo nada. Sin embargo, sus palabras parecieron suavizar un poco sus endurecidas facciones.

—Aun en el caso de que Tippy lo hubiera hecho deliberadamente, el chico no tiene la culpa —le espetó Judd con frialdad, poniéndose de pie—. No deberías pagarlo con él.

—No le he pagado con él —se defendió Cash.

Judd resopló.

—Uno de los hombres acaba de colgarle el teléfono diciéndole que sigue órdenes tuyas —le dijo, asintiendo con la cabeza cuando Cash lo miró horrorizado—. Yo que tú intentaría llamarlo, y me disculparía. Si te ha llamado sólo puede ser porque esté preocupado por su hermana —añadió mirándolo irritado—. Supongo que se debió quedar embarazada por obra del Espíritu Santo.

Se giró sobre los talones y salió del despacho, dejando a Cash despreciándose a sí mismo.

Le había dolido que Tippy no le hubiese dicho que estaba embarazada, y haber acabado enterándose por la prensa. Pero más aún le había dolido leer que, a pesar de haber sabido que lo estaba, no se hubiese negado a hacer aquella escena de riesgo. Le había dicho que llegado el momento asumiría su responsabilidad, pero no lo había llamado.

¿Y por qué, se preguntó sintiéndose fatal, debería haberlo hecho, cuando él le había dado todas las razones para creer que no quería saber nada de ella, ni de ese posible hijo? No podría haberle dejado más claro que no quería que le diese problemas. De hecho, si Tippy, ya de por sí, tenía poca autoestima, su actitud no debía haberla ayudado en nada. Rory debía estar verdaderamente preocupado para haberse decidido a llamarlo. Al menos el hecho de que lo hubiera hecho significaba que no estaba enfadado con él, pero también que sospechaba que era el padre del bebé que su hermana había perdido.

Sin embargo, siguiendo sus instrucciones, uno de sus hombres le había dicho que no quería hablar con él, y seguramente el chiquillo estaría sintiéndose traicionado.

A pesar de esa sensación de culpabilidad, no le devolvió la llamada. No quería hablar con Tippy, ni tampoco hablar de ella... todavía no, no hasta que pudiese perdonarla por lo que había hecho. Sabía que su carrera era importante para ella, pero nunca hubiera imaginado que lo fuese hasta ese punto.

El saberlo por lo menos le permitió dejar de odiarse por lo que había pasado. Había llegado a considerar en dos o tres ocasiones ir a verla de nuevo, proponerle una relación, e intentar hacer que funcionase, pero cada vez lo había dejado correr. Quizá fuera lo mejor, a la vista de lo que había pasado. Era obvio que Tippy siempre antepondría su carrera a una relación, e incluso a un hijo. No necesitaba más pruebas para saber que no quería nada con él.

Tippy todavía tardaría un par de semanas en recuperar las fuerzas y el ánimo suficientes para volver al trabajo. Había empezado a beber para escapar de los recuerdos y el dolor, pero se lo ocultaba a sus compañeros, y también a Rory, a quien no había visto desde el fin de semana en que Joel le pagara el viaje en avión para que pudiera estar con ella en esos momentos tan difíciles. Finalmente el chico había acabado por confesarle que había intentado hablar con Cash... y que uno de sus hombres le había dicho que había ordenado que no le pasasen con nadie que se llamase Danbury. Aquello la había deprimido aún más.

Su madre también había leído la «noticia», y la había llamado de inmediato, justo después de la visita de Rory.

—Ahora sí que te vas a enterar de quién soy yo —le dijo arrastrando las palabras. Parecía que otra vez estaba tomando drogas. ¡Como si alguna vez las hubiera dejado...!—. Recuperaré a mi hijo, ya lo verás... a menos que estés dispuesta a soltar más pasta para quedártelo.

—No tengo dinero; ahora no estoy trabajando. Tendrás que esperar a que me llegue el próximo cheque por los derechos de la primera película que hice.

—¿Cuándo será eso?

—No lo sé. El año que viene probablemente.

—No puedo esperar tanto. Necesito el dinero ya. Escúchame, niña, ¡no voy a quedarme aquí sentada, muriéndome de hambre mientras tú vas por ahí montada en limusinas y comiendo en restaurantes de postín! ¡Me merezco algo mejor por todo lo que me habéis hecho pasar tú y ese mocoso!

Los dedos de Tippy apretaron el teléfono.

—¡Lo que te mereces es arder en el infierno, bruja! —le gritó furiosa—. ¡Nunca has hecho nada por nosotros... excepto permitir que ese novio enfermo que tienes abusara de mí y maltratara a Rory!

Su madre se rió.

—Sólo os estaba ayudando a crecer —farfulló—. Al final os habría acabado gustando.

—Si hubiera podido nos habría matado a los dos —masculló Tippy—. Sam es escoria, igual que tú.

—Tú tienes dinero y nosotros necesitamos un poco —continuó su madre sin escucharla—. Nos lo darás... o acabarás lamentándolo.

—¿Por qué no vas a los periódicos y les cuentas que tu novio me violó cuando tenía doce años, eh? —le espetó Tippy con aspereza—. ¿Sabes qué?, quizá se lo cuente yo misma.

De pronto se hizo silencio al otro lado de la línea, como si su madre estuviese haciendo un esfuerzo por pensar, en medio del aturdimiento en que estaba sumida por las drogas.

—No tenías doce años. Eras más mayor...

—¡No lo era! —le espetó Tippy con voz entrecortada.

—¡Quiero mi dinero! —insistió su madre—. ¡No tendría por qué trabajar cuando tú eres rica! Me debes... me debes mucho... ¡Yo te di a ese chico!

—¡Me lo vendiste por cincuenta mil dólares! —le gritó Tippy.

—Eso fue sólo un adelanto —farfulló su madre—. Necesito

dinero. Lo necesito. Más te vale enviarme dinero, o le diré a Sam que lo consiga como sea. Conoce a gente en Manhattan; puede meterte en un montón de problemas. Espera y verás.

—Eres el ser más ruin y despreciable que... —murmuró Tippy sin aliento—. No sé cómo soportas mirarte al espejo cada mañana.

—Mándame un cheque, o si no...

Y la línea se cortó.

Después de aquella llamada Tippy se pasó varios días furiosa, preguntándose cómo habría sido tener una madre que la hubiera querido, que la hubiera protegido. ¡Si hubiera podido tener una madre así...!

Por desgracia, sin embargo, no podía cambiar la realidad de que su madre era la que era. Como se había temido, quería más dinero, pero lo que le había dicho era la verdad: había estado sin trabajar por lo que había pasado, y no recibiría el cheque hasta fin de mes. Entretanto, sin embargo, tenía que pagar la mensualidad de la academia de Rory, el alquiler del piso, y las facturas de la luz, el gas... Prorrumpió en una risa histérica. Acabaría muriéndose de hambre, enviarían a Rory a un centro de acogida, y su madre iría a contarle a la prensa lo ingrata que era su hija con ella, y lo mal que la trataba.

Sacó una botella de whisky del armario, y se puso un vaso. Era fin de semana, no tenía que trabajar, y podía hacer lo que quisiera, se dijo. Si iba a perderlo todo, al menos tenía el alcohol para ahogar un rato en él sus penas.

Pronto llegó el mes de abril, y con él las vacaciones de Semana Santa. Rory volvió a Nueva York en tren para pasarlas con su hermana, pero la Tippy que fue a recogerlo a la estación era muy distinta de la que el chiquillo recordaba: había perdido mucho peso y se la veía débil. Le sonrió y lo abrazó, pero había una mirada vacía en sus ojos, y había sombras oscuras debajo de ellos. Parecía una muerta viviente.

—¿Has vuelto al trabajo? —le preguntó Rory preocupado.

Tippy asintió con la cabeza.

—Acabamos el rodaje la semana que viene —le dijo muy apagada—. Joel me ha buscado una doble... un poco tarde, ¿no crees? —añadió con una risa nerviosa—, aunque, bueno, qué diablos, ya sabes lo que dicen: ¡más vale tarde que nunca!

—Tippy... ¿estás bien? —inquirió Rory.

—¡Claro que estoy bien! —respondió ella, con un entusiasmo claramente fingido—. Verás qué bien lo vamos a pasar... He hecho una tarta, y le he dibujado encima una cara sonriente.

—Ya me estoy haciendo un poco mayor para tartas con caras sonrientes —murmuró Rory.

—Bobadas —replicó ella—. Nos lo vamos a pasar muy bien. Seremos como... como una familia.

Cuando iban caminando hacia el taxi, Rory se dio cuenta de que se tambaleaba un poco.

—¡Has estado bebiendo! —la acusó en voz baja, con evidente asombro—. No deberías beber, Tippy. ¿Quieres acabar como nuestra madre?

Aquel comentario pareció incomodar a su hermana, pero luego se rió, como negando que aquello pudiera llegar a pasar.

—Te lo digo en serio, Tippy, puedes acabar convirtiéndote en una alcohólica —insistió el chico.

Tippy se rió de nuevo, esa vez de un modo un tanto escandaloso.

—Rory, por amor de Dios... sólo me he tomado un par de copas para distenderme, eso es todo. Y no empieces a echarme sermones, ¿quieres? —dijo, dándole luego un abrazo–. Eres un encanto... y me alegra tanto tenerte otra vez conmigo...

–Yo también –respondió él, pero no sonrió.

Esa noche llamaron por teléfono, pero cuando Rory fue a contestar colgaron de inmediato. Tippy tenía uno de esos aparatos de identificación de llamadas, pero en la pantalla sólo ponía: «número oculto». Quizá hubiera sido Cash, pensó el chico esperanzado. No había intentado volver a llamarlo, pero quizá él había estado pensando en Tippy y en él y había decidido darles un toque.

–¿Has sabido algo de Cash? –le preguntó abruptamente a su hermana.

El rostro de Tippy se contrajo.

–¡No! –contestó enfadada–, ¡y no quiero volver a saber nada más de él! Si le importara aunque sólo fuera un poco, me habría llamado hace semanas.

–¿Y tú no has intentado llamarlo?

Tippy lo miró irritada.

–¿Por qué iba a llamarlo? Me odia.

–Eso no lo sabes.

–Sí que lo sé –contestó ella con absoluta certeza, sirviéndose un poco de whisky en un vaso y apurándolo de un trago–, y me da igual.

Rory sabía muy bien que aquello no era cierto. La indiferencia de Cash la estaba matando, se dijo observando angustiado su cara demacrada, la delgadez de su cuerpo... ¡Cómo le gustaría poder ser mayor y saber qué hacer...!

Justo cuando Tippy se estaba sirviendo otro vaso llamaron a la puerta. Al abrir, Rory se encontró con su amigo Don, que parecía contrariado.

–Hola, Rory. Acabamos de llegar de la compra y abajo hay con un tipo que dice que te conoce. Me ha pedido que bajes porque quiere hablar contigo.

—¡Cash! —exclamó Rory—. ¿Es Cash?
El otro chico se encogió de hombros.
—¿El amigo de tu hermana? No estoy seguro. Sólo lo he visto una vez. El tipo que hay abajo tiene un sombrero calado hasta los ojos, y un abrigo largo...
—¡Tiene que ser Cash! —dijo Rory muy excitado—. Voy a bajar a verlo. No le digas nada a mi hermana, ¿quieres? —añadió a toda prisa.
—Lo que tú digas. Oye, ¿querrás venir mañana a la pista de patinaje sobre hielo con mi madre y conmigo?
—Ya te diré. ¡Gracias, Don!
—De nada.
Rory iba a atravesar el umbral, pero vaciló un instante.
—¡Voy un minuto a casa de Don! —le gritó a Tippy volviéndose—. ¡Vuelvo en seguida!
—De acuerdo. ¡Pero no vayas a irte luego a ningún sitio sin decírmelo antes! —le contestó ella, recordando las amenazas de su madre.
—¡Tranquila, no lo haré!
Rory salió, cerrando tras de sí, y bajó las escaleras.

Una hora más tarde Tippy se dio cuenta de que el «minuto» de Rory se estaba alargando demasiado. Soltó el vaso de whisky, y trató de poner su mente en funcionamiento. Rory le había dicho que iba a casa de Don. Fue a la mesita del teléfono, y marcó el número.
—No, Rory no ha venido por aquí —respondió sorprendida la madre de Don—. ¿Seguro que te dijo que venía aquí?
El corazón le dio un vuelco a Tippy.
—Sí. Sí, estoy segura.
—Espera un momento —le pidió la madre de Don. La oyó llamar a su hijo, y luego los oyó hablando—. Acabo de preguntarle a Don —le dijo en un tono preocupado—: dice que abajo había un hombre, y que le preguntó si podía pedirle a

Rory que bajara. Rory creyó que era un amigo tuyo... Cash, ¿es así como se llama, no?, pero Don dice que él no lo reconoció. Dice que llevaba un sombrero y un abrigo, y que tenía un aspecto misterioso.

Tippy le dio las gracias y colgó. El miedo le atenazaba la garganta. Estaba segura de que el despiadado novio de su madre tenía a Rory, estaba segura..., pero su mente estaba confusa por el alcohol, y no sabía qué hacer. De pronto sonó el teléfono. Levantó el auricular.

—Tenemos a Rory —dijo una voz familiar, que la hizo estremecer—. Tendrás que darnos cien de los grandes, o te enviaremos su cadáver. No llames a los federales. Mañana por la mañana nos pondremos en contacto contigo para darte instrucciones. Que duermas bien, preciosa —añadió sarcásticamente... y colgó.

Tippy estaba temblando de miedo. Era Sam; sabía que era Sam, y también que hablaba en serio. Nunca había dejado de temerlo, ni siquiera con el paso de los años, después de haberse escapado de casa. No podía permitir que le hiciera daño a Rory... y estaba segura de que sería capaz de hacérselo aunque fuera su padre, porque aquella sabandija era incapaz de querer a nadie.

Con manos temblorosas agarró el bolso y buscó en su agenda el número de Cash. Probablemente no querría hablar con ella, pero tenía que intentarlo.

Cuando acabó el rodaje en Jacobsville, Cash le había dado el número de su móvil. No estaba segura de que siguiera teniendo ese número, pero aún así lo marcó.

Esperó un tono, dos, tres, cuatro... Sus labios pronunciaron una oración silenciosa: «por favor, Dios mío, haz que conteste; haz que conteste...». Cinco tonos... seis... A Tippy se le cayó el alma a los pies. ¿Es que ni siquiera iba a contestar?

—¿Diga? —contestó una voz profunda al otro lado de la línea.

—¡Cash! —exclamó Tippy—. Tengo que hablar contigo; ¡necesito ayuda!

—¿Que necesitas ayuda? ¡Vete al infierno! —le gritó él, en un arranque de ira.

—Sólo te pido que me escuches —le dijo Tippy con firmeza—. Por favor... ¡Se trata de algo serio!

La voz de Cash sonó gélida cuando le contestó.

—No tengo nada que hablar con una mujer como tú, Tippy. Y hazme un favor: no vuelvas a llamarme en lo que te queda de vida.

—¡Cash, por amor de Dios...! —gimió ella desesperada, pero la comunicación ya se había cortado.

Volvió a marcar, pero esperó varios tonos en vano. Sabía que Cash no iba a contestar, y sabía que tampoco tenía caso intentar contactar con él en otros números, como el de la comisaría.

Estaba segura de que Cash habría intentado ayudarla si hubiese sabido lo que le había ocurrido a Rory, pero, ¿cómo podía decírselo si se negaba a escucharla?

Maldijo entre dientes mientras se devanaba los sesos pensando qué podía hacer. ¡Tenía que salvar a Rory! En un impulso, probó con el número de la casa de Judd, pero nadie contestó, ni siquiera Christabel.

Se sirvió una taza de café solo y se lo bebió de golpe con la esperanza de que le aclarara la mente. La única otra posibilidad que le quedaba era conseguir reunir el dinero del rescate. ¡Joel! ¡Joel Harper! ¡Si consiguiese ponerse en contacto con él...!

Marcó el número de su casa, pero le saltó el contestador. Probó con el del estudio, pero le dijeron que no estaban allí ni él, ni nadie de su equipo; se habían ido a preparar las cosas al lugar donde iban a rodar la nueva película, ya que en la que participaba ella estaba casi terminada. Y no era precisamente cerca: en las selvas del Perú, nada menos, donde su móvil ni siquiera tendría cobertura.

Tippy intentó llamar después a un directivo del estudio, pero le dijeron que también estaba fuera, y que no volvería en una semana. ¿Se podía tener peor suerte?, se preguntó desolada. No podía conseguir ayuda, y estaba sola en aquello. Pensó en llamar a la policía, pero temía que pusieran en peligro la vida de Rory, entrando con sus pistolas donde lo tuvieran retenido y que empezaran a disparar. No se le ocurría nada más.

Colgó el teléfono con un pesado suspiro. Le sería del todo imposible reunir para la mañana siguiente la cantidad de dinero que quería Sam. No tenía más que mil dólares en su cuenta corriente, había agotado el crédito de todas sus tarjetas de crédito, y había empeñado sus joyas para poder pagar las mensualidades de la academia de Rory hasta el verano. No le quedaba nada más de lo que tirar, ni tenía nada que pudiese utilizar como aval para pedir un préstamo.

Sólo había una solución posible: ofrecerse a cambio de Rory, y decirle a Sam que se pusiera en contacto con la productora para pedir el rescate. No sabían que Joel estaba fuera del país, y si jugaba bien sus cartas podría convencerlos de que podía ser un rehén más valioso que Rory, y de que la productora estaría dispuesta a pagar lo que fuera por su liberación.

Sería una mentira colosal, por supuesto, porque la compañía no tendría más suerte que ella para encontrar a alguien que pudiese reunir la suma que pedían, pero aquella treta podría salvar a Rory.

Se sirvió otro café, y permaneció toda la noche junto al teléfono, aguardando que Sam volviera a llamar. Mientras estaba allí sentada, desesperando, no pudo evitar pensar en lo que supondría para ella ponerse voluntariamente en las manos de Sam Stanton. Recordaba demasiado bien el miedo, el dolor, y la angustia que aquel hombre le había causado el día que la violó, años atrás. Todavía le tenía un miedo atroz. Era muy violento, y se volvería incontrolable cuando descubriese que no iba a sacarle ningún dinero ni a ella ni a sus jefes. Con suerte únicamente la mataría. Tomó otro sorbo de café, y se preguntó si las cosas habrían sido distintas si no hubiese hecho el amor con Cash aquella noche, o si se hubiese negado a hacer aquella escena, o si...

Lo más importante para ella era la seguridad de Rory. Su hermano pequeño todavía era un niño, lo quería con toda su alma, y no merecía morir.

Tomó de nuevo la taza de café, y antes de apurar su contenido se dijo en voz alta:

—Puedes hacerlo, chica, puedes hacerlo.

Levantó la taza como si fuera un vaso de whisky, y brindó a su salud:

—Por los que tienen más agallas que cerebro, y cuando son derribados caen envueltos en las llamas de la gloria —murmuró.

Momentos después sonaba el teléfono. Con sangre fría y un aplomo fingido, le hizo a Sam la proposición de cambiarse por Rory. Él lo consideró un momento, lo discutió con alguien a su lado, y finalmente accedió y le dio una dirección.

—Toma un taxi, y no avises a nadie —la amenazó—. Si lo haces mataré al chico antes de que llegues. ¿Lo has entendido?

—Claro, encanto —contestó Tippy, poniendo un tono lo más sarcástico que pudo.

—Y no te entretengas —masculló Sam, colgando a continuación.

Tippy repasó mentalmente las clases de artes marciales que había recibido. Por si acaso, pensó, se llevaría la navaja mariposa que había usado en la película. Lo cierto era que no sabía cómo usarla, pero tenía una hoja larga y afilada. Si tenía la oportunidad, por pequeña que fuera, le haría pagar a Sam Stanton todo lo que había hecho en su miserable vida. Cash lo leería en los periódicos, pensó fríamente, y esperaba que su conciencia lo torturase cada vez que se acordase de ella.

7

Cuando llegó al aeropuerto, Cash tomó un taxi para ir a casa de Tippy. No había querido viajar en coche porque habría tardado mucho más, y la frenética llamada de la joven lo había dejado preocupado. No sabía qué podía haber ocurrido, pero tenía una sensación extraña en la boca del estómago, como un presentimiento de que algo iba mal. Tenía que averiguar qué era.

El recuerdo de la atormentada voz de Tippy lo había perseguido desde aquella llamada, y no podía sacárselo de la cabeza. Al final había acabado telefoneándola, simplemente para asegurarse de que estaba bien. El número de teléfono que había marcado era el de Tippy, pero no fue Tippy quien contestó.

De hecho, lo que lo había llevado a Nueva York era la voz que había contestado. Era la voz de un hombre, seria y áspera, y al preguntar por Tippy, se había hecho un frío silencio al otro lado de la línea. El hombre le preguntó qué quería. Cash, cada vez más inquieto, le dijo que lo que quería era hablar con Tippy Moore. Se había producido un nuevo silencio, y el hombre le dijo que no podía ponerse en ese momento, y que llamara el día siguiente, para colgarle a continuación.

Cash se había quedado con el auricular en la mano largo rato después de que la comunicación se cortara. Un miedo cerval se apoderó de él. A Tippy le había ocurrido algo. Había hombres en su piso controlando las llamadas... gente de la policía. Lo sabía por el tono que había empleado su interlocutor... la clase de tono que se usaba en los casos de secuestro, y que él mismo había utilizado en aquellos que había ayudado a resolver.

No podía llegar al fondo de la cuestión por teléfono, así que le dijo a todo el mundo que se había producido una emergencia familiar, se tomó un permiso, dejó a Judd al mando, y tomó el primer avión para Nueva York.

Desde entonces le había dado vueltas y más vueltas a esa llamada. Había policía en el piso de Tippy y estaban controlando las llamadas, como si estuviesen esperando la de alguien en particular. Cash pensó en la madre de Tippy y el padre de Rory, y en las amenazas que la joven le había dicho que le habían hecho. ¿Y si habían raptado a Rory? Aquello explicaría por qué Tippy casi se había puesto histérica cuando le había dicho que no quería hablar con ella. Lo había llamado para pedirle ayuda, y él le había contestado de malos modos y le había colgado. Cerró los ojos, sintiendo una punzada de culpabilidad en el pecho. Si le pasase algo a Rory o a Tippy por haberle negado esa ayuda, no podría seguir viviendo. Sin embargo, había algo que no le cuadraba: si era Rory quien estaba en peligro, ¿por qué no había contestado Tippy el teléfono en vez de un agente de policía?

Pagó al taxista, añadiendo una propina, se bajó del vehículo, y en un par de zancadas estaba en la entrada de la casa de Tippy. Llamó al timbre del portero automático.

—¿Quién es? —contestó una voz de hombre, la misma que había respondido a su llamada esa mañana.

—Soy un viejo amigo de Tippy Moore... un compañero suyo de trabajo —mintió Cash.

Hubo una pausa, y de pronto se oyó la voz angustiada de un chico:

—¡Déjenle subir!, ¡por favor!

¡Rory! Cash apretó los dientes en un intento por mantener la calma. Rory estaba allí, no lo habían secuestrado... Sin embargo, parecía muy alterado. Tenía que haberle ocurrido algo a Tippy.

Hubo otra pausa.

—Está bien, suba.

Le abrieron desde arriba, y Cash entró. Subió las escaleras a toda prisa, pero trató de controlarse un poco cuando llegó a la puerta de Tippy. Rory se abrió paso entre los hombres que estaban esperándolo, y se lanzó a sus brazos, llorando.

—¿Qué pasa?, ¿qué ha ocurrido? —le preguntó suavemente, abrazándolo con fuerza.

—¿Conoce al chico? —le preguntó uno de los hombres.

Cash se quedó observándolo. Le resultaba familiar, pero no podía recordar de qué lo conocía... hasta que cayó en la cuenta: era un agente del FBI con el que había trabajado años atrás.

—¿Qué le ha pasado a Tippy? —inquirió Cash sin decirle nada al tipo, ya que no parecía haberlo reconocido.

—Eso no es asunto suyo.

—¿No puede pasar y tomar un café? —le pidió Rory al hombre—. Es un buen amigo de mi hermana.

—¿Sabe dónde está? —le preguntó el agente a Cash con una mirada suspicaz.

—Estará trabajando, supongo —mintió Cash—. ¿No es así? —le preguntó a Rory.

El chico lo miró con ojos angustiados, pero no respondió; no estaba autorizado a contestarle a eso.

—Sí, eso es, está trabajando. Tiene cinco minutos; luego lo quiero fuera de aquí —le dijo el hombre a Cash—. Estamos esperando una llamada.

Cash siguió a Rory hasta la cocina, y abrió el grifo para que no pudieran oírlos hablar. Se volvió hacia Rory con una mirada implacable.

—Habla; deprisa —le dijo.

—Sam me raptó para sacarle dinero a Tippy —le explicó Rory en voz baja—, pero ella no tenía la cantidad que le pedía porque no cobrará hasta que no se estrene la nueva película, así que se cambió por mí —añadió, al borde de las lágrimas—. Le dijo a Sam que le pidiera el rescate a la productora para la que trabaja.

El corazón le dio un vuelco a Cash.

—La matarán —dijo antes de poder contener su lengua.

—Ella lo sabe. Me dio un beso para despedirse de mí cuando me dejaron marcharme, y me dijo que sabía lo que estaba haciendo, que su vida no importaba —contestó Rory, tragando saliva—. Desde que perdió el bebé ya no le importa nada. Me dijo que volviera a casa y que no pensara en ella, que no le importaba que la matasen, porque así acabarían con su dolor... ¡Cash! —exclamó dolorido cuando lo agarró bruscamente por los brazos.

Cash farfulló una disculpa.

—Pero... en los periódicos decía que había hecho aquella escena aun sabiendo que era peligroso en su estado... —masculló.

—Eso es mentira. El ayudante de dirección le juró que no le pasaría nada —replicó Rory—, y cuando el señor Harper se enteró de lo que había hecho lo despidió... pero ya era demasiado tarde.

Cash cerró los ojos atormentado, recordando las cosas tan duras que le había dicho a la joven. Tippy iba a morir, y era todo culpa suya. Lo había llamado para pedirle ayuda, pero él se la había negado, y no había visto otro remedio más que cambiarse por Rory... entregándose a un hombre al que tenía verdaderas razones para temer.

—¡Cash, por favor, reacciona! —le siseó Rory de pronto, zarandeándolo—. ¡Tenemos que salvarla!

Cash se había puesto lívido, y estaba intentando controlar su agitada respiración al tiempo que se esforzaba por no pensar en lo que Tippy podría estar pasando en ese mismo instante.

—¡Cash! —le insistió Rory.

En ese momento él parecía el adulto y Cash el niño asustado.

—Está bien —dijo Cash finalmente—. Yo me ocuparé.

—No creo que estos tipos sepan lo que están haciendo —le dijo Rory preocupado—. Están ahí sentados, esperando a que suene el teléfono, pero dudo que Sam esté tan loco como para llamar aquí. Iba a llamar a la productora, pero Joel Harper está fuera del país y no hay forma de ponerse en contacto con él, y ninguna de las personas que quedan aquí puede autorizar el pago del rescate sin su consentimiento. Van a matarla, Cash, sé que lo harán.

—¿Cómo consiguió Stanton llegar hasta ti? —se apresuró a preguntarle Cash. Los hombres en la habitación contigua se habían quedado de pronto muy callados.

—Le dijo a mi amigo, el que vive aquí al lado, que quería que bajara, pero yo creí que se trataba de ti —contestó Rory, apartando la vista—. Sam tiene un primo que vive en los barrios bajos de la zona este, no muy lejos de aquí. Su padre tiene un bar. Pertenece a una banda, y tiene contactos con la mafia.

—¿Cómo se llama?

—Álvaro no sé qué. Montes, creo. El bar se llama «La corrida» y está cerca de la calle dos.

Cash miró hacia la puerta, adonde se habían asomado los agentes, que estaban mirándolo suspicaces. Uno de ellos era moreno, y sólo algo mayor que Cash. El otro, al que Cash conocía, era más alto, de pelo canoso, y tenía unos cincuenta años. Las facciones de su rostro parecían de acero.

—Se le han acabado los cinco minutos —le dijo el alto a Cash—. ¿Sabe? Su cara me suena de algo... —añadió.

Cash sonrió.

—Quizá me haya visto en alguna película. ¿Ha visto *La bailarina*? Yo hacía el papel de camarero...

El hombre lo miró con desdén.

—No me gustan los musicales.

Cash bajó la vista hacia Rory, teniendo cuidado de que su rostro no dejara entrever nada.

—Cuando vuelva tu hermana jugaremos esa partida de ajedrez que te prometí —le dijo para despistar—. ¿No te irá a dejar mucho tiempo aquí solo, verdad?

—No estará solo —farfulló el tipo alto con aspereza—; nosotros nos quedaremos con él hasta que regrese su hermana.

Cash sacó una tarjeta visita y se la entregó a Rory.

—Regento un pequeño negocio cerca de aquí —le explicó a los hombres con una sonrisa—, para tener algo con lo que poder comer entre película y película... Así el chico podrá llamarme si necesita algo cuando Tippy no esté en casa.

Los agentes lo miraron aún con mayor recelo.

—Déjame ver esa tarjeta —le dijo el más bajo a Rory.

El chiquillo miró a Cash, que volvió a tomar la tarjeta de sus manos y se la entregó a los agentes. En ella ponía: «Para que te sientas como en casa cuando estás lejos de casa, La guarida de Smith, Brooklyn, N.Y.», y debajo había un número de teléfono.

—¿Ése es su nombre?, ¿Smith? —le preguntó uno de los hombres a Cash.

—Ése soy yo. Un nombre fácil de recordar, ¿verdad? —añadió con una sonrisa encantadora. Era una suerte que llevase una de esas viejas tarjetas de pega encima.

El agente se la devolvió a Rory.

—Si le hace falta ya se pondrá en contacto con usted —le dijo a Cash—. Ahora lárguese de aquí.

—Cuídate, Rory —se despidió él con una inclinación de cabeza, como para indicarle que todo iría bien.

Rory imitó su gesto, pero no se sintió más calmado. No sabía cómo podría Cash rescatar a Tippy él solo. Aquello no iba a ser nada fácil.

Cash estaba pensando lo mismo mientras salía del piso. Sacó el teléfono móvil que reservaba para las emergencias, y marcó un número.
—¿Peter? —inquirió cuando alguien contestó al otro lado de la línea—. Soy Grier. ... Bien, ¿y tú? ... Necesito que me hagas un favor.
—¿Qué te hace falta? —respondió el otro hombre.
—Unos trescientos mililitros de C-4, un cuchillo K-Bar, cuerda, un revólver automático del cuarenta y cinco, un par de granadas cegadoras, y transporte para ir a Brooklyn.
El hombre al otro lado de la línea se echó a reír.
—Sin problema, amigo. Iré al supermercado de la esquina y te conseguiré todas esas cosas. ¿Dónde estás?

Media hora más tarde Cash se subía a un coche a dos manzanas de allí, y le estrechaba la mano a su protegido, Peter Stone, un joven que ya se había convertido en mercenario profesional. Había estado en el grupo de Micah Steele, pero en ese momento estaba trabajando como experto en seguridad junto con Bojo, otro ex miembro del grupo, en Qawi, un país de Oriente Medio, para el jeque Philippe Sabon. Peter estaba en Estados Unidos sólo de visita, viendo a sus parientes, aprovechando un receso entre misión y misión.
—Tío, todavía no puedo creerlo... Imagínate: ¡tú, jefe de policía en «Paletoville»! —le dijo Peter riéndose.
—Muy gracioso. Yo tampoco te imaginé nunca a ti luchando contra terroristas internacionales... —contestó Cash.
Peter se encogió de hombros.

—Bueno, a cada uno lo suyo —respondió. Luego, se puso serio—. ¿Cuál es tu problema?

—Una amiga mía ha sido secuestrada y voy a rescatarla.

—¿Una *amiga*? —repitió Peter—. ¿Quieres decir que hay una mujer sobre la faz de la tierra que te importa lo bastante como para ir a rescatarla? Debe ser muy especial.

—Lo es —respondió Cash escuetamente, apartando la vista—. Se cambió por su hermano pequeño y le dijo a los secuestradores que podrían conseguir el rescate pidiéndoselo a la productora para la que trabaja... a sabiendas de que no lo pagarán porque no hay nadie en el país que pueda autorizar y negociar el pago.

—Vaya, una chica con agallas —murmuró Peter admirado.

—Tú lo has dicho, tiene muchas agallas... pero morirá si no hago algo. El tipo que la ha raptado es de la peor calaña.

—Don Kincaid está en la ciudad —lo informó Peter—. Y puedo ponerme en contacto con Ed Bonner si es necesario. Estaba a las órdenes de Marcus Carrera antes de que se reformase...

—Sólo recurriré a Carrera si no me queda más remedio —le dijo Cash—. Él y su gente sólo hacen favor por favor.

—Sí, sé a qué te refieres —contestó Peter sarcástico—. Yo le debo uno, y estoy temblando sólo de pensar qué se le ocurrirá pedirme.

—Quizá sólo esté buscando alguna tela exótica... —respondió Cash riéndose entre dientes.

—No deberías bromear sobre su afición al *patchwork* —le advirtió Peter—. Hay un tipo en el hospital que se lamentará siempre de haberlo hecho.

—En Texas hay un abogado que también tiene esa afición... y además conoce a Carrera —le dijo Cash—. Salió en un programa en la televisión. De hecho, en comisaría tenemos a un tipo que trabajaba para él hasta que se le ocurrió hacer un comentario gracioso sobre los hombres que hacen labores. Pero ya está bien —añadió Cash—. De hecho, las prótesis dentales que le han puesto parecen casi reales.

Peter se rió mientras giraba el volante para meterse por un callejón.

—Bueno, ¿y a dónde vamos ahora?

—A un pequeño bar que se llama «La corrida».

—¡Conozco ese sitio! —exclamó Peter—. El tipo que lo regenta, Álvaro Montes, es español. Su padre era torero, y murió en la plaza, tal y como lo habría querido.

—¿Sabes si está metido en asuntos turbios?

—Él no —respondió Peter sin dudarlo—, aunque tiene algunos parientes que no son muy de fiar... empezando por el inútil de su hijo —añadió con desdén—. Alguien tendría que meterlo en cintura.

—Tiene gracia que lo menciones —dijo Cash—, porque es detrás de quien vamos.

—¡No fastidies! —exclamó Peter sonriendo—. Genial, vamos a ver a papá Montes. Quizá pueda decirnos si a su chico le ha dado ahora por el secuestro.

—Escucha, Peter, no estoy de humor para peleas de taberna...

—No vamos a pegarnos con nadie —le aseguró el joven—. Tranquilo, déjame hacer a mí.

Cuando entraron en el pequeño y mal iluminado local, un hombre alto de pelo rizado entrecano que estaba en la barra levantó la vista hacia ellos. A excepción de un viejo sentado en un rincón, el bar estaba vacío.

—¡Peter! —saludó el propietario al joven, esbozando una amable sonrisa—. ¡No sabía que estabas de vuelta en la ciudad!

—Sólo por unos días, viejo —respondió Peter, sonriéndole también—. Éste es Grier, un amigo.

El dueño del bar se quedó callado mientras miraba a Cash con los ojos entornados.

—He oído hablar de usted —le dijo quedamente.

—Mucha gente ha oído hablar de él —intervino Peter—. Una amiga suya ha sido secuestrada.

—Y tú has venido aquí a verme... —farfulló el anciano, cerrando los ojos y suspirando con pesadez—. No me hace falta preguntarte por qué, por supuesto. Es ese sobrino mío del Sur, que no ha venido aquí más que para darnos problemas, ¿verdad? La última vez fue tráfico de armas. ¿Qué ha hecho ahora?

—Me temo que algo peor —contestó Peter—. Me parece que tú sabrías dónde llevaría a un rehén si hubiera secuestrado a alguien.

—Un rehén... —murmuró el hombre, cerrando los ojos—. Sí, sí sé dónde lo llevaría —añadió lentamente—: a un almacén donde guardo mis licores y mis mejores botellas de vino. Está a unas manzanas de aquí —explicó, dándole a Peter la dirección—. ¿Intentarás mantener a mi hijo fuera de esto?

—Su hijo ya está metido —dijo Cash sin andarse con finezas—, y si le ocurre algo a la mujer que han secuestrado, se arrepentirá.

El anciano contrajo el rostro.

—Yo he sido un buen padre —murmuró con pesadumbre—. He hecho todo lo que he podido por enseñarle a distinguir lo que está bien de lo que está mal, a alejarse de la gente que va contra la ley, pero cuando se marchó de casa perdí el control sobre él, ya ve. ¿Tiene usted hijos? —le preguntó a Cash.

—No —contestó él en un tono que no invitaba a hacer comentarios—. ¿Cree que su hijo estará con alguien más además de su primo?

El hombre sacudió la cabeza.

—Su hermano es abogado, lo cual quizá nos acabe viniendo bien. No, mi otro hijo nunca me ha dado ningún quebradero de cabeza. Siempre ha sido un buen chico.

—No debe culparse usted —le dijo Cash—. He trabajado en la policía el suficiente tiempo como para saber que un hijo puede echarse a perder aunque sus padres le den la mejor educación. Al final es cada uno quien decide qué clase de persona quiere ser.

—Gracias —le respondió el dueño del bar quedamente.

—Hasta luego, viejo —se despidió Peter—. Y gracias.

El hombre sólo hizo una inclinación de cabeza. Parecía muy triste.

—Es un buen hombre —le dijo Peter a Cash cuando estuvieron de nuevo en el coche—, y ha sacrificado mucho para criar a esos chicos. Su madre murió cuando nació el pequeño. Ella también era buena gente.

—También lo es Tippy —gruñó Cash, impaciente por empezar a moverse.

No iba a ser nada fácil rescatar a Tippy con vida, aunque contara con ayuda, y no quería ni pensar en las consecuencias si no llegaban a tiempo.

—Por cierto, te he traído tu antiguo «uniforme» —le dijo Peter—. Va a ser una noche memorable.

—No lo dudo —respondió Cash.

El almacén estaba en un callejón, y alguien había hecho añicos una de las farolas, probablemente de una pedrada. Había un grupo de adolescentes merodeando por allí y armando jaleo, pero cuando vieron a Cash y a Peter con su «ropa de trabajo» se fueron en la dirección contraria.

—No te preocupes por ellos —le dijo Peter—. Nadie de este barrio se atrevería a meterse con nosotros... ni por todo el oro del mundo. Bueno, ¿cómo entramos?

Ya habían inspeccionado los alrededores del edificio y localizado todas las salidas.

—Por el tejado —respondió Cash—, y luego nos meteremos por el sistema de ventilación para pasar al segundo piso. Allí ataremos la cuerda a la barandilla y nos descolgaremos hasta la planta baja.

—Procura no romper muchas botellas, ¿de acuerdo? —le pidió Peter—. El viejo no tiene mucho dinero, y probablemente lo que tiene aquí es su única fortuna.

—Lo intentaré. Vamos.

—¿Y qué hay de los federales? —le preguntó Peter.

—Gracias por recordármelo —dijo Cash, sacando el teléfono móvil y marcando un número.

Treparon al tejado con la ayuda de unos ganchos de escalada y bajaron sigilosamente por el sistema de ventilación hasta el piso superior.

Gracias a los potentes pero ligeros cascos con micrófono integrado que llevaban podían comunicarse el uno con el otro aunque estuvieran lejos, y sin tener que gritarse. Cash iba delante, con una cuerda de nailon liada en torno a un hombro, un cuchillo K-Bar con su funda en la cintura, y un revólver automático del calibre cuarenta y cinco. Iba vestido todo de negro, igual que Peter, y un pasamontañas en la cabeza.

Se detuvo en la pasarela, y miró hacia abajo, asomándose por encima de la barandilla. Entre los barriles y los botelleros distinguió a Tippy echada boca abajo sobre unos cartones. Junto a ella, de pie, había tres hombres discutiendo. Uno de ellos tenía una botella rota en la mano, y estaba agitándola en dirección a uno de los otros. Tippy no hacía ningún ruido, y a Cash el corazón se le encogió en el pecho mientras la miraba. Si le habían hecho algún daño los mataría. No podría controlarse.

Le hizo un gesto a Peter para que rodeara y cruzara al otro lado, y Peter asintió con la cabeza, señalando la cuerda que él llevaba. A Peter le llevó una eternidad avanzar por entre las cajas sin hacer ruido. No podían arriesgarse a alertar a los secuestradores, y su cautela era tal, que en un momento dado, cuando le resultó imposible seguir sin evitar pasar sobre un gran trozo de plástico, esperó hasta que pasó un camión por la calle para que el ruido enmascarara sus pisadas.

Finalmente Peter llegó a la posición, y le hizo una señal a Cash con los pulgares levantados. Los dos ataron sus cuerdas de nailon en la barandilla de hierro, luego Cash sacó su revólver, y Peter hizo otro tanto. Cash se encaramó a la barandilla, poniéndose de pie sobre ella, observó a Peter mientras hacía lo mismo al otro lado, y se descolgaron con fuertes gritos que desconcertaron a los secuestradores.

—¿Qué diablos...? —exclamó el más alto de los tres hombres.

—¡Dispara!, ¡dispara! —le gritó el segundo.

El tipo alto sacó una pistola y pegó un par de tiros en dirección a Cash, pero Cash ya estaba más que curtido en esquivar balas. Se soltó de la cuerda, dio una voltereta, y disparó.

El segundo tipo cayó al suelo agarrándose la pierna y gimiendo de dolor. Peter tenía al alto agarrado por el cuello desde detrás, y el tercero, comprendiendo que no tenía nada que hacer, salió corriendo hacia la salida. Por desgracia logró salir del edificio antes de Cash pudiera verle bien la cara.

Guardó el arma en su funda, y corrió junto a Tippy. Cuando llegó a su lado, vio que tenía el rostro bañado en sangre. Su blusa también estaba manchada, además de rasgada, y tenía cardenales en los hombros y la espalda. No se movía. Ni siquiera parecía respirar.

Por un aterrador instante Cash recordó el momento, meses atrás, en que había visto a Christabel Gaines desplomada en el suelo después de ser disparada por uno de los enemigos de Judd. El mismo pánico que lo había invadido entonces volvió a invadirlo, pero esa vez fue aún mayor.

—Tippy... —masculló, arrodillándose a su lado, y buscándole el pulso en el cuello con una mano temblorosa.

Durante unos segundos, los peores de su vida, pensó que estaba muerta porque no conseguía encontrarle el pulso, pero de pronto sintió la débil presión de la sangre que corría por la vena bajo sus dedos.

—¡Está viva! —le gritó a Peter.

Sacó su teléfono móvil y llamó a la policía.

Tippy todavía estaba inconsciente cuando llegaron la ambulancia y la policía, acompañados de los dos agentes del FBI con los que Cash se había encontrado en el piso de Tippy. Para entonces Peter ya se había esfumado con todo el equipo, incluida la ropa que había llevado puesta Cash para efectuar el rescate, y todas las pruebas que pudieran ligarlos a la escena del crimen. No podía dejar que la policía encontrase ningún arma que coincidiese con la bala que había incrustada en el muslo del secuestrador herido.

Cash había llamado al piso de Tippy mientras él recogía, había alertado a los agentes del FBI de lo que estaba ocurriendo, y estos habían llegado con la policía.

El más alto de los dos agentes frunció los labios al encontrar a Cash sentado en el suelo del almacén con la cabeza ensangrentada de Tippy sobre el regazo, mientras los paramédicos entraban con una camilla. En la puerta había policías uniformados, y la gente del departamento de criminología estaban ya buscando pistas.

—Ahora recuerdo dónde lo había visto antes... —le dijo divertido el agente del FBI a Cash.

—Se equivoca —replicó Cash con firmeza.

El hombre frunció el ceño.

—¿Cómo? Escúcheme, amigo...

—No, es usted quien me va a escuchar —lo cortó Cash—. Estos hombres habían raptado a mi prometida, y no iba a quedarme sentado junto a un teléfono esperando una llamada de los secuestradores. Por desgracia me perdí toda la acción. Cuando llegué aquí el tiroteo ya había comenzado.

—¡No puede interferir en los asuntos federales!

—Ya lo creo que puedo —le replicó Cash muy tranquilo.

—Llamaré a la central y por la mañana estará con la soga al cuello —le dijo el agente furioso.

—Se equivoca de nuevo. Yo llamaré a la central, y mañana estará usted en las calles de Broadway, vendiendo lápices en una taza —le espetó Cash.

El otro agente agarró a su compañero por el brazo y le susurró algo que lo hizo apartarse de Cash.

—Más le vale no estar aquí mañana.

—No estaré —le aseguró Cash sin perder la calma.

Volvió a centrar su atención en Tippy, que respiraba jadeante, como si le costara trabajo.

Los dos hombres se acercaron y observaron horrorizados a Tippy.

—¿Por qué diablos le han hecho eso? —inquirió el alto, enfadado—. ¡No era una amenaza para ellos!

—Al tipo que ha resultado herido le gusta maltratar a las mujeres —dijo Cash sin mirarlo.

No podía borrar de su mente la imagen de Stanton de pie junto a Tippy con la botella rota en la mano.

—¿Ah, sí? —murmuró el agente, dirigiéndose donde estaba Stanton.

Éste se había sentado en el suelo, unos metros más allá, y estaba atándose alrededor del muslo un trozo de tela que se había arrancado de la camisa para cortar la hemorragia.

—¡Tráigame ayuda, pedazo de inútil!, ¡me han disparado!—le exigió—. ¡Uno de esos tipos con pasamontañas me ha metido una bala en la pierna!

—No tengáis prisa por atender a éste, chicos —le dijo el agente a los paramédicos, que se acercaban en ese momento–; sólo tiene un rasguño. Atendedla a ella primero –añadió señalando a Tippy.

–¡Hijo de...! –masculló Stanton.

Cash miró al agente.

–Gracias –le dijo con voz queda.

El hombre se encogió de hombros.

Los paramédicos examinaron a Tippy mientras la subían a la ambulancia. Cash subió con ellos, y tomó su mano, apretándola entre las suyas. Estaba intentando mostrarse fuerte, pero lo cierto era que estaba muerto de miedo por ella. Pensó en Rory, solo en el piso. No le había preguntado a los agentes qué habían hecho con el chico al ir hacia allí, y le rogó a Dios por que lo hubieran dejado con los vecinos, con los padres de su amigo Don.

Sin embargo, cuando la ambulancia se detuvo frente a la entrada del pabellón de urgencias, allí estaba el chico, esperando con los dos agentes.

Cash sintió deseos de abrazarlos. Rory corrió hacia la camilla, con el rostro pálido y los ojos rojos e hinchados.

–¡Tippy! –gritó.

Cash lo agarró y lo abrazó con fuerza.

–Está viva –le dijo–. Está herida, y tiene una contusión y unas cuantas moraduras. Sé que ahora mismo tiene un aspecto terrible, pero se pondrá bien, ya lo verás.

Rory alzó la vista hacia él, desesperado por creerlo.

–¿No me mentirías, verdad, Cash?

–Nunca –le dijo él con firmeza–. Jamás, jamás te mentiría. Se va a poner bien, te lo prometo.

–¿Y Sam, lo han detenido? –le preguntó Rory.

–Pregúntale a estos caballeros –le respondió Cash, dirigiendo una sonrisa cansada a los dos agentes del FBI–. Están esperando a que le curen la herida de bala para poder detenerlo junto con su cómplice. Había otro más, pero escapó, aunque quizá puedan dar con él.

—¿Alguien le disparó? ¡Genial! —exclamó Rory sin poder reprimirse—. ¿Fueron ustedes? —le preguntó a los agentes del FBI.

—No, lo sentimos —respondieron a dúo.

—A mí no me mires —mintió Cash, poniendo cara de póquer—; no voy armado cuando salgo de Texas. Va contra la ley.

El mayor de los dos agentes lo miró con una ceja enarcada, pero Cash sonrió como si nada.

—Ni el propio Stanton sabe quién lo disparó —le explicó el agente a Rory, mientras miraba de reojo a Cash—. Y dice que los que los atacaron eran dos y no sólo uno.

—Obviamente había estado bebiendo —dijo Cash, poniendo cara inocente.

El agente suspiró.

—Sí, obviamente —farfulló—. ¿No conocerá a un tipo de nuestro cuerpo que se llama Callaghan, verdad?

—No estoy seguro —contestó Cash con una sonrisa.

El agente se limitó a sacudir la cabeza.

Rory se dio cuenta de que Cash ocultaba algo, y tuvo que hacer un esfuerzo por no sonreír.

—¿Cuántos años echan ahora por rapto y violación? —le preguntó Cash a los federales.

—Los suficientes como para que cuando salga esa sabandija tenga una larga barba blanca —respondió el agente más alto—. Intentaremos hacerles hablar del que escapó, y juro por Dios que mientras viva asistiré a cada junta que evalúe la solicitud de libertad condicional para esa escoria de Stanton. Me encargaré personalmente de recordarles lo que le hizo a esa pobre joven.

—Es usted un gran tipo.

El hombre se encogió de hombros.

—Sólo hago mi trabajo —contestó.

—Gracias a los dos —le dijo Rory con sinceridad a los agentes—. Los recordaré siempre.

—Sólo hacemos nuestro trabajo; nada más —repitió el hombre. Pero sonrió.

Cuando el médico de urgencias salió por fin para hablar con Cash, le dijo que Tippy había sufrido una contusión, cosa que ya sabía, y que, aunque ya estaba consciente, iban a mantenerla en observación. Además de los numerosos cortes que tenía en la cara y en el tronco, tenía un fuerte traumatismo en las costillas que los tenía preocupados porque podía haber dañado los pulmones. Aquello no sólo podía provocar que se produjese una hemorragia interna, sino que, en el peor de los casos, podía causar un fallo pulmonar. Para determinar el alcance de los daños, añadió, le harían resonancias magnéticas de la cabeza y la cavidad torácica, además de radiografías por rayos X, y en cualquier caso tendría que permanecer varios días ingresada. Tan pronto como supieran algo más concreto se pondrían en contacto con él, le prometió.

Pero Cash, irritado, le respondió que no se iría a ninguna parte, que aguardaría en la sala de espera tanto tiempo como fuese necesario. El médico le preguntó si era pariente de Tippy. Cash sabía que si respondía que no, no lo dejarían pasar a verla, y no podía salir de allí sin poder decirle a Rory que la había visto, así que mintió:

—Soy su prometido —le dijo, repitiendo lo que le había dicho a los federales—. Tippy era modelo —añadió—, pero ahora es actriz de cine. Estaba trabajando en su segunda película. La primera se estrenó en noviembre, y fue todo un éxito. Su rostro... es su modo de vida —murmuró con tristeza.

—Me aseguraré de que llamen inmediatamente a un buen cirujano plástico para consultarle —respondió el médico—. Aún tenemos que limpiar los cortes, coserlos, y aplicarles compresas estériles para prevenir una posible infección, pero por lo que he visto puedo decirle que estoy bastante seguro de que no tiene daños importantes en el rostro —le explicó amablemente—. En este momento son sus pulmones lo que más nos preocupa, pero, como le he dicho, lo mantendremos informado.

—Gracias —respondió Cash quedamente.

—No tiene por qué dármelas —replicó el hombre con una sonrisa.

Cash fue en busca de Rory, que se había quedado con los dos agentes del FBI. Tras decirles que se ocuparía él del chico, lo llevó a la cafetería, le compró un refresco, y le contó lo que le había dicho el médico.

—Gracias —murmuró Rory después de que se quedaran los dos callados un rato. Cuando Cash lo miró curioso, añadió—: por decirme la verdad.

—Como ya te dije, siempre he valorado la honestidad —le dijo Cash.

Entonces fue Rory quien lo miró con curiosidad.

—¿Por qué no quisiste hablar conmigo cuando te llamé a la comisaría?

Cash hubiera querido que en ese momento se lo tragase la tierra. Aquella pregunta lo llenaba de vergüenza.

—Aquel agente no te pasó conmigo porque pensaba que era lo que yo quería —comenzó, bajando la vista a su café solo—. Me creí lo que leí en los periódicos —añadió, sintiendo verdadero desprecio por sí mismo.

—Tippy no es esa clase de mujer —le dijo Rory con firmeza—. Nunca habría sido capaz de sacrificar a su bebé por su carrera, por muy rica o famosa que hubiera podido llegar a ser. Una vez me dijo que el dinero y la fama no podían sustituir jamás a la gente que te quiere.

Cash sabía que no debería haber creído lo que la prensa había dicho de ella, pero después de lo que su ex esposa le había hecho, le resultaba difícil volver a confiar.

—Lo superará —dijo Rory de pronto—; sólo necesita un

poco de tiempo. ¿Vas a... te quedarás hasta que sepamos seguro que va a estar bien?

—Por supuesto —respondió Cash sin vacilar.

Rory se relajó un poco.

—Gracias.

Cash no contestó. Estaba pensando en Tippy y en lo delicado que era su estado. No se atrevía siquiera a pensar qué ocurriría más allá de la hora siguiente.

Cuando el médico salió para comunicarles los resultados de las pruebas, Rory se había quedado dormido en uno de los sillones de la sala de espera.

Como ya habían imaginado, uno de los pulmones había resultado dañado y estaba sangrando ligeramente. Habían aspirado el fluido, y también le habían cosido los cortes. El cirujano plástico tenía esperanzas de que no le quedaran marcas, ya que los cortes no habían afectado a los músculos ni a los nervios. Ya sólo quedaba esperar, controlar que el daño al tejido pulmonar no se extendiera, y vigilar la contusión cerebral. Para ello, habían trasladado a Tippy a la unidad de cuidados intensivos.

Cash sabía demasiado sobre lesiones pulmonares y cerebrales como para no preocuparse. Se sentó junto a la cama de Tippy y le tomó la mano. Le habían dado algo para el dolor, y estaba tan aturdida que no parecía reconocerlo siquiera.

No se apartaría de su lado hasta que no supiese que iba a estar bien. Si la hubiera escuchado, en vez de comportarse como un bruto el día que lo había llamado pidiéndole ayuda, nada de aquello habría ocurrido. La sola idea lo estaba devorando por dentro. Tippy podría haber muerto. De hecho, en ese mismo momento su vida corría peligro por lo que le habían hecho aquellos bastardos. No quería compartir su temor con Rory, a quien había dejado durmiendo en la sala de espera, con la creencia de que su hermana estaba bien.

Él, en cambio, no durmió en absoluto. Al amanecer Tippy abrió por fin los ojos. Contrajo el rostro y jadeó, esforzándose por respirar, pero le dolía, y se llevó una mano al pecho con un gemido.

—Tranquila —le dijo Cash en voz baja—. Quédate quieta. ¿Qué es lo que quieres?

Tippy lo miró con ojos preocupados, pero luego sonrió levemente y murmuró:

—Es un sueño...

Y, tras pronunciar esas palabras, volvió a quedarse dormida. Cash apretó el llamador y al momento apareció la enfermera. Al oír lo que Tippy se había despertado y había hablado, sonrió, y fue a buscar al médico.

—No es un sueño —le susurró Cash a Tippy, besándola con dulzura en la frente—. Estoy aquí, contigo, y tú estás viva. Gracias Dios mío, gracias...

En medio del sopor que envolvía su mente, Tippy creyó oír la profunda voz de Cash. Parecía asustado. Pero no podía ser Cash. Cash no podía estar con ella. La odiaba. Alguien la había golpeado con fuerza... muchas veces. Al final ella sólo lloraba pidiendo piedad, rogando por su vida. No había tenido fuerzas para luchar; no había querido luchar... ya nada importaba. Quería a Cash, pero él la odiaba. Había perdido al hijo que él había plantado en su vientre, y nunca la perdonaría. No, era imposible que Cash estuviese con ella. Sólo estaba soñando...

De sus ojos cerrados brotaban lágrimas.

—Me odia... —sollozó—. ¡Me odia!

—¡No! —replicó él con voz ronca—. ¡No te odio!

Tippy sacudió la cabeza de un lado a otro de la almohada.

—Déjame... —murmuró en un hilo de voz—. Da igual lo que me pase...

—¡No, no da igual!

Había un matiz de desesperación en la voz de Cash que

Tippy nunca había oído. Aquello tenía que ser un sueño. Pero parecía tan real... Oyó a Cash suplicarle, decirle que lo sentía, que tenía que perdonarlo, que tenía que vivir...

¡No! Era un sueño... sólo un sueño... Cash le había dicho que se fuera al infierno, y eso era lo que había hecho. No podía haber una descripción más exacta de lo que había vivido en aquel almacén. Tenía todo el cuerpo magullado y dolorido, y el futuro se le antojaba tan vacío... El trabajo ya no la llenaba, y ni siquiera el tener a Rory a su lado la consolaba. Estaba cansada de luchar. En el camino que se abría ante ella sólo veía dolor. Empezó a llorar, gimiendo de nuevo al sentir una fuerte punzada en el pecho.

Justo en ese momento regresó la enfermera. A pesar de sus protestas, echó a Cash de la habitación. Parecía que Tippy hubiera perdido el deseo de vivir; parecía dispuesta a dejarse ir y morir... ¡No podía permitirlo!

—Se pondrá bien —le aseguró la enfermera—. Vaya a sentarse en la sala de espera y déjenos hacer a nosotros. No va a morir, ¡se lo aseguro! Puede creerme.

Miró a Cash a los ojos, y adivinó en su mirada atormentada lo que él no habría querido que hubiese visto.

—No se rendirá —le dijo quedamente, poniendo una mano sobre la de él, y apretándosela suavemente—. No dejaré que lo haga. Se lo prometo. Tendrá la oportunidad de arreglar las cosas con ella —añadió, soltando su mano y sonriéndole—. Ahora debería intentar dormir un poco. Ella está bien cuidada, y no permitiremos que se nos vaya. ¿De acuerdo?

Cash se relajó un poco. Estaba tan cansado... tan asustado...

—De acuerdo —dijo al cabo de un rato.

La mujer lo condujo a la sala de espera, y lo hizo sentarse en el sillón, junto a Rory.

—Vendré a avisarlo cuando la hayamos pasado a planta.

—¿Van a sacarla de cuidados intensivos? —inquirió Cash, sorprendido.

—Claro que sí —contestó la mujer con una sonrisa—. Los pacientes que están recuperándose no pueden quedarse aquí.

La enfermera se dio la vuelta y salió, dejando a Cash con los ojos llenos de lágrimas. ¡Tippy no iba a morir! No le importaba que lo odiara el resto de su vida; ¡no iba a morir! Cerró los ojos y se echó hacia atrás. Segundos después se quedaba dormido.

Cash sintió que alguien lo zarandeaba. Entreabrió los ojos, aún medio pegados por el sueño, y vio que se trataba de Rory.

—¡Cash, se ha despertado! Está un poco atontada por lo que están dándole para el dolor, pero ha abierto los ojos. La pobre tiene un aspecto terrible...

Cash parpadeó, intentando enfocar la vista mientras miraba al sonriente muchacho.

—¿Está despierta?

Rory asintió con la cabeza.

—Son casi las once de la mañana. Vamos.

Cash se puso de pie lentamente, contrayendo el rostro de dolor al hacerlo.

—Me estoy haciendo mayor para esa clase de trabajo —farfulló para sí.

Rory estaba observándolo en silencio.

—Fuiste tú quien la rescató, ¿no es verdad?

Cash asintió.

—Un antiguo compañero me acompañó... —respondió—, pero tú no sabes nada de esto —añadió muy serio.

Rory se llevó una mano a los labios e hizo como si los cerrase con una cremallera.

—Gracias —le dijo.

Cash apartó la mirada incómodo. Todavía se sentía culpable por lo que le había ocurrido a Tippy. De hecho, estaba muy nervioso ante la idea de tener que confrontarla, pero entró en la habitación con Rory.

Tippy se notaba aún muy aturdida. Le dolía la cara, le dolían las costillas... le dolía el cuerpo entero. Tenía puesto un gota a gota intravenoso en el brazo izquierdo, y le estaban suministrando oxígeno por unos tubos en la nariz.

Cuando vio a Cash y a Rory de pie junto a la cama, no estaba segura de que estuvieran allí de verdad. Había estado teniendo un sueño en el que Cash la besaba y le decía en un susurro que tenía que luchar, que tenía que vivir. No podía haber sido otra cosa más que un sueño porque Cash la odiaba.

A su mente volvieron en ese momento sus más recientes y terribles recuerdos: Sam Stanton de pie a su lado con una botella en la mano, gritándole que se la había jugado, y que no viviría para contarlo. La había pegado con la botella en la espalda, en los hombros, y en el pecho, donde le dolía tanto. Se había tapado el rostro con las manos, y entonces algo la había golpeado en la cabeza. Al tiempo que se desplomaba, Sam había golpeado la botella contra el duro cemento, y la parte de arriba se había hecho pedazos.

Se notaba la cara hinchada y tirante, pero no parecía que los cortes fuesen muy profundos. Quizá se había caído sobre los cristales rotos y así había sido como se los había hecho.

El aturdimiento se le estaba pasando un poco, y se dio cuenta de que Cash y Rory estaban de verdad allí con ella, aunque no los veía con total nitidez.

Al entrar, Cash había emitido un gemido ahogado al verla. Los cortes de su hermoso rostro habían sido limpiados y tratados, pero no había puntos en ellos. Le dio gracias a

Dios en silencio: sólo eran cortes superficiales. Sabía por propia experiencia que un corte no se suturaba a menos que fuera profundo.

Pasarían meses antes de que se curasen por completo, pero probablemente no le quedarían cicatrices permanentes. Los cortes que tenía en el brazo, en cambio, sí mostraban puntos de sutura, pero también se curarían. Lo más preocupante era la lesión del pulmón dañado, porque si llegaba a producirse una hemorragia podría morir. Cash dio gracias a Dios de nuevo por que Peter y él hubieran llegado a tiempo, cuando aún respiraba.

Cash y Rory rodearon la cama para ponerse a la derecha de Tippy, y el chico tomó su mano sin vacilar.

—Te vas a poner bien, Tip, te vas a poner bien.

—Seguro —farfulló ella. Su voz sonaba ligeramente gangosa por la medicación—. La cabeza me duele horrores —gimió—, ya he vomitado dos veces, y me duele en el costado...

Alzó la vista y miró a Cash, que estaba detrás de su hermano, pero no dijo nada, ni dio muestras externas de ningún tipo de emoción. Simplemente se quedó mirándolo.

—¿Necesitas algo? —le preguntó él quedamente.

Tippy inspiró temblorosa, y bajó la mirada a sus manos.

—Si no es molestia... ¿podrías llevar a Rory al piso, para que me traiga la tarjeta del seguro? —le pidió muy seria—. El médico ha pasado a verme hace un momento y me ha dicho que tengo unas cuantas costillas bastante mal, y que tendré que permanecer al menos tres días en el hospital, porque quieren asegurarse de que no pillaré una neumonía. De hecho, me están dando antibiótico por si acaso. También sufrí una contusión, pero es leve, y en la resonancia magnética no se ven daños... al menos nada importante. Los cortes no eran muy profundos, gracias a Dios, y el médico me ha dicho que cree que se curarán perfectamente sin necesidad de cirugía plástica, aunque eso llevará varios meses. Después decidirán si la necesito o no.

Las facciones de Cash estaban tan tensas que parecía que se hubiesen tornado en piedra.

—¿Por qué te hizo esto Stanton? —le preguntó.

Tippy intentó moverse, y contrajo el rostro dolorido por el pinchazo que sintió en las costillas. Le costaba respirar, y también hablar.

—Estaba enfadado porque no conseguía ponerse en contacto con nadie de la productora que pudiera autorizar el pago del rescate —respondió—. Mientras me pegaba me dijo que iba a asegurarse de que nunca volvería a trabajar, pero por suerte para mí estaba demasiado borracho, y no llegó a golpearme con la suficiente fuerza como para matarme. Antes de perder el conocimiento vi cómo rompía el cuello de la botella contra el suelo. Supongo que pretendía usarla para hacerme más cortes.

—Estaba de pie junto a ti, y la tenía en la mano —recordó Cash—, pero probablemente los cortes de la cara te los hiciste al caer sobre los cristales rotos.

Tippy se rió con amargura.

—Me los hiciera como me los hiciera, no se curarán de la noche a la mañana. Estaré varios meses sin trabajar, y es posible que Joel Harper busque a alguien que me sustituya en la película.

—En lo único en lo que tienes que pensar ahora es en ponerte bien —le dijo Cash—. Yo me encargaré del resto, incluso de Rory.

—Gracias —respondió ella, con cierta tirantez.

—Sé que detestas la idea de tener que depender de nadie —le dijo Cash—, y a mí en tu lugar me pasaría igual, pero ya tendrás bastante con reponerte de esto.

—Ahora ya sé a qué se refieren con eso de «cortar y pegar» —murmuró ella.

—¿Qué más necesitas que te traigamos del piso? —le preguntó él.

—¿Además de la tarjeta del seguro? Un par de camisones,

una bata, ropa interior, y mis zapatillas de casa —contestó Tippy—. Rory sabe dónde está todo. Y también me vendrían bien unas monedas para la máquina de aperitivos, y alguna cosa para leer.

Cash se dio cuenta de que seguía sin mirarlo, y cuando se acercó más a la cama la vio tensarse.

—Rory, ¿podrías dejarnos a solas un minuto? —le pidió al chico.

Pero antes de que Rory pudiera contestarle Tippy levantó la vista hacia él. No había emoción alguna en sus ojos verdes.

—No hace falta que salga —dijo—. Tú y yo no tenemos nada que decirnos, Cash. Nada en absoluto.

Cash resopló, pero no pronunció palabra.

—Si me traes lo que te he pedido te estaré muy agradecida —continuó Tippy—. Rory, ha estado aquí un policía y me ha dicho que uno de los secuestradores escapó. No puedes quedarte aquí conmigo, ni tampoco en el piso... ni con Don —añadió cuando él abrió la boca para replicarle—. Podríamos ponerlos a él y a su familia en peligro. Sé que no te hará gracia quedarte sin vacaciones, pero lo mejor es que vuelvas a la academia. Allí estarás seguro. Cash, ¿podrías hablar con el comandante y explicarle lo que ha ocurrido?

—Por supuesto —contestó él. Se volvió hacia Rory—. Tu hermana tiene razón. En Maryland estarás seguro; si te quedas aquí, no.

Rory contrajo el rostro disgustado.

—Pero yo no quiero irme —protestó.

Tippy tomó su mano y la apretó fuertemente.

—Lo sé, pero no quiero perderte, Rory; sólo nos tenemos el uno al otro —murmuró, esbozando una pequeña sonrisa—. Me pondré bien, te lo prometo. No voy a rendirme. ¿De acuerdo?

Rory tragó saliva.

—De acuerdo.

—Además, ya no queda mucho para el verano —le recordó Tippy, con una sonrisa cansada—. Haremos algo especial cuando te den las vacaciones.

—Podríamos ir a las Bahamas —sugirió el chico.

Tippy asintió con la cabeza.

—Ya veremos. Anda, vete con Cash, dale las cosas que le he pedido, y haz la maleta. Cash, ¿podrás llamar al aeropuerto y pedir un billete para Rory? —le preguntó—. He agotado el crédito de todas mis tarjetas, pero en cuanto pueda te pagaré.

—No hay problema —le dijo Cash—, pero no hace falta que me devuelvas el dinero.

Tippy habría querido replicarle, pero se sentía sin fuerzas para discutir. Se movió en la cama, en un intento por ponerse más cómoda, y Cash vio que sus facciones se contraían de dolor.

—¿Qué ocurre? —inquirió.

—Las costillas —musitó Tippy—; me duele cada vez que hago el más mínimo movimiento.

Los ojos de Cash relampagueaban de furia. Lamentaba no haber tirado a matar en vez de haber dirigido el disparo a la pierna de Stanton.

—No os preocupéis por mí y marchaos. Voy a intentar dormir un poco —dijo Tippy, cerrando los ojos—. Gracias, Cash —añadió quedamente.

Cash volvió a sentirse como un miserable. Sólo mirarla hacía que se sintiese fatal. Si no le hubiese colgado el teléfono...

—Vamos —le dijo Rory, tirando de su mano.

Cash suspiró y salió de la habitación con él, pero no fue capaz de mirar atrás; le dolía demasiado el corazón.

El piso de Tippy estaba hecho un desastre. Según parecía los agentes del FBI habían estado buscando indicios de la presencia de algún intruso, y Cash y Rory estuvieron un buen rato volviendo a colocarlo todo. Luego prepararon lo que iban a llevarle a Tippy, y cuando estuvieron seguros de que no les faltaba nada se pusieron a hacer la maleta de Rory.

—Sé que no quieres irte —le dijo Cash quedamente—, pero no puedo cuidar de Tippy y de ti al mismo tiempo.

Rory se quedó callado un momento.

—No te dejará que la cuides —farfulló mientras metía una camisa en la maleta.

—Pues tendrá que dejarme —replicó Cash—. No tiene a nadie más que pueda ocuparse de ella. Lo hablaré con ella estos días que permanecerá ingresada y entrará en razón. Luego me la llevaré a casa conmigo, a Texas.

Rory alzó la vista hacia él.

—No irá.

Cash suspiró.

—Ya lo creo que vendrá. Ya sé que me odia, y no la culpo, pero no tiene otro sitio adonde ir, y no podrá apañárselas sola hasta que no esté recuperada del todo.

—Pero eres jefe de policía —le recordó Rory—; si te la llevas a casa...

—Yo también lo he pensado —lo interrumpió Cash—. Contrataré a una enfermera para que esté con ella día y noche mientras esté conmigo. Así no habrá habladurías.

Rory empezó a doblar otra camisa para meterla también en la maleta.

—Escucha, Rory —le dijo Cash—: tan pronto como termines las clases, puedes venirte también.

Rory levantó la cabeza.

—¿Lo dices en serio? —inquirió tímidamente.

Cash sonrió.

—Pues claro. Aunque tendrás que hacer tu parte de las tareas de la casa —le advirtió—. Tippy no podrá hacer ningún esfuerzo en al menos seis semanas, lo que significa que yo tendré que hacerlo todo hasta que tú llegues —farfulló, fingiéndose disgustado—. No me entusiasma demasiado limpiar, pero las aspiradoras... ¡Dios, no sabes cómo las detesto! Son un invento diabólico. Ya voy por la tercera este mes.

Rory lo miró con los ojos abiertos como platos.

—¿Y eso?

Cash lo miró incómodo.

—El tubo se dobla, el cable se engancha en el tubo... ¡y son como elefantes!: tienes que arrastrarlas por la trompa.

Rory se echó a reír. Era la primera vez que lo hacía desde que comenzara la pesadilla del secuestro.

—Sí, sí, ríete —le dijo Cash—, pero espera a verte peleando con un tubo de tres metros y todo el cordón liado en los tobillos... ¡eso si no tropiezas y te caes! Por eso prejubilé a la última —añadió entornando los ojos—. Debería haberle pegado un tiro a esa maldita cosa, en vez de liarme a patadas con ella.

—Pues a mí me gustan —replicó Rory—; y es divertido pasar la aspiradora.

—Estupendo. Entonces eso será lo que harás cuando vengas en vacaciones.

—También sé cocinar —le dijo Rory, sorprendiéndolo—. Sé me da muy bien hacer barbacoas, y sé preparar una salsa casera.

Cash sonrió al chico.

—Vaya, pues te tomo la palabra.

Rory le sonrió también.

—Gracias, Cash... por todo.

Cash se sentó en la cama, con los antebrazos apoyados en los muslos, y las manos entrelazadas colgando entre las rodillas.

—Para mí no eres un niño, Rory —le dijo solemnemente—. Creo que eres muy maduro para tu edad, y por eso pienso que puedo decirte esto. Cometí un terrible error con Tippy. No me sentía preparado para una relación, pero me dejé llevar por la tentación sin pensar bien las cosas. Supongo que imaginas que el hijo que perdió era mío.

Rory asintió.

—Ella quería tenerlo. Lo pasó muy mal cuando lo perdió.

Cash tragó saliva. Se sentía incapaz de mirar al chico a los ojos.

—Yo también habría querido a ese bebé... si hubiera sabido que se había quedado embarazada.

—Tippy me dijo que tú no creías que lo vuestro tuviera futuro —murmuró Rory—, pero a pesar de todo ella habría querido tener el bebé y criarlo. Me... me contó que antes del accidente había estado comprando ropa y cosas para el bebé —añadió contrayendo el rostro—. Después de tener el aborto se volvió muy callada, y empezó a beber. Y el que hablaran de ello en los periódicos sólo empeoró más las cosas —alzó la vista hacia Cash—. No la dejes beber, Cash. Nuestro médico de cabecera nos dijo que por nuestra madre tenemos predisposición al alcoholismo.

—Gracias por decírmelo —murmuró Cash—. Conozco bien los peligros del alcohol; no dejaré que tome ese camino.

Rory inspiró profundamente.

—Gracias, la verdad es que es algo que me tenía preocupado.

—Estará bien, te lo prometo.

Rory asintió con la cabeza.

—¿Me llamarás de vez en cuando para contarme como va?

—Te llamaré todos los días. Y ella también hablará contigo.

—La recuperación va a ser lenta y difícil, ¿verdad? —preguntó el chico.

—Sí, pero tu hermana es muy fuerte —contestó Cash—. Va a superar esto, ya lo verás.

—Ahora que lo pienso... alguien debería llamar a Joel Harper —apuntó Rory.

—Yo me encargaré —le prometió Cash—. Tú no te preocupes por nada, Rory; todo irá bien.

Rory sintió que las lágrimas le quemaban los ojos, y apartó el rostro para que Cash no las viera.

—Estos dos últimos días han sido muy difíciles —farfulló con voz quebrada.

Cash se levantó y puso las manos en los hombros del chico.

—La vida es como una carrera de obstáculos —le dijo—, y cuando superas uno, recibes un premio. Siempre.

Rory alzó el rostro hacia él, sorprendido.

—Eso es lo que Tippy me dice siempre.

Cash sonrió.

—Y los dos tenemos razón. Verás como todo sale bien.

Tuvo un impulso de abrazar al chico, para consolarlo, pero no estaba acostumbrado a las muestras de afecto, y tenía la impresión de que Rory tampoco, así que se aclaró la garganta y se volvió hacia la maleta.

—Bueno, vamos a acabar con esto.

Tal y como había pensado, Rory se sintió agradecido de que Cash no hubiera intentado consolarlo, porque estaba seguro de que no habría podido contener las lágrimas.

—Vamos —repitió, esbozando una sonrisa.

Tippy todavía estaba algo aturdida aquella tarde, pero al menos su mente había empezado a funcionar de nuevo, la medicación le aliviaba los dolores, y también le habían dado algo para las náuseas. No podía pensar aún con claridad, pero estaba mejor que hacía unas horas.

La presencia de Cash en el hospital, después de lo que había pasado, estaba siendo un auténtico suplicio para ella. No había olvidado sus duras palabras, ni cómo se había negado a escucharla. Tampoco había olvidado el terror que la había invadido cuando se había percatado de la desaparición de Rory, y se le había quedado grabada en la cabeza la llamada de Sam, dándole instrucciones para la liberación de Rory..., la misma llamada en la que ella se había ofrecido a cambiarse por él.

Pero lo peor habían sido las horas que había pasado en el almacén, cuando Sam y sus secuaces, tras dejar ir a su hermano, se habían dado cuenta de que no iban a conseguir ningún dinero. Sam se había puesto furioso, y se había vuelto amenazador hacia ella, diciéndole que aunque no consiguieran el rescate, iba a pagar...

La puerta de la habitación se abrió en ese momento y alzó el rostro, dejando por un instante a un lado aquellos horribles recuerdos. Cash había vuelto hacía un par de horas con Rory, con su tarjeta del seguro y las otras cosas que le había pedido, y el chiquillo se había despedido de ella llorando antes de que Cash lo llevase al aeropuerto para que tomase el avión que lo llevaría de regreso a Maryland.

Tippy había perdido por completo la noción del tiempo mientras habían estado fuera.

—Volví hace ya un rato, pero estabas dormida y no he querido despertarte —le dijo Cash quedamente—. He estado en la cafetería.

—He estado durmiendo mucho rato —contestó ella lentamente—, pero me siento un poco mejor.

—Me alegra oír eso. Acabo de hablar con el comandante Marist —le dijo Cash, acercándose a la cama—. Fue a recoger a Rory al aeropuerto y lo ha llevado a la academia en coche. No dejarán que nadie a excepción de ti o de mí lo saque de allí. Estará seguro.

Tippy dejó escapar un pesado suspiro.

—Gracias a Dios que no le hicieron daño. ¡Tenía tanto miedo de lo que Sam pudiera hacerle...!

—Y te cambiaste por él —murmuró Cash—. Podría haberte matado, Tippy.

—Si Rory quedaba libre, me daba igual lo que me ocurriera.

Cash se metió las manos en los bolsillos, y se quedó observándola con los labios apretados, mientras se esforzaba por contener la ira que sentía hacia sí mismo por no haberla escuchado cuando le había pedido ayuda.

Tippy no quería mirarlo.

—Sabes que no puedes quedarte sola, ¿verdad? No con ese otro lunático suelto por ahí. Seguramente Stanton le dijo dónde vives.

La joven tragó saliva.

—Podría irme a un hotel...

—Te vienes a Jacobsville conmigo.

—¡*No*! —exclamó ella irritada—. ¡No puedo irme contigo después de lo que publicaron los periódicos!

—Voy a contratar a una enfermera para que se ocupe de ti día y noche —continuó Cash, como si Tippy no hubiese hablado—. Así nadie podrá decir nada.

—¿Vas... vas a hacer eso por mí? —inquirió ella, sorprendida.

Cash asintió con la cabeza.

—Rory me dijo que no podíamos vivir los dos solos bajo el mismo el mismo techo. Soy el jefe de policía; tengo que pensar en mi reputación —le dijo Cash, como burlándose de sí mismo.

—Por la mía desde luego no tendrás que preocuparte —farfulló Tippy con voz soñolienta—. Ya no queda nada de ella.

—Tippy, no hables así —la increpó Cash con aspereza—; ¡nadie se cree lo que publican esa clase de periódicos!

—Nadie excepto tú —replicó ella, alzando el rostro desafiante.

Cash no podía negarlo, pero le había dolido oírselo decir. Jugueteó con las monedas que llevaba en el bolsillo, haciéndolas tintinear.

—Le he dicho al personal del hospital que estamos comprometidos.

—¿Con qué fin? —inquirió Tippy en un tono frío, intentando disimular la emoción que esas palabras habían provocado en ella.

—Si no lo hubiera hecho no me habrían dejado entrar a verte cuando estabas en al unidad de cuidados intensivos. Estuviste allí mientras te hacían una veintena de pruebas y te curaban las heridas —contestó Cash—. No quería apartarme de tu lado sin asegurarme de que ibas a ponerte bien. De hecho, estaba pensando que cuando lleguemos a Jacobsville también podríamos decirle a la gente que vamos a casarnos —añadió estudiando el rostro azorado de Tippy—. Así acallaríamos cualquier posible rumor.

—No hace falta que te sacrifiques por mí —le espetó ella en un arranque de orgullo—. Y además, tampoco pienso quedarme sin hacer nada mucho tiempo. Cuando tenga curada la lesión de las costillas, los cortes podrán disimularse con un poco de maquillaje. Cuando Joel vuelva tendré que volver al rodaje para acabar la película.

Cash se acercó un poco más a la cama.

—Escucha, Tippy, ya sé que hice una estupidez... —le dijo con los dientes apretados—, ...o dos. Creí lo que leí en los periódicos, y es por mi culpa que estás aquí en este estado. Aquel día... me llamaste para pedirme que te ayudara a rescatar a Rory, ¿no es cierto?

Tippy asintió sin mirarlo, y Cash volvió a juguetear con las monedas de su bolsillo. Hacía años de la última vez que le había pedido disculpas a alguien.

—La estúpida fui yo —replicó la joven con pesadumbre—. Desde un principio fuiste sincero conmigo; me dijiste lo que sentías... y yo te empujé a hacer lo que hicimos. Ni siquiera sé por qué lo hice, pero si alguien tiene la culpa de lo ocurrido, soy yo.

Cash frunció el ceño.

—Rory me dijo que querías tener el bebé.

Tippy apartó el rostro; no quería que Cash viese las lágrimas que había en sus ojos.

—Eso ya no importa.

Sí que importaba, se dijo Cash, sintiendo en sus propias carnes el dolor que emanaba de ella.

—Lo único que importa ahora es conseguir que te repongas lo antes posible —le dijo Cash—, y mantenerte a salvo para que puedas testificar en el juicio de Stanton.

—Creí que recibiría alguna llamada de mi madre —dijo Tippy sarcástica—, pero supongo que Sam todavía no habrá podido ponerse en contacto con ella. Me echará a mí la culpa de que su novio esté en la cárcel, como si lo viera...

—De eso no hay duda —asintió Cash—. El FBI está investigando la posibilidad de que ella tuviera también parte en la organización del secuestro, y si consiguen hallar pruebas suficientes de ello, la llevaran ante los tribunales por confabulación delictiva. El secuestro es un delito federal.

—No lo había pensado —dijo Tippy abruptamente—. Y además todavía hay uno de los secuestradores huido.

—Ésa es la razón por la que tienes que venirte a Texas conmigo. Judd y yo estaremos pendientes de ti todo el tiempo para que no te ocurra nada.

Tippy lo miró incómoda.

—Pero, ¿no se molestará Christabel... después de lo que pasó con Judd? —inquirió preocupada.

—Christabel y Judd viven en un perpetuo estado de felicidad desde que se casaron... y más desde que llegaron los mellizos —contestó Cash—. Por supuesto que Christabel no se molestará. Ya no tiene celos de ti.

Tippy suspiró, y al hacerlo sintió un pinchazo en las costillas que contrajo sus facciones de dolor.

—¿Llevas mejor lo de vivir en una pequeña ciudad rural? —le preguntó—. Cuando estuve allí por el rodaje me recordabas a un pez fuera del agua.

Cash vaciló.

—No estoy seguro. Lo de irme allí al principio fue una especie de broma. Mi primo Chet necesitaba ayuda, y me convenció, aunque estaba seguro de que detestaría el sitio y el trabajo. Claro que también estaba cansado de dedicarme sólo a los ciberdelitos, y un poco harto de mi vida —confesó con un suspiro—. No es que me haya integrado plenamente en la comunidad..., pero el trabajo es interesante. Y variado; nunca te aburres. Y tengo la sensación de estar haciendo algo bueno de verdad. Por ejemplo, hemos arrinconado a los traficantes de drogas. Chet no quería problemas, así que hacía la vista gorda con los de arriba, pero cuando yo entré me puse en contacto con el Departamento Antidrogas y hemos empezado a vigilar los bares.

—Puedes buscarte enemigos —apuntó Tippy.

—Ya tengo unos cuantos, así que otros pocos... ¿qué más da? Tenemos a un alcalde en funciones y al menos a dos concejales que darían lo que fuera por verme fuera del puesto —replicó Cash. Acercó una silla a la cama y se sentó—. Aunque, ¿quién sabe?, si consigo mantener a una secretaria sin que renuncie a los dos días, quizá me quede un año más.

—Tendrás que buscar a una que no le tenga miedo a las serpientes y que no te vacíe papeleras encima —apuntó Tippy.

—Pues sí, eso cambiaría las cosas.

Tippy se pasó los dedos por la boca.

—Dios, tengo una sed terrible...

Cash le sirvió agua en un vaso y le levantó la cabeza para que pudiera beber.

—Mmm... hasta hoy no sabía lo bien que sabía el agua... —dijo Tippy riéndose suavemente.

Con cuidado, Cash volvió a dejarle caer la cabeza sobre la almohada, y dejó el vaso en la mesilla.

—Tuviste mucho valor; cambiarte por Rory...

—Tú habrías hecho lo mismo en mi lugar —replicó ella, cerrando los ojos.

—Cierto, pero habría llevado un cuchillo escondido en una bota, y una pistola en la otra —apuntó Cash.

Tippy se quedó adormilada unos segundos.

–He tenido que pedir que me pusieran algo un poco más fuerte para el dolor –le dijo–. Tengo miedo de quedarme dormida y tener pesadillas, pero me está entrando sueño.

Cash acercó la silla un poco más y tomó los finos dedos de Tippy entre los suyos.

–Yo estaré aquí a tu lado –le dijo en un tono reconfortante–. Anda, duérmete.

Tippy intentó sonreír, pero parecía que hubiera olvidado cómo. Al poco rato se quedó dormida.

Un olor a pollo y patatas arrancó finalmente a Tippy del sueño. Abrió los ojos, y vio que Cash estaba destapando una bandeja de metal que había colocado en el soporte extensible de la mesilla.

–No tiene mala pinta para ser comida de hospital –murmuró, girando el rostro hacia ella–. Y de postre tienes helado.

Tippy intentó alcanzar con la mano el cable con el interruptor que elevaba la cabecera de la cama, y Cash, viendo que no podía, lo hizo por ella, y giró luego la mesilla de modo que la bandeja quedara frente a la joven.

–Tú también deberías comer algo –le dijo Tippy.

–He tomado algo en la cafetería mientras dormías –respondió Cash–. He hablado con el médico. Me ha dicho que no sabe con exactitud cuántos días tendrás que permanecer ingresada. Quieren ir despacio, y ver cómo progresas. Sólo te darán el alta cuando estés fuera de peligro, por supuesto, pero alguien tendrá que hacerte un seguimiento cuando hayas salido del hospital, y como nos vamos a Texas, le he preguntado si sabe de alguien de confianza allí que pudiera ocuparse. Me ha recomendado a un compañero de San Antonio, y me ha dicho que se pondrá en contacto con él.

Tippy lo miró boquiabierta y sacudió la cabeza.

—Eres increíble.
—No quería que tuvieras que volar otra vez dentro de dos semanas para venir aquí a la revisión —le explicó Cash—. En tu estado es arriesgado.
—Está bien, está bien... lo entiendo.
—¿No vas a protestar? —murmuró él.
—No, estoy demasiado cansada.
—Anda, tómate la cena —le dijo Cash, tendiéndole el tenedor.

Tippy inspiró lentamente, y lo tomó. No tenía mucho apetito, pero al menos la comida era decente.

—Por cierto, he llamado a Joel Harper —añadió Cash, omitiendo que había tenido que hacer varias llamadas internacionales, y hasta amenazar a un par de personas para conseguir dar con él–. Ha tenido un contratiempo con la película en la que está trabajando ahora, así que tardará por lo menos tres meses en volver. Me dijo que no te preocuparas por el seguro, que él te pagará lo que no te cubra... como adelanto de tu salario.

Tippy se sintió tan aliviada al oír aquello que estuvo a punto de salir llorando.

—Gracias a Dios —murmuró—. Estaba tan preocupada...
—No dejes que se enfríe el pollo —le dijo Cash—. Yo lo he tomado en la cafetería y está bueno.

Tippy se llevó un trozo a la boca.

—Es una receta italiana. Yo sé prepararlo así, aunque no suelo hacerlo a menudo porque es bastante entretenido.
—Y Rory sabe hacer una barbacoa.

Tippy alzó la vista hacia él.

—¿Cómo lo sabes?
—Me lo dijo él —respondió Cash, jugueteando con la manga de su camisa—. Es un gran chico.
—Sí que lo es.
—Le he dicho que puede venirse con nosotros a Texas cuando acabe las clases.

Tippy vaciló.

—No debiste decirle eso. Puede que se ilusione con la idea, y para entonces probablemente yo ya estaré trabajando de nuevo.

—Me temo que no —replicó él—. Estamos a principios de abril, y Joel no volverá hasta julio, o primeros de agosto.

Tippy suspiró mientras acababa el pollo.

—Creía que no te gustaban las ataduras.

—¿Por qué lo dices? No llevo puesta corbata.

—Sabes a qué me refiero.

Cash cruzó una de sus largas piernas sobre la otra.

—Vas a tener la oportunidad de ver una campaña política de cerca —dijo cambiando de tema—. Calhoun Ballenger se presenta por los demócratas, como oponente a uno de los senadores que llevan más tiempo en el cargo en nuestro estado. La primera vuelta se celebrará el primer martes de mayo, y la cosa se presenta muy reñida.

—No entiendo demasiado de política.

—Bueno, te resultará divertido aprender —replicó él con una sonrisa.

—¿Tú crees? —inquirió Tippy abriendo la tarrina del helado.

—No te has tomado los guisantes —apuntó Cash.

—Odio los guisantes.

—Las hortalizas son buenas para el organismo.

—A mi organismo sólo le vienen bien las que me gustan —se obstinó Tippy, metiéndose una cucharada de helado en la boca.

Como le molestaba bastante al masticar por los cardenales que tenía en la cara además de los cortes, el helado, que se le deshizo en la lengua, le pareció una verdadera bendición.

—En Jacobsville hay una heladería artesanal —le dijo Cash—, y tienen sabores de todo tipo, aunque a mí el que más me gusta es el de fresa.

—A mí también.

Cuando hubo terminado la tarrina la dejó en la bandeja junto con la cucharilla. Intentó ponerse un poco más cómoda, y volvió a sentir un pinchazo en el pecho que la hizo contraer el rostro.

—¿Te duelen las costillas? —inquirió Cash.

Tippy asintió, recostándose sobre la almohada.

—Ojalá tuviera una pistola y cinco minutos a solas con Sam —farfulló—. ¿Sabes?, cuando se dio cuenta de que no iba a conseguir ningún dinero gracias a mí y se puso furioso, intenté hacerle una de esas patadas giratorias que me enseñaron para la película, y hasta bloqueé su primer puñetazo, pero cuando empezó a pegarme con la botella ya no pude hacer nada. Me encantaría enseñarle lo que se siente cuando te machacan las costillas y te dan con una botella en la cabeza.

—Si te sirve de consuelo, se llevó una bala de recuerdo en la pierna —le dijo Cash.

Tippy frunció el entrecejo.

—¿Recibió un disparo?

—Eso he dicho. Y porque resbalé... si no no habría salido únicamente herido.

Tippy entreabrió los labios y lo miró con los ojos como platos.

—*Tú* me sacaste de allí... A eso se refería el agente del FBI cuando me dijo que alguien había interferido... ¡Fuiste a rescatarme!

—No tenía mucha fe en los agentes a los que les habían asignado tu caso —confesó Cash—. Estaban sentados en tu piso con Rory, esperando una llamada de teléfono que quizá nunca hubiera llegado. Así que les seguí la pista a Stanton y sus secuaces con la ayuda de un antiguo compañero.

—Yo... me preguntaba por qué nadie podía decirme qué fue exactamente lo que pasó.

—No podían decírtelo porque no lo sabían —respondió Cash llanamente—. Dado que no hay prueba alguna que pueda inculparme de haber disparado a Stanton, los federales y yo hemos llegado a un acuerdo. Uno de los de arriba me debía un favor, así que me ha cubierto las espaldas frente a la policía y los agentes que llevaban el caso. Si me descubrieran podría producirse un verdadero escándalo; imagínate: un jefe de policía yendo contra las leyes federales...

—Oh.

—Así que lo que dice en el informe de la policía es que Stanton se dio a sí mismo, que estaba demasiado borracho como para fijarse en la dirección en la que disparaba —añadió Cash, reclinándose en su silla—. Esa sabandija tiene suerte de estar aún con vida después de lo que te hizo.

—Estaba realmente furioso —recordó Tippy estremeciéndose.

—¿Intentó forzarte?

—No, estaba demasiado ocupado pegándome como para pensar en el sexo —contestó Tippy con un pesado suspiro—. Debo decir, en favor de uno de sus secuaces, que intentó detenerlo cuando empezó a pegarme, pero Sam estaba fuera de control. Además de estar borracho debía haberse metido algo, porque tenía los ojos vidriosos y estaba muy colocado.

—¿Quién fue el que intentó detenerlo? —inquirió Cash.

—Era rubio —murmuró ella—; es todo lo que recuerdo.

—El otro al que arrestaron era rubio —dijo Cash—. El que escapó me parece que era moreno.

—Puede ser —concedió Tippy—. Mi madre tendrá que responder unas cuantas preguntas después de esto —dijo—. Si fuera una persona vengativa iría a la prensa amarilla y les daría una historia que no olvidarían jamás.

—Si lo hicieras se pasarían el resto de tu vida persiguiéndote —replicó Cash—. Aleja ese pensamiento de tu mente.

Tippy lo miró con ojos tristes.

—No creo que puedan hacerme más daño del que ya me han hecho.

Cash contrajo el rostro.

—Fui un estúpido al creer las mentiras que publicaron —dijo—. Lo que ha pasado es en gran parte culpa mía.

Tippy sacudió la cabeza.

—De todos modos esto podría haber ocurrido igualmente —replicó con pesadumbre—. Sé que mi madre está detrás del secuestro. Me había llamado para amenazarme, pero nunca creí que fuera a poner en peligro la vida de su propio hijo por dinero. Qué ilusa...

—¿Siempre ha sido alcohólica?

Tippy asintió con la cabeza.

—Desde que tengo uso de razón la recuerdo bebiendo. Y a la tierna edad de ocho años ya empecé a buscar fiadores para sacar a mi madre de la cárcel cada vez que se metía en líos. La arrestaban por prostitución, embriaguez, por conducir bebida, por robar... de todo lo imaginable. Se prostituía con clientes fijos para sacar dinero con el que malvivir, pero con el tiempo se emborrachaba con demasiada frecuencia incluso para eso. Yo tuve que ponerme a repartir periódicos para comprarme ropa —añadió contrayendo el rostro—. Pero todo eso fue antes de que Sam se viniera a vivir con nosotros.

—Ese tipo es escoria, de la peor calaña —masculló Cash.

—Sí, pero por desgracia mi madre opina distinto.

—En fin, sobre gustos no hay nada escrito.

Tippy se rió.

—Eso mismo he dicho yo siempre —murmuró cerrando los ojos—. Dios, estoy tan cansada...

—Es normal, después de lo que has pasado.

—No permitirás que le hagan daño a Rory, ¿verdad, Cash? —le preguntó Tippy.

—No si puedo evitarlo —le aseguró él.

Sin embargo, había algo que preocupaba a Cash. Si a Stanton le tocara un juez poco honrado, gracias a los contactos que tenía esa sabandija, podía acabar dejándose convencer, y establecer una fianza razonable con lo que saldría de la cárcel si la pagaba. Y, si eso ocurría, sin duda iría directo a por Tippy. Después de todo, no tenía nada que perder.

No iba a ser tarea fácil mantener a salvo a un tiempo a Tippy y a Rory, pero iba a hacerlo. No permitiría que nada volviera a pasarles jamás.

9

Tippy fue interrogada por la policía la mañana siguiente, y mientras prestaba declaración tuvo agarrada todo el tiempo la mano de Cash. Era el primer paso en su recuperación, se dijo a sí misma para darse fuerzas, un obstáculo más que superar. Luego tomaron fotografías con una cámara digital de sus lesiones y cortes como prueba para el tribunal del tratamiento que había recibido a manos de Stanton.

Cash no se separó de ella ni un momento, y debió tomarse al menos media docena de cafés. El procedimiento era el usual, pero llevó más de lo que había esperado, y cuando acabaron acompañó a los investigadores a comisaría para prestar declaración él también. No podría decir toda la verdad, o acabaría autoinculpándose, pero dio todos los datos que creyó que les servirían de ayuda.

—¿Qué puede decirnos de la madre de Tippy? —le preguntó el investigador jefe, después de que charlaran unos minutos.

—Ella cree que pueda estar detrás del rapto, que lo que pretendía era sacarle dinero —añadió otro, algo mayor.

—Yo también lo creo. Su madre es drogadicta —respondió Cash.

El investigador jefe resopló y sacudió la cabeza.

—Le sorprendería saber cuántos drogadictos nos llegan aquí... La mayoría están implicados en robos de poca monta, atracos, o asesinatos, pero la semana pasada nos llegó un chico de dieciocho años que se había colocado con ácido y había molido a palos a su abuela hasta matarla. No recuerda nada de lo que hizo, pero si lo condenan será a cadena perpetua.

—Lo sé —respondió Cash—. Soy jefe de policía de una pequeña ciudad de Texas. De hecho, llevo varios meses intentando destapar la procedencia del dinero que financia el mundo de la droga. Y no es muy difícil saber de dónde proviene, como ya sabrá.

El hombre asintió con la cabeza.

—Sí, de ciudadanos respetables que quieren hacer dinero fácil sin importarles cómo.

—Bingo.

—Yo siempre he querido trabajar en una ciudad pequeña —murmuró el detective—. ¿Pagan bien?

Cash se rió entre dientes.

—Si le gusta la cerveza, sí. Con lo que se gana no podría permitirse champán.

Un brillo divertido iluminó los ojos del hombre.

—Odio el champán.

—Entonces quizá quiera probar. Puede hacer mucho bien... aunque sea a una escala pequeña.

Hubo una breve pausa.

—Le he oído a mi teniente contar cosas sobre usted. Trabajó en operaciones secretas durante la Guerra del Golfo.

Cash enarcó las cejas.

—¿De veras?

—Sí, tiene un sobrino, Peter Stone, que vive aquí, en el barrio de Brooklyn.

Cash lo miró divertido.

—Vaya, el mundo es un pañuelo... —murmuró sonriendo.
El investigador sonrió también.

Cash tomó un taxi para regresar al hospital, y al entrar en la habitación la encontró dormida. Entró sigilosamente y se sentó junto a la cama. Estaba preocupado por ella. El interrogatorio de la policía debía haber sido para ella un calvario, como lo habían sido las heridas y lesiones que le había infligido aquel monstruo. Le llevaría tiempo reponerse por completo, y no se podían menospreciar los daños psicológicos que había sufrido, y que venían a unirse a los que ya tenía. Era todo culpa suya, culpa suya...

—¿Qué ocurre, Cash?, ¿a qué viene esa cara?

Tippy se había despertado, y estaba mirándolo soñolienta.

—¿Qué cara tengo puesta? —inquirió él.

Tippy abrió más los ojos para poder mirarlo bien. Le encantaba mirarlo; Cash era tan apuesto... Sabía que no sentía nada por ella, que si estaba allí era sólo porque se sentía culpable por haberle fallado, pero para ella el que se preocupara y estuviese a su lado era como estar en el séptimo cielo.

—Pareces... confundido.

Cash se inclinó hacia delante.

—No puedo escapar del pasado —le dijo al cabo de un rato—. A cada sitio que voy, hay gente que me conoce.

—Bueno, eso no puede ser tan malo.

—¿Eso crees? —murmuró él, observándola ansiosamente—. Siento que hayan tenido que molestarte con las fotografías y las preguntas, pero la investigación no puede llevarse a cabo sin pruebas y declaraciones.

—También tendré que testificar en el juicio, ¿verdad? —inquirió Tippy.

Cash asintió con la cabeza.

—Sí, pero yo estaré a tu lado en todo momento.

Tippy esbozó una débil sonrisa.

—Gracias —dijo moviéndose en la cama, y contrayendo el rostro al hacerlo—. Seguro que tú has estado peor: quiero decir que habrás sufrido cosas peores que una contusión, unos cuantos cortes, y unas costillas lesionadas.

—Costillas rotas, dientes rotos, heridas de bala, quemaduras de cigarrillo, moraduras por todo el cuerpo...

Tippy emitió un gemido ahogado de espanto.

—... cortes y fracturas en la cara... —continuó Cash—, sólo que en mi caso siempre me daban puntos y no había tiempo para cirugía plástica —añadió señalando las leves marcas blanquecinas que habían en sus mejillas.

—Yo creía que me había destrozado la cara —murmuró Tippy—; había tanta sangre... Pero el médico me dijo que sólo eran cortes superficiales, y que no habían dañado los nervios ni los músculos. Supongo que tuve suerte.

—Mucha suerte —asintió Cash—, pero yo... siento no haberte escuchado el día que me llamaste para pedirme ayuda —farfulló bajando el rostro avergonzado.

Tippy hizo pequeñas inspiraciones para evitar el dolor que sentía cuando lo hacía profundamente.

—No pasa nada. Creíste que lo que se había publicado sobre mí era verdad, y estabas enfadado...

Cash cerró los ojos con fuerza.

—Eso no me excusa. Pero es que... ¡me cuesta tanto confiar...!

—Lo sé. Y si te sirve de consuelo, a mí me ocurre igual.

Cuando Cash levantó la cabeza y la miró había un brillo frío en sus ojos.

—Dicen que las balas son peligrosas —murmuró—, pero no es verdad. Lo más peligroso que hay en este mundo es el amor. Si se lo permites puede llegar a destrozarte por dentro.

Tippy tosió, y se llevó una mano al pecho, gimiendo desesperada por el fuerte dolor que experimentó.

Cash se levantó de la silla.

—Ten —le dijo poniéndole sobre el pecho un cojín que había tomado de la silla—. Cuando necesites toser, apriétalo contra ti. Te dolerá menos.

Tippy lo probó y vio que era cierto.

—¿Cómo lo sabías?

—En una ocasión me rompí dos costillas, y una me perforó el pulmón —respondió—. A consecuencia de aquello tuve neumonía y estuve dos semanas postrado en cama.

Tippy lo miró sorprendida.

—Eso es lo que el médico temía que me pasara. Me dijo que cuando te cuesta respirar no echas fuera todo el aire viciado, y eso puede producirte una infección.

—Por eso te están dando antibióticos y te están haciendo beber tanto líquido.

Tippy esbozó una sonrisa.

—Sabes un montón de cosas.

—Bueno, tengo mucha experiencia. He sufrido fracturas en todos los huesos importantes del cuerpo —respondió él, encogiéndose de hombros y volviendo a sentarse—. Si no fuera porque me mantengo en buena forma física podría haber muerto ya en un par de ocasiones.

Los ojos verdes de Tippy buscaron los suyos.

—Rory te admira muchísimo.

Cash se movió incómodo en el asiento.

—Yo también lo aprecio a él.

—No te gusta que la gente se te acerque demasiado, ¿eh?

Cash sacudió la cabeza.

—No me siento cómodo compartiendo mi espacio —murmuró, entornando los ojos mientras la estudiaba—. Lo que ocurrió entre nosotros... era demasiado pronto.

—Lo sé —asintió ella—. Demasiado pronto. Y además fue culpa mía —añadió.

—No es verdad, Tippy, fue de los dos —replicó él quedamente—. Nos lanzamos sin pensar en las consecuencias.

Los ojos de la joven recorrieron su rostro como si fueran dos manos amorosas.

—Había comprado ropita de bebé —dijo con una risa amarga—. Qué estupidez, ¿verdad?

—Lo sé. Rory me lo contó.

Tippy cerró los ojos.

—Todo ocurrió tan... de golpe. Mi trabajo se convirtió en un suplicio con el ayudante de dirección que sustituía a Joel —dijo recordando a aquel tipo arrogante, y lo que le había hecho perder—, perdí el bebé, mi madre me llamó para amenazarme... —apretó los dientes, y una lágrima que no había podido contener, rodó elocuente por su pálida mejilla—... y empecé a beber.

Tippy sintió que Cash la tomaba de la mano y se la apretaba con fuerza.

—Rory también me contó eso. Está preocupado por ti —le dijo—. Escucha, Tippy, yo sé lo mala que puede llegar a ser la bebida; lo he experimentado en mis carnes. Piensas que puedes con ello, que no te llegará a dominar, pero al final pierdes el control. Bebes porque acalla el dolor, pero lo único que consigues es que el impacto sea aún peor cuando pasa el efecto del alcohol.

—Es verdad.

—Cuando pasa un tiempo ya ni siquiera mitiga el dolor —murmuró Cash—. Yo acabé en rehabilitación.

—¿Después de que... te dejara tu mujer? —inquirió Tippy suavemente.

Cash asintió y apartó la mirada.

—La querías mucho, ¿no es verdad?

Cash la miró y frunció el ceño.

—Yo creía que sí —respondió involuntariamente—. Quizá fue una cuestión de orgullo herido, más que de amor traicionado.

Tippy sonrió y cerró los ojos. El contacto de la mano de Cash, grande y cálida, la reconfortaba. Entrelazó confiada sus dedos con los de él, y la medicación comenzó a hacer efecto de nuevo, acallando sus dolores y llevándose el miedo...

Cash observó con ojos turbulentos a Tippy, que se había quedado dormida. Tiempo atrás no le había costado ningún trabajo controlar sus emociones, pero de pronto, en cambio, estaban empezando a minar su fuerza interior. Había permitido que Tippy llegara a su corazón, pero seguía sin poder confiar en ella. Era natural que se sintiera agradecida hacia él por que le hubiera salvado la vida, pero había sufrido una experiencia traumática, y no estaba seguro de poder tomar muy en cuenta lo que hiciera o dijera en esos momentos.

El médico había dicho que le quitarían los puntos en cinco días, pero tendrían que pasar entre cuatro y seis semanas para que se repusiese y pudiese volver al trabajo, y también llevaría tiempo, quizá más, que sus emociones se estabilizaran. Cash tenía intención de cuidarla, de protegerla, e incluso de mimarla. Después, cuando estuviese curada del todo, física y mentalmente, hablarían de su relación.

Eso era lo que le decía su mente, pero su cuerpo estaba atormentado por el dulce recuerdo de sus besos, del tacto de su piel, del increíble placer que le había dado aquella noche. Nunca había tocado una piel tan cálida y tan perfecta, ni había deseado nunca tanto a una mujer. Aquella noche lo había embrujado, y su recuerdo lo perseguiría siempre. Si la perdiera...

Soltó la mano de Tippy y se recostó en la silla, preocupado. Aquel no era un problema nuevo, y de hecho ya lo había afrontado... pero sin éxito. Al volver a Texas el día de Navidad había intentado apartarla de su mente, pero no lo había logrado, y desde entonces se había sentido incompleto.

Tippy estaba herida y lo necesitaba, y Rory también, pero él nunca había tenido que cuidar de nadie... Claro que había cuidado de compañeros heridos en batalla, y se había preocupado cuando había tenido a amigos bajo el fuego enemigo, y había salvado a civiles del peligro en el cumplimiento de su deber, pero nadie lo había necesitado a un nivel tan personal como lo necesitaban Tippy y su hermano. Tal vez su madre, pensó, pero entonces él había sido muy niño. No había podido protegerla de la muerte, pero sí había salvado a Tippy.

Escrutó con avidez el rostro de la joven durmiente. ¿No decían que la vida de una persona salvada pertenecía a quien la había salvado? Cash empezó a imaginarla en su casa, cuidando de ella, dándole todo, y se imaginó también a Rory viviendo con ellos, mirándolo con admiración, yendo a él para ser consolado, para buscar su apoyo, su cariño... Hasta entonces el chiquillo sólo había tenido a Tippy; no había ninguna figura masculina en su vida, a excepción de sus profesores y compañeros de la academia militar.

De pronto, sin embargo, sintió miedo de tanta responsabilidad. No estaba seguro de poder con todo eso. Desde que se hiciera mayor de edad nunca había tenido que pensar en el bienestar de nadie más que en el suyo propio, y eso iba a cambiar porque Tippy iba a depender de él durante varias semanas, y también Rory, ya que su hermana, en su estado, no podría atenderlo.

Su vida estaba transformándose ante sus ojos, y no estaba seguro de que fueran a gustarle los cambios... aunque sí serían sin duda interesantes.

Hasta hacía sólo unos años su vida había estado sujeta a una sucesión de interminables cambios: había ido de trabajo en trabajo, y nunca había llegado a sentirse cómodo del todo, ni feliz. Nunca había llegado a encajar con sus compañeros, ni había encontrado nada que le diese una sensación de seguridad.

El puesto que había conseguido en la pequeña ciudad de Jacobsville podía parecer insignificante en comparación con lo que había hecho hasta entonces, pero él mismo se había sorprendido de lo mucho que lo llenaba. De hecho, le daba una sensación de satisfacción que nunca había experimentado durante el tiempo que había estado en el ejército, ni en comisarías de policía de ciudades más grandes.

En Jacobsville iba a visitar a las personas mayores para asegurarse de que estaban bien, iba a los institutos a hablar a los chicos sobre la prevención de la adicción a las drogas, ayudaba a las fuerzas de seguridad locales y estatales en las redadas, tranquilizaba a los ciudadanos que habían sufrido un robo, ayudaba a quienes habían sido atacados por sus hijos bajo los efectos de las drogas a superar la terrible y difícil situación de ser a la vez padres y víctimas, daba su apoyo a las mujeres maltratadas que tenían que testificar contra sus maridos, organizaba patrullas de vigilancia en los barrios peligrosos, enseñaba a quienes querían a manejar un arma y les daba clases de autodefensa...

De nada le había servido hasta la fecha el insistir reiteradamente al alcalde en funciones, Ben Brady, sobre la necesidad de que el ayuntamiento aprobara la subvención de coches patrulla más modernos y un mayor presupuesto para la vigilancia nocturna en los barrios más conflictivos. El alcalde se había negado una y otra vez. Le preocupaban más su tío, el senador Merrill, y su campaña de reelección, que cualquier cosa que tuviera que ver con la ciudad.

Era una lástima que el anterior alcalde hubiera tenido que dejar el puesto por un ataque al corazón, pero no parecía que Brady fuese a durar mucho en el cargo, ya que un ex alcalde apreciado por todo el mundo, Eddie Cane, se presentaba a las elecciones municipales. Los dos eran demócratas, así que no parecía que fuesen a haber muchas sorpresas en las primarias, que se celebrarían en mayo. Además, ganase quien ganase de los dos, era casi seguro que revalidaría esa victoria en las elecciones generales de noviembre.

A casi nadie de Jacobsville le gustaba demasiado Brady. Era un tipo de mente cerrada que se limitaba a hacer lo que le dijeran el senador Merrill o la hija del senador, Julie. Cash sabía cosas de ellos que la mayoría de la gente ignoraba, y muy pronto se produciría un escándalo político en Jacobsville que haría que todo el mundo se llevase las manos a la cabeza.

A excepción de dos concejales que le eran leales a Brody, y probablemente sólo porque los tenía intimidados, tanto el administrador municipal como el resto de los concejales, se llevaban bien con Cash y se mostraban abiertos a sus sugerencias. También los miembros del cuerpo de policía se habían ido haciendo a él en los pocos meses que llevaba trabajando allí, y estaban empezando a ser para él como una familia. Más aún; Jacobsville se estaba convirtiendo para él en un hogar. Y era una sensación curiosa porque hasta ese momento, durante toda su vida, no se había sentido parte de nada.

Sus ojos volvieron a posarse en el rostro de Tippy, que seguía durmiendo. En el espacio de unos meses aquella mujer había pasado de ser para él una amiga íntima. Se había convertido en parte de su vida, y él en parte de la de ella. No sabía si aquello era algo bueno o algo que debiera preocuparlo, no era capaz de entender sus sentimientos. Había estado locamente enamorado de Christabel Gaines porque su inocencia, su amabilidad, su sentido del humor, su independencia, y su fuerza de voluntad lo habían atraído desde el primer momento, pero Christabel nunca había sabido la clase de vida que había llevado. Si le hubiera hablado de sus pesadillas y de su horrible pasado sin duda se habría mostrado comprensiva, pero no habría podido comprenderlo. Tippy en cambio sí lo comprendía. No había participado en ninguna batalla, pero había vivido experiencias en su juventud tan traumáticas como las que él había tenido.

Tenía gracia, se dijo, que la primera vez que la había visto la hubiese tomado por una mujer sofisticada, liberada... una devora hombres. Y para su sorpresa se había encontrado con que era frágil y vulnerable, pero en absoluto una tímida florecilla. No, también era fuerte, y capaz de proteger con uñas y dientes a la gente que quería a pesar de que había crecido en un ambiente turbulento con el dolor y el miedo como maestros.

No sabía si podría compartir su pasado algún día con ella, con tantos horrores como había en él, pero tenía el presentimiento de que, si llegara a hacerlo, Tippy no se apartaría de él repugnada. Sentía una empatía con ella que no había encontrado sentido con casi ninguna otra persona. Y lo cierto era que, aunque no le hubiese contado de su vida más que la tercera parte, ese irritante sexto sentido que decía tener la había permitido ver en su interior, bucear en las aguas de sus más profundos pensamientos, y si había algo que Cash detestara era que pudieran leer en él como en un libro abierto. Tippy había adivinado demasiado, veía demasiado.

Se rió suavemente para sus adentros. Estaba volviéndose un poco fantasioso. Era tarde, y necesitaba dormir un poco, y en una cama, no una silla, se dijo. Sin embargo, cuando sus ojos se deslizaron por la figura de la joven tendida en la cama supo que no podía dejarla. Pero no quiso plantearse por qué se sentía así.

Cash se quedó dormido cuando la última enfermera acabó su turno, y cuando volvió a despertarse se encontró con la que había ocupado su puesto zarandeándolo suavemente por el hombro.

—Perdone que lo despierte —le dijo cuando abrió los ojos—, pero tenemos que lavar a la señorita Danbury.

—Oh, claro —respondió Cash.

Se puso de pie, estirándose y bostezando, y giró el rostro hacia Tippy. Aquella mañana tenía mucho peor aspecto. Le habían salido más cardenales, y los cortes estaban mucho más enrojecidos. En vez de una ex modelo parecía la estrella de una película de miedo. Esperaba que no fueran a dejar que se mirase en un espejo.

—Voy a reservar una habitación en un hotel para dormir un par de horas y luego volveré, ¿de acuerdo? —le dijo.

Tippy vaciló.

—No hace falta que vuelvas, Cash...

—Si no lo hago eres capaz de pedir que te den el alta, firmar e irte a casa —murmuró él.

La joven se sonrojó.

—¡Yo no...! ¿Por qué iba a hacer eso? —protestó, preguntándose cómo habría adivinado lo que estaba pensando.

—Parece que es recíproco, ¿no? —murmuró enigmático.

Le daba la impresión de que él también pudiera leer su mente algunas veces.

—No la dejen que se marche —le dijo a la enfermera con firmeza—. Llamaré al control de enfermería de esta planta tan pronto como me haya registrado en el hotel, y le daré mi número por si se le ocurre poner un pie fuera de esta habitación. O mejor, le daré el número de mi teléfono móvil.

—Como quiera, señor —contestó la enfermera con una sonrisa divertida.

Tippy lo miró irritada.

—No es justo. Podría irme a casa... allí estaría... tan... bien... como aquí —farfulló, detestando tener que espaciar las palabras. Seguía doliéndole al hablar y respirar.

—Sí, claro, tal y como estás ahora mismo probablemente lo más lejos que llegarías sería el ascensor —apuntó Cash—; y eso sin tener en cuenta las secuelas que pudiera haber...

—El señor tiene razón —le dijo la enfermera a Tippy, riéndose al verla enfurruñada–. Vamos, vamos, esta misma mañana vamos a empezar a hacerle un tratamiento para la respiración. No queremos que pille una neumonía, ¿verdad?

—No, no queremos —dijo Cash.

—Estás disfrutando de lo lindo con esto, ¿no es cierto? —lo acusó Tippy–. ¡Y yo mientras me siento como el prisionero de Zenda!

—Ése era Stewart Granger, y era mucho más alto que tú, aunque debo decir que igual de rebelde.

—¡Yo no soy rebelde! —protestó Tippy de nuevo.

Cash y la enfermera cruzaron una mirada elocuente.

—¡Basta!, ¡no es... justo! —gimió Tippy–: ¡dos contra... uno!

—No puede evitarlo —le dijo Cash a la enfermera—. No quiere que se dé usted cuenta de que está loca por mí. En realidad lo que está deseando hacer es venirse a casa conmigo.

—¡No es... cierto! —exclamó la joven irritada.

—Ya lo creo que lo es, y nos iremos... en cuanto el médico diga que puede darte el alta —le prometió él.

Tippy emitió un gruñido furioso que pareció el maullido de un gato al que le hubieran pisado la cola, y Cash se echó a reír.

—Sé buena y haz caso a la enfermera —le dijo—. Si lo haces, te traeré un regalo cuando vuelva.

Ella habría querido lanzarle una mirada fulminante, pero no le salió.

—No acostumbro a dejarme sobornar —farfulló.

—Rory me dijo que te gustan los gatos —murmuró Cash—, y también los de peluche.

—No creo que encuentres ningún gato de peluche por aquí —replicó Tippy.

—¿Eso crees? —dijo Cash.

La enfermera estaba asintiendo con mucho entusiasmo y diciéndole mudamente: «¡en la tienda de regalos!».

Tippy iba a seguir discutiendo, pero lo cierto es que sí le gustaban los gatos de peluche. Miró a Cash, y al verlo sonriéndole con ojos brillantes fue incapaz de continuar protestando. El efecto que tenía Cash sobre su respiración era igual que el que le provocaban sus maltrechas costillas.

Y él lo sabía, el muy... Pero antes de que pudiera decir nada Cash le guiñó un ojo y salió de la habitación.

—¡Qué hombre tan guapo! —dijo la enfermera mientras iba al cuarto de baño a llenar la palangana que había traído con ella—. Es una chica con suerte.

Tippy no contestó. No sabía muy bien cómo podía ser una chica con suerte estando en la situación en la que estaba, ni cuánto duraría la actitud conciliadora de Cash. Más o menos hasta que se curasen sus heridas y pudiese volver a trabajar, pensó. Sabía que se recriminaba por no haberla escuchado cuando lo había llamado pidiéndole ayuda, que sólo estaba haciendo penitencia. En cuando se hubiese repuesto la olvidaría con la misma facilidad con que olvidaría un dolor de muelas.

Esa tarde, a la hora de la cena, Cash se había ido a preguntar a alguien que conocía en la policía si se había averiguado algo sobre el paradero del tercer secuestrador, que todavía seguía huido, y le había dejado al lado de Tippy en la cama un bonito gato de peluche anaranjado y con una cara muy graciosa para que le hiciera compañía. Sin embargo, esa misma tarde la joven recibiría una visita inesperada.

A esa hora, un hombre enorme, corpulento como un luchador, entró por la puerta. Lo acompañaba otro hombre igual de grande, pero se detuvo en el umbral, y tras murmurarle algo salió y se quedó esperando en el pasillo.

El visitante se acercó a los pies de la cama. Tenía el cabello fosco, negro y ondulado, y en su ancho rostro aceitunado, destacaban dos grandes ojos castaños. Llevaba puesto un traje azul marino con raya diplomática, que debía costar lo que el piso de Tippy. La camisa blanca que asomaba bajo la chaqueta era de un blanco inmaculado, y en el cuello lucía una corbata de cuadros azul que contrastaba vivamente con el color de su tez.

Escrutó a Tippy curioso, con sus pobladas cejas fruncidas, como si lo que estuviera viendo lo irritase.

—¿Quién es usted? —inquirió ella inquieta.

—Marcus Carrera —dijo el hombre con una voz profunda y áspera. Entrecerró los ojos—. Supongo que mi nombre no le sonará de nada —añadió, y a sus finos y largos labios asomó una leve sonrisa.

—La verdad es que sí he oído hablar de usted... a un amigo mío muy querido que se llamaba Cullen Cannon —respondió Tippy, haciendo un esfuerzo por devolverle la sonrisa.

—Cullen era uno de los mejores tipos que he conocido —murmuró el hombre, metiéndose las manazas en los bolsillos—. Una de las ratas que le ha hecho esto trabaja para mí, aunque hizo esto por cuenta propia, por supuesto, y yo no he sabido nada hasta esta mañana.

Tippy apretó el interruptor que subía la cabecera de la cama.

—¿Sabe dónde está? —le preguntó con voz ronca—. Me gustaría agarrar un bate de béisbol y tener una pequeña charla con él.

El hombre se rió sorprendido.

—No, no lo sé —contestó—. Pero si lo encuentro le juro que haré que lo traigan aquí envuelto en una red de pescar, y yo mismo le proporcionaré el bate.

La sonrisa de Tippy se hizo más amplia.

—Gracias.

Los ojos del hombre se fijaron en cada corte y en los cardenales que cubrían las partes visibles de su cuerpo.

—Tienen a los otros dos en chirona —murmuró—. He hablado con un juez y con el ayudante del fiscal del distrito que lleva el caso, y le aseguro que esos tipos tendrán más posibilidades de ser santificados que de salir de allí bajo fianza.

—Gracias —respondió Tippy con un suspiro.

—Odio que alguien tan cercano a mí se meta en algo como esto —dijo Carrera repugnado—. Ni siquiera cuando era un chico malo habría aprobado algo así.

—¿Un chico malo? —repitió Tippy.

La puerta se abrió en ese momento, y por ella entró Cash, que se quedó mirando con los ojos entornados al visitante de Tippy.

—Hola, Grier —dijo Carrera en un tono amable—. Hay un tipo en chirona que asegura que le disparaste.

—¿Yo? —exclamó Cash con aire inocente—. Yo nunca dispararía a nadie... de verdad.

Carrera explotó en risas y le tendió la mano.

—¿Qué estás haciendo aquí? —inquirió Cash estrechándola—. ¿Y es el señor Smith el que está esperando ahí fuera?

—Sí —contestó Carrera—. Trabajaba para Kip Tennison, pero cuando se casó con Cy Harden ella no lo necesitaba, así que se puso a mi servicio.

—Qué personaje... —murmuró Cash—. ¿Sigue teniendo esa iguana?

Carrera sonrió.

—Sí, sí que la tiene. Ahora mide un metro cincuenta. La tiene en su habitación del complejo hotelero de Paradise Island, y cuando tiene problemas con algún cliente díscolo le manda al lagarto... con eso suele bastar.

—No me sorprende. ¿Qué haces aquí?

Carrera se puso serio.

—Uno de mis chicos tomó parte en esta trama de secuestro... pero no lo he sabido hasta esta mañana —añadió al ver relampaguear los ojos de Cash.

—¿Sabes dónde encontrar a ese tipo?

—Por desgracia no —respondió Carrera—, pero, como le he dicho a la señorita, he hablado con el ayudante del fiscal del distrito encargado del caso, y le he dicho todo lo que sabía sobre ese hijo de mala madre.

Cash lo miró sorprendido.

—¿Eso has hecho?

Carrera pareció molesto.

—¿Qué pasa? ¡Ya no soy un gánster! Ahora me dedico a ganar dinero con casinos y hoteles, ¡eso es todo!

Cash se aclaró la garganta.

—De acuerdo, perdona.

—Sólo porque hiciera dos o tres cosillas malas hace tiempo... —comenzó Carrera.

—He oído que encontraron en un remanso del río New Jersey los cuerpos de unos jugadores tramposos de Dakota del Sur en... digamos no muy buen estado...

—Si Tate Winthrop te dijo que yo era responsable de eso... —lo interrumpió Carrera.

—En realidad me lo dijo su jefe, Pierce Hutton.

—¿Hutton? ¿Qué sabrá él? ¡Si vive en París! —masculló el otro hombre.

—Y luego está esa historia de un tal Walters que estaba quitándole dinero a la anciana madre de uno de tus hombres, y que luego apareció misteriosamente en un barril de aceite flotando en el río Hudson...

—Oye, oye... yo no tengo barriles de aceite —lo interrumpió Carrera de nuevo—. Y por última vez: ahora soy un ciudadano decente, cumplidor de la ley.

—Lo que tú digas —respondió Cash—. Bueno, ¿y qué sabes del tipo que ayudó a Stanton a raptar al hermano pequeño de Tippy? —le preguntó.

—No lo suficiente como para dar con él —contestó el otro hombre apesadumbrado—. Si no te juro que...

—¿No decías que eras un ciudadano decente, cumplidor de la ley? —le recordó Cash.

—Um, sí, claro —farfulló Carrera, frunciendo los labios—. Pero conozco a un montón de tipos que no lo son, y que me deben favores.

—Ni te imaginas la clase de favores que pide —le dijo Cash a Tippy con un brillo divertido en los ojos.

Tippy lanzó al otro hombre una mirada sorprendida.

—No *esa* clase de favores... —gruñó Carrera. Encogió sus anchos hombros—. Me gustan las telas exóticas. De hecho tengo debilidad por las telas antiguas.

Tippy estaba mirándolo como si no estuviese segura de estar oyendo bien.

—Hago colchas de retales —explicó el hombre a regañadientes—. Y he ganado unos cuantos premios, además. Algunas de mis «obras» están expuestas en galerías.

—Habla en serio —le dijo Cash a Tippy—. Es famoso en todo el mundo por sus diseños —añadió Cash con una sonrisita socarrona—. ¿No encontraron en una ocasión un cuerpo envuelto en una de esas colchas...?

—No era una de las mías —le espetó el otro hombre ofendido—. Nunca desperdiciaría una de mis creaciones con un matón.

Cash se echó a reír, y también Tippy.

—Bueno, me marcho ya. Sólo quería ver cómo estaba la señorita —dijo Carrera—. Se pondrá bien —le aseguró a Tippy, señalando su mejilla, donde podían verse dos líneas blancas rugosas sobre la piel aceitunada—. Éstas llegaron al hueso, y por eso me quedó cicatriz, pero esos cortes se le curarán bien.

—Gracias —respondió Tippy.

Carrera se encogió de hombros.

—No dejaré de buscar a ese tipo. Y, por cierto, sobre lo que me preguntaste antes de qué sabía sobre él, Grier, su nombre es Barkley, Ted Barkley. Es mecánico. Un buen mecánico —añadió con énfasis—. Es capaz de arreglar cualquier cosa. Por eso lo tenía trabajando para mí. Tiene familia en el sur de Texas, así que si te vas a llevar a la señorita contigo, mantén los ojos abiertos.

—Me gustaría saber algo sobre su familia —le dijo Cash.

—Lo imaginaba —murmuró Carrera, sacando un papel doblado de un bolsillo interior de su chaqueta y entregándoselo a Cash—. Es la misma información que le he dado al ayudante del fiscal del distrito. El tipo también se maneja bien con una pistola, así que vigila tus espaldas. Y haría cualquier cosa por dinero. Y cuando digo «cualquier cosa», me refiero a *cualquier cosa*. Stanton es un muerto de hambre, pero el hijo de Montes está muy metido en blanqueo de dinero, y conoce a gente que puede hacerle préstamos. Lógicamente no querrá que la señorita testifique en el juicio, así que es capaz de ofrecer dinero a Barkley para que la quite de en medio.

De la garganta de Tippy escapó un gemido ahogado.

—Antes de tocarte tendrá que vérselas conmigo —le aseguró Cash—. No te preocupes.

—Si necesitas ayuda no tienes más que llamarme —le dijo Carrera.

—No llevo encima ninguna tela exótica.

Carrera sonrió y le dio a Cash una palmada en el hombro.

—No pasa nada. Lo pondré en tu cuenta.

—Gracias —le dijo Tippy.

El hombre le guiñó un ojo y salió.

—¿De verdad está reformado? —le preguntó Tippy a Cash cuando se hubo ido.

—Sí, sí que lo está. Sé algo de él que no puedo contarte, pero te aseguro que ahora es un tipo legal —respondió él. Observó el magullado y amoratado rostro de la joven con ojos tristes—. Nadie volverá a hacerte daño; lo juro.

Tippy se tomó sus palabras al pie de la letra. Se sentía culpable y sentía lástima de ella, pero ese malestar que tenía acabaría por diluirse cuando se pusiese bien, estaba segura, así que se limitó a sonreír, y no dijo nada.

10

Los médicos vigilaron de cerca la evolución del pulmón de Tippy hasta que estuvieron seguros de que no se producirían complicaciones, y siguieron dándole antibiótico para prevenir. Ella, por su parte, evitaba mirarse en el espejo, porque estaba convencida de que debía parecer salida de una película de terror mala, y se alegró de no tener que aparecer en público durante un tiempo.

Su mayor preocupación en ese momento era el tercer secuestrador, que todavía andaba suelto, además de la posibilidad de que el primo de Stanton hubiera puesto precio a su cabeza.

—¿Crees que pueda pasar lo que decía Carrera? —le preguntó a Cash una tarde en el hospital—, ¿que el primo de Stanton pueda llegar a ofrecer dinero ese Barkley para que me mate?

Cash llevaba dos días dándole vueltas al asunto, desde la visita de Carrera.

—Cualquier cosa es posible —dijo—, pero en Jacobsville estaremos a salvo.

—He oído decir que los sicarios actúan en cualquier sitio.

Cash enarcó las cejas.

—Jacobsville apenas tiene dos mil habitantes. El vicepresidente fue allí el año pasado, y se quedó unos días en casa de uno de los hermanos Hart... al parecer son primos... y unos agentes del servicio secreto lo acompañaron e intentaron mezclarse con la gente.

Tippy lo estaba escuchando con curiosidad.

—Son buena gente, los del servicio secreto —comentó Cash, riéndose suavemente—, y son concienzudos en su trabajo, pero creyeron que la manera de no destacar era vestirse de *cowboys* —añadió sacudiendo la cabeza—. Imagínate a esos tipos en unos grandes almacenes con pantalones vaqueros completamente nuevos, botas sin una mota de polvo, y camisas de cuadros perfectamente planchadas. Un peón del rancho de Hart se acercó a uno de ellos y le preguntó si quería ayudarles a cortar ganado, y el agente le dijo que nunca había trabajado en un matadero.

Tippy, que no era una experta en ganadería pero sabía que en la jerga de los rancheros «cortar ganado» significaba apartar unas cuantas cabezas de un rebaño, y no sacrificarlas y hacer filetes, se echó a reír.

—Así que al final volvieron a ponerse sus trajes e hicieron su trabajo sin disfrazarse —dijo Cash, sacudiendo la cabeza—. Lo que quiero decir es que en una pequeña ciudad como Jacobsville, donde generaciones y generaciones de distintas familias han vivido juntas, es imposible que llegues y no se den cuenta de que eres un forastero. En una ciudad de medio millón de habitantes... quizá, pero en una ciudad del tamaño de Jacobsville un forastero siempre destaca.

—Bueno, eso me tranquiliza un poco —murmuró Tippy.

—No voy a dejar que vuelvan a hacerte daño —le prometió Cash de nuevo—. Y yo nunca doy mi palabra a la ligera.

Tippy se movió en la cama y contrajo el rostro al hacerlo. Todavía tenía las costillas doloridas.

—¿Tienes televisión en casa? —le preguntó a Cash.

—Televisión, radio, un reproductor de CD, y dos estanterías llenas de novelas detectivescas y de misterio, junto con una buena colección de libros de historia de civilizaciones antiguas, y hasta unas cuantas novelas de ciencia ficción —respondió él—. Y si todo eso fallase, también tengo unas cuantas cintas de video estupendas: toda la saga de *Star Trek*, la de *La Guerra de las Galaxias*, la trilogía de *El Señor de los Anillos*, y las películas de *Harry Potter*.

—¡Esas son las favoritas de Rory! —exclamó Tippy.

—¿Qué te gusta a ti?

Tippy se quedó pensativa.

—Pues... las de Sherlock Holmes, las películas antiguas de Bette Davis, cualquiera en la que salga John Wayne, y películas de fantasía épica y ciencia ficción como las que has dicho.

—A mí también me gustan las películas de Bette Davis —confesó Cash. Se acercó a la cama y estudió su rostro con mirada clínica—. Los cortes ya van teniendo mucho mejor aspecto, pero te han salido más cardenales —añadió con un suspiro—. Cualquiera que te viera pensaría que has estado metida en una pelea callejera.

—Nunca me habían pegado tan fuerte, ni cuando me escapé de casa y estuve varios días viviendo en la calle —farfulló Tippy.

Cash frunció el ceño.

—¿Te pegaron?

Tippy apartó la vista.

—Antes de que Cullen me recogiera, hubo un par de ocasiones en las que escapé por los pelos de acabar apaleada —dijo Tippy—, y no quiero hablar de ello —añadió con un mohín.

Cash, todavía ceñudo, se metió las manos en los bolsillos.

—Sigues sin confiar en mí, ¿verdad?

—Todo el mundo siente lástima cuando una persona está herida, o enferma, pero cuando se pone bien se olvidan de ella —contestó ella—. Y no creo que tú seas distinto.

Cash nunca hubiera pensado que Tippy pudiera ser tan

cínica. Sin embargo, también él lo era a menudo. Dejó esa cuestión a un lado y recordó la advertencia de Carrera. Lo cierto era que tenía sus dudas sobre poder proteger a Tippy. No podría estar en casa todo el tiempo, y cabía la posibilidad de que alguien se introdujera en la vivienda de noche sin ser visto. Sabía bien que era posible... porque él mismo lo había hecho. ¿Dejaría de atormentarlo algún día su pasado?

—¿Qué te ocurre, Cash? Tienes mala cara... —le dijo la joven quedamente.

Cash parpadeó y su rostro se convirtió en una máscara inexpresiva.

—No digas bobadas —replicó él—. La que está ingresada eres tú, no yo.

Tippy ladeó la cabeza y lo miró pensativa.

—Tú tampoco te abres mucho, ¿no es verdad? Tu pasado es como un libro cerrado, y vives acompañado de tus pesadillas, completamente solo en la oscuridad.

Los ojos de Cash relampaguearon.

—No confío lo bastante en nadie como para hablar de ciertos aspectos de mi pasado... ni siquiera en ti —arremetió contra ella enfadado sin pretenderlo.

—En mí en menos que nadie... porque soy capaz de ver dentro de ti, ¿no es eso? —puntualizó ella—. Ése fue el motivo por el que estabas enfadado la noche antes de volver a Texas, en Navidad.

Cash le dio la espalda y fue hasta la ventana. Fuera estaba lloviendo, lo usual en Nueva York en el mes de abril. No, no le gustaba que Tippy pudiera ver en su interior. Era algo inquietante, porque denotaba una conexión entre ellos que iba más allá de la amistad.

—Está bien, dejaré de pasearme por tu mente cuando no estés mirando —murmuró Tippy.

—Soy muy celoso de mi intimidad —dijo Cash sin volverse.

—Lo sé. Lo supe la primera vez que te vi. Pero no eres así con todo el mundo... Recuerdo aquel día que estabas charlando con Christabel, en su rancho —dijo ella, y su voz cambió—. Le hablabas con tanta ternura... casi como si estuvieras hablándole a un niño pequeño. Te ofreciste a llevarla a la ciudad a tomar una hamburguesa, diciéndole que la dejarías subir en tu coche patrulla, y hasta poner la sirena.

Cash se giró, sorprendido de que se acordase de aquello.

Tippy rehuyó su mirada. Su actitud hacia Christabel le había dolido mucho, aunque no había sabido por qué hasta hacía muy poco: había tenido celos de ella. Era absurdo, porque Cash era un hombre que no establecía vínculos afectivos con nadie; siempre había sido un forastero, un solitario.

No dejaba que nadie se le acercase, pero con Christabel se comportaba de un modo distinto, y no hacía falta ser adivino para saber que habría sacrificado cualquier cosa por ella, incluida su propia vida.

—Christabel me aguantó muchas cosas —dijo en voz alta sin darse cuenta—. Fui muy injusta con ella. Me sentí tan horriblemente mal cuando le dispararon... Le había dicho algunas cosas de Judd para hacerle daño y, si hubiese muerto, habría tenido que vivir con eso.

Con el ceño fruncido, Cash regresó junto a ella.

—No lo sabía.

Tippy jugueteó con la sábana que cubría su descolorido camisón de flores.

—El ayudante de Joel en la película que rodamos en Jacobsville era un déspota, y me recordaba a Sam Stanton. Le tenía miedo. Judd, en cambio, era mi protector, mi ángel de la guarda. Tenía miedo de que se enamorase de Christabel, porque entonces yo me quedaría sola —alzó la vista hacia él con tristeza—. Y la verdad es que lo estaba... hasta que apareciste tú. No podía creérmelo cuando agarraste a ese tipo por la muñeca e hiciste que dejara de acosarme —añadió admirada.

—No me gustan los matones —respondió él con llaneza.
—Sí, pero tú me detestabas —le recordó Tippy.
—Mi opinión de ti cambió cuando dispararon a Christabel —dijo Cash—. Sabías exactamente qué había que hacer cuando una persona había sido herida de bala. En aquel momento no me paré a pensarlo, pero, ¿cómo lo sabías? —inquirió con los ojos entornados.

Tippy esbozó una leve sonrisa.

—Por la cantidad de series de médicos que he visto en la tele —contestó bostezando—. Estoy cansada, Cash. Creo que voy a dormir un poco.

Cash observó cómo se cerraban sus párpados, y se quedó allí de pie mirándola enternecido. Era la persona más increíble que había conocido en toda su vida. Lo alegraba que fuese a tener tiempo de compensarla por los errores que había cometido cuando se fuesen a Jacobsville.

Ya había llamado a la comisaría para decirle a Judd cómo evolucionaba Tippy, y para decirle una fecha aproximada de su regreso. No creía que faltase mucho, a juzgar por cómo estaba mejorando Tippy.

Y estaba en lo cierto: tres días después Tippy había salido del hospital. Fueron a su piso, y Cash empezó a preparar su equipaje.

La joven se dio cuenta de que parecía sentirse incómodo allí, en su dormitorio, donde habían compartido una larga noche de pasión, pero no mencionó aquel día, y él tampoco.

Mientras hacía su maleta, Tippy lo observaba fascinada, siguiéndolo con la mirada mientras abría cajones y doblaba blusas, admirando cómo se ocupaba de cada detalle con eficiencia, y devorando con los ojos las masculinas formas de su cuerpo y sus apuestas facciones.

—Se te da muy bien —le dijo.

Cash la miró y le sonrió.

—He vivido con la maleta a cuestas casi toda mi vida: primero en la academia militar, luego en el ejército... tengo mucha práctica.

—Ya se ve —respondió ella. Miró en a su alrededor con un suspiro—. Voy a echar de menos tener mi propio espacio durante estas semanas —le confesó—. Éste es el primer sitio «mío» de verdad. Antes de alquilar este piso había vivido con Cullen en su ático, y luego estuve compartiendo alquiler con otra modelo. Éste en cambio es sólo mío.

Cash sonrió.

—Te gustará mi casa. Dicen que está encantada.

Tippy enarcó las cejas.

—¿En serio?

—Cuentan que un hombre la construyó para su esposa, que era de ascendencia escocesa-irlandesa, más concretamente de la Isla de Skye —explicó Cash, doblando otra blusa y metiéndola en la maleta—. Según las leyendas locales no convenía hacer enfadar a la buena señora, porque podían ocurrir cosas terribles. No es que fuera una mala persona, sólo que tenía el «don» del mal de ojo. También decían que era clarividente.

—Vaya, como yo —murmuró Tippy—; aunque no sé echar el mal de ojo, y de eso estoy segura, porque si supiera Sam estaría unos cuantos metros bajo tierra.

Cash se echó a reír.

—No creo que pudieras vivir con una muerte sobre tu conciencia.

Se hizo un silencio elocuente detrás de él, y Cash se volvió, curioso, pero Tippy no estaba mirando en su dirección, sino que estaba sacando libros de una estantería.

El corazón de la joven se había desbocado, y se alegraba de haberse dado la vuelta para que Cash no pudiera verle el rostro. Había todavía algunas cosas de su pasado que no quería que Cash supiera. Al menos aún no.

—¿Qué libros son? —inquirió Cash, mirando los dos volúmenes que tenía en las manos.

—Éste es de Plinio el Viejo —contestó ella riéndose—. Escribía sobre la naturaleza, ¿sabes? Siempre me ha parecido fascinante. Murió cuando el Vesubio entró en erupción en el año setenta y nueve después de Cristo, cuando intentaba rescatar con un barco a quienes huían. Éste otro es de su sobrino, Plinio el Joven, que escribió la única descripción existente de la erupción. Es una lectura fascinante.

—No los he leído.

—Me los llevaré y así podrás leerlos mientras esté en tu casa —dijo Tippy—. Lo menos que puedo hacer ahora que estoy convaleciente es educar al ignorante. Es un deber moral —añadió con sorna. Y luego, poniéndose el antebrazo sobre la frente, exclamó con teatral énfasis—: ¡nobleza obliga!

Cash prorrumpió en risas, y Tippy lo miró fascinada. Tenía la impresión de que reír no era algo que hiciese muy a menudo. Se había mostrado muy alegre en aquellos dos días que había pasado con Rory y con ella en Navidad, pero aún así se le notaba una cierta reticencia a la risa. En ese momento, en cambio se le veía contento.

Cash se dio cuenta de que lo estaba mirando, y se volvió hacia ella con expresión curiosa.

Tippy sonrió.

—Me gusta oírte reír —contestó encogiéndose de hombros.

Como si sus palabras lo hubieran azorado, Cash se dio la vuelta y continuó lo que estaba haciendo.

Tippy se dijo que aquel era un comienzo. Lo único que tenía que hacer era convencerlo de que al sonreír se usaban menos músculos que para fruncir el entrecejo, y que la risa era buena para el alma. Aquello podría incluso cambiar su vida.

Cuando la maleta de Tippy estuvo lista, Cash limpió el frigorífico, y llevó lo que estaba en buen estado a la familia de Don, el amigo de Rory. Después quitó la luz, y habló con el casero para asegurarse de que Tippy aún tendría el apartamento cuando regresara.

Tippy sabía que Cash sólo pretendía tenerla en su casa hasta que se repusiese, pero aun sí le dolió que llegase al extremo de hablar con su casero para que no le alquilase el piso a otra persona aprovechando su ausencia.

Para ir a Jacobsville harían escala en Houston. El viaje en avión resultó incómodo para Tippy, a pesar incluso de que Cash había reservado asientos en primera clase contra su voluntad. Cash no quería que la gente se pasara todo el vuelo mirándola, y había pensado que en esa parte del avión habría menos pasajeros y además iría más cómoda. Además tuvieron suerte, porque los dos auxiliares de vuelo, un chico y una chica, resultaron ser muy discretos.

Tippy todavía se notaba las secuelas de la contusión: mareos, dolores de cabeza..., y algo de congestión pectoral por la lesión en las costillas. Cash había estado muy preocupado ante la idea de tener que meterla en un avión, pero el médico le había dicho que era preferible que hacerle pasar varias horas en coche, aunque pararan de vez en cuando.

Cuando llegaron al aeropuerto de Jacobsville, Judd estaba allí para recogerlos. Al saludar a Tippy contrajo el rostro, pero luego sonrió.

—No te preocupes; aunque ahora te veas horrible, en nada de tiempo volverás a ser tú otra vez —le aseguró.

Cash le preguntó que cómo era que iba vestido de paisano.

—Es mi día libre —le recordó Judd—. He dejado al teniente Palmer al mando.

—¿A Palmer? ¿Por qué no a Barrett? —inquirió Cash. Ambos eran policías experimentados y con autoridad.

—Barrett también se ha tomado el día libre —contestó Judd, aclarándose la garganta—. Tenía algo que hacer.

Cash se paró en seco junto a la ranchera de Judd, con una maleta en cada mano.

—Un momento... —farfulló—. No se os habrá ocurrido... ¿No habrás mandado a Barrett a empapelar mi casa? —exclamó con ojos relampagueantes.

Judd pareció muy ofendido.

—Oye, oye, soy oficial de policía... De hecho, soy ayudante del jefe de policía —añadió con altivez, dirigiendo una sonrisa a Tippy—. Jamás haría algo ilegal.

—Como encuentre un solo trozo de papel higiénico sobre mi césped recién plantado... —comenzó Cash.

—¿Habías imaginado nunca que Cash pudiese ser tan malpensado? —le dijo Judd a Tippy mientras la ayudaba a subir al alto vehículo.

—Si contestas a eso te haré hígado encebollado para cenar —amenazó Cash a Tippy mientras metía el equipaje en el maletero y subía al asiento trasero.

Tippy lo miró por encima del hombro, contrayendo el rostro de dolor al hacer ese movimiento.

—¡Odio el hígado encebollado!

—Lo sé —respondió Cash sonriendo.

Judd se echó a reír. Subió a la ranchera negra, puso el motor en marcha, y salieron del aparcamiento del aeropuerto.

En unos minutos entraban por el camino de grava que conducía a la casa de Cash. Era una construcción sencilla de tablas de madera pintada de blanco, con contraventanas negras y un amplio porche frontal con un columpio y una mecedora. Alrededor del porche había rosales, y matas recién plantadas que apenas asomaban por encima de la tierra en el arriate.

Cash ayudó a Tippy a bajar del vehículo mientras Judd llevaba las maletas al porche.

—¡Como pises mis semilleros te acuerdas! —le advirtió Cash.

Judd se detuvo con una de sus grandes botas en el aire, y giró la cabeza para mirar a Cash.

—¿Qué semilleros?

—¡Los que estás a punto de pisar! —masculló Cash—. He plantado dalias en ése, y en aquel otro una mezcla de altramuces azules, pinceles indios, caléndulas y margaritas.

—¿Te gusta la jardinería? —le preguntó Tippy en un murmullo.

Cash bajó la vista a sus ojos verdes, y tuvo la impresión de que el suelo temblara un instante bajo sus pies. Tenía unos ojos preciosos, y a pesar de los cortes y los cardenales seguían siendo igual de exóticos y fascinantes.

—Me gusta sentir la tierra entre mis manos.

Tippy también estaba perdida en sus ojos, y se notaba un cosquilleo que la recorría de arriba abajo por la intensidad de su mirada. Quería acercarse más a él, y que él la rodeara con sus brazos fuertemente. No le haría ningún bien a sus costillas, por supuesto, pero la tentación era tan grande que detestó tener que resistirse.

—Eso mismo decía el traficante al que arrestamos el año pasado —dijo Judd con sorna, sin mirarlos. Pasó las maletas por encima de los arriates y las soltó en el borde del suelo del porche—. Había plantado dos kilos de cocaína en su jardín —dijo con una sonrisa maliciosa—. Seguro que esperaba que creciera algo.

Cash despegó sus ojos de los de Tippy.

—Y le cayeron diez años por ello —dijo.

—Por desgracia otros ocuparán su lugar —farfulló Judd—. Bueno, en realidad ya lo han hecho. Nuestro nuevo traficante de crack tiene unos cuantos parientes influyentes en la ciudad. Pero tú por supuesto no me has oído decirlo, ni sabes nada de esto —le advirtió a Tippy.

—Oh, por supuesto que no sé nada; nada de nada —se apresuró a asentir ella con una sonrisa cómplice—. Y además de verdad —añadió al cabo de un rato, poniéndose seria—.

Muchas veces me siento tonta... sobre todo al lado de Cash, que parece saberlo todo.

—Para ya con eso —la reprendió Cash, tocándole con el índice la punta de la nariz—. Tú eres una chica muy lista.

Tippy sonrió y se sonrojó ligeramente, sintiendo que no podía apartar sus ojos de los de Cash.

Judd estaba de acuerdo, pero no quiso intervenir porque tenía la sensación de que sería entrometerse en algo que no le concernía. Al menos parecía que la relación entre Tippy y Cash había cambiado, que se llevaban bien. Era un comienzo.

—Christabel me ha pedido que os diga que podéis venir a casa a cenar cuando queráis —los invitó Judd—. Esta misma noche, si os parece.

Tippy vaciló, y miró a Cash.

—Bueno, no sé... —le dijo él a Judd—. Tippy ha tenido unos días un poco difíciles, y el viaje en avión debe haberla dejado cansada, pero la semana próxima iremos.

—Dales las gracias a Christabel de parte de los dos —le dijo Tippy—. Es un detalle por su parte, porque en realidad lo único que haremos será molestar, cuando tiene dos niños pequeños de los que ocuparse.

—No tan pequeños —replicó Judd riéndose—: ya gatean.

—¿Jessamina ya gatea? —exclamó Cash.

Judd lo miró irritado.

—Gatean los dos. Jessamina tiene un hermano, Cash, y se llama Jared.

—Ya lo sé —contestó Cash—, pero os lo dejo a vosotros —farfulló arrogante—. Jessamina es mi niña. Espera a que vayamos a tu casa; cuando entre por la puerta, a ti ni te mirará.

Judd estuvo a punto de sugerirle que le pidiera a Tippy que le diera una hija ya que le había tomado tanto afecto a la suya, cuando recordó el bebé que la joven había perdido, y que sospechaba que era de Cash. Según parecía las palabras de Cash también habían molestado a Tippy, cuyos ojos se habían puesto tristes de repente.

Sin embargo, se le pasó rápidamente cuando se acordó de la mascota de Cash.

—¡Tu serpiente! —exclamó—. ¿Está... está ahí dentro? —inquirió preocupada.

—Tranquila —le respondió Cash pacientemente—. Imaginé que te pondrías así si veías a Mikey en la casa, así que se la devolví a Bill Harris.

—Gracias —dijo Tippy aliviada.

—Bueno, yo tengo que irme a casa, pero deberíamos entrar antes —dijo Judd.

—¿Los tres? —inquirió Cash extrañado.

—Pues claro, los tres.

Judd subió los escalones del porche y abrió la puerta.

—Eso se llama allanamiento de morada, Dunn —le advirtió Cash.

—Lo es... si no tienes el permiso del propietario.

—Pues yo soy el propietario y no tienes mi permiso —replicó Cash.

Judd no le hizo caso y se rió.

Entraron los tres, y se encontraron con la mesa del comedor llena de comisa. Había cazuelas tapadas, fuentes con lonchas de jamón de york y queso, una enorme ensalada, magdalenas, y al menos cinco postres distintos.

El teniente Barrett, un hombre delgado y moreno, estaba allí con una gran bolsa en la mano y una sonrisa en los labios.

—Justo a tiempo, jefe —le dijo a Cash—. Todas nuestras esposas le han preparado algo para que no tuviera que cocinar al llegar. Sabemos que le gustan las rosquillas y las mermeladas de Julia García, así que aquí tiene un bote de mermelada de mora, otro de mermelada de uva, y una bandeja entera de rosquillas.

—La esposa del teniente García hace las mejores rosquillas del mundo —le dijo Judd a Tippy.

—Gracias —murmuró Cash sorprendido—. No me esperaba esto.

—Has tenido una larga semana —dijo Cash, encogiéndose de hombros—, y pensamos que estarías demasiado cansado para meterte en la cocina, eso es todo.

—Lo estoy —admitió Cash—. ¿Y la señora Jewell?

—Vendrá en cuanto tenga listas sus cosas —respondió Judd—. Me dijo que estaría aquí aproximadamente dentro de una hora. Sandie Jewell es la enfermera que te va a atender —le explicó a Tippy—. Tiene unos cincuenta años y le encanta cocinar. Te gustará. Vio tu primera película en el cine y le encantó. Aunque vete preparando, porque te bombardeará a preguntas sobre tu compañero de reparto, Rance Wayne. Es una gran admiradora suya.

Tippy sonrió.

—Ya veo. En ese caso le diré lo menos posible... para no quitarle la ilusión —contestó. Se llevó una mano al rostro—. Aunque al verme con esta cara nadie se creerá que he salido en ninguna película.

—Los cardenales y los cortes se desvanecerán, señorita —le dijo el teniente Barrett—. Volverá a ser tan bonita como antes, ya lo verá.

—Gracias —respondió Tippy tímidamente.

—Bueno, hora de irnos —le dijo Judd a Barrett.

—¿Cómo es que no he visto tu coche? —le preguntó Cash al teniente.

—Porque yo lo dejé aquí con la comida de camino al aeropuerto —le confesó Judd con una sonrisa—. No queríamos que el ver su coche te diera una pista y nos estropeara la sorpresa.

—Sí que ha sido una sorpresa —admitió Cash, y sonrió—. Gracias. Y decidle a la señora García que sus rosquillas y sus mermeladas no se echarán a perder. Daré buena cuenta de ellas.

—Si no te das prisa no —le dijo Tippy traviesa—. Me encantan las rosquillas y la mermelada de mora. Mi abuela solía hacerme las dos cosas cuando era niña.

—Bueno, nos marchamos antes de que empecéis vuestra batalla campal —dijo Judd guiñándoles un ojo—. ¡Que no nos enteremos por los vecinos de que estáis montando jaleo!, ¿eh?

Cash sonrió y acompañó a Judd y Barrett a la puerta.

En menos de cinco minutos Cash había regresado junto a Tippy. No le dijo que había puesto a Judd y a Barrett sobre aviso respecto a la posibilidad de que el ex empleado de Carrera o un asesino a sueldo fuera a por Tippy. Así se encargarían de mantener la casa vigilada cuando él no estuviera.

Cash también había pensado en tener armas cargadas y escondidas en distintas partes de la casa, y le había ocultado a Tippy que la señora Jewell, aparte de cuidar a personas enfermas, también había trabajado como ayudante del jefe de policía del condado. De hecho, su hijo era agente de policía y trabajaba con Cash, y la mujer sabía manejar un arma casi tan bien como el propio Cash y no había nada que la asustase. Si hubiese algún problema, mantendría a Tippy a salvo hasta que llegase ayuda.

—Qué detalle tan bonito, ¿verdad? —le dijo Tippy a Cash—. Aunque no creo que sea capaz de comerme todo esto de una sentada.

—Necesitas tomar proteínas para reponerte —dijo él—. Y no te preocupes por ganar algún kilo. Has perdido tanto peso que te lo puedes permitir.

Tippy se volvió hacia él y lo miró preocupada.

—¿Te parece que estoy demasiado delgada? ¿De verdad?

Cash inspiró despacio.

—Tu figura no es asunto mío —le dijo en un tono lo más amable que pudo—. Te he traído aquí para protegerte...

Tippy cerró su mente; no quería escucharlo En sus labios se dibujo una sonrisa, pero fue una sonrisa forzada.

—Lo sé —farfulló—. Sólo era por hablar. Bueno, ¿dónde está esa mermelada?

Cash la observó mientras sacaba los dos botes de una bolsa de papel, junto con unos platos de cartón y otros utensilios, y empezaba a levantar las tapas de los envases de plástico que contenía las comidas preparadas.

—Todo esto tiene una pinta estupenda —murmuró, como si no pasara nada.

En su interior, sin embargo, su corazón se estaba partiendo en dos. Había tejido sueños y esperanzas en torno a él, y no estaba segura de que pudiera llegar jamás a desecharlos por mucho que supiera que Cash sólo la había llevado allí para ocuparse de ella hasta que se recuperase. Tenía que desengañarse, se dijo. Tal vez la encontrara atractiva, deseable, pero eso eran sólo cuestiones superficiales. No quería ningún tipo de compromiso, y ella sí.

—Esto parece un guiso de calabaza —murmuró levantando la tapa de una cazuela.

Cash puso cara de asco.

—¿Dónde está mi pistola?

—Cash, por favor, la calabaza es un vegetal tan noble como otro cualquiera —lo aleccionó Tippy con un aire fingido de superioridad—. Los indios se la dieron a conocer al hombre blanco, y tú tienes antepasados indios, así que debería encantarte.

—Sólo se la dieron para deshacerse de ella —replicó Cash.

Tippy se echó a reír, y se sirvió en su plato una cucharada bien grande del contenido de la cazuela.

Luego levantó el plato hasta la nariz para inhalar el delicioso olor.

—Mmm... —murmuró.

—Puaj —contestó Cash, apartándose de aquella cazuela.

Los dos llenaron sus platos en silencio y comieron con

apetito, porque en ninguno de los dos vuelos les habían servido nada de comer, a excepción de los típicos paquetitos de cacahuetes. Cash le sirvió a Tippy un vaso de té frío azucarado de una jarra que había encontrado en la nevera, se sirvió otro él, y volvió a guardar la jarra.

—Qué bien que nos hayan hecho té frío —le comentó a Tippy, sentándose a su lado—. Me encanta.

—Yo no puedo tomarlo cuando estoy trabajando —le explicó ella—. Las calorías, ya sabes.

—Todos los alimentos tienen calorías —replicó Cash.

—Sí, pero el azúcar tiene el mismo valor nutricional que un trozo de cartón.

—No me extraña que estés delgada.

—No es porque coma poco, es por el ritmo de vida que llevo —contestó Tippy. Se giró en la silla para mirarlo, y contrajo el rostro al hacerlo. Todavía sentía dolor—. Rodar una película es un proceso largo y pesado, y las películas de acción, como la que estamos haciendo, implican mucho esfuerzo físico: artes marciales, escenas peligrosas...

En ese momento recordó la caída que había tenido y la pérdida de su bebé, y se quedó callada.

Cash advirtió la expresión perdida en su rostro.

—No hagas eso —le dijo suavemente—. Mirar atrás no soluciona los problemas, sólo hace que surjan otros nuevos. Y por desgracia nada de lo que hagas podrá cambiar lo que ocurrió.

Tippy tomó con el tenedor un poco de ensalada de patata y se la llevó a la boca.

—Nunca antes había estado embarazada.

—Habría acabado con tu carrera —le dijo Cash con aspereza.

—Podrían haber cambiado el guión para acomodarlo a mi estado —dijo Tippy encogiéndose de hombros—. No habría sido tan difícil. Joel hizo que modificaran el guión de la actriz protagonista de una película que anunció a mediados del rodaje que se había quedado embarazada.

Cash la miró con curiosidad. No hablaba como esas mujeres que creían que era imposible compaginar la maternidad con el trabajo. De hecho, oyéndola daba la impresión de que le parecía algo fácil.

Tippy, que se había dado cuenta de que la estaba mirando, se echó a reír.

—No tienes por qué preocuparte, Cash. Ni siquiera recuerdo cuándo fue la última vez que intenté dejar embarazado a un hombre.

Había esperado a que Cash estuviese bebiendo para decir eso, y, como había esperado, el té salió disparado en todas direcciones.

Cash soltó una palabrota, y Tippy, riendo, le tendió un par de servilletas de papel, y lo observó mientras se limpiaba la camiseta.

—Lo siento —le dijo—, no he podido evitarlo. Es que estabas muy serio.

Cash la miró largamente.

—Tranquila, no suelo enfadarme... pero suelo vengarme.

Tippy se echó a reír.

—Bueno, al menos ha merecido la pena.

Cash se llevó de nuevo el vaso de té a los labios, y esbozó una sonrisilla. Una cosa estaba clara: durante la estancia de Tippy no iba a aburrirse.

Sandie Jewell tenía, como había dicho Judd, unos cincuenta y tantos. De sonrisa siempre dispuesta, era alta, delgada, de ojos castaños, y tenía el cabello castaño claro, rizado, y corto. A Tippy le cayó bien desde el primer momento en que la vio. No era en absoluto la típica señora mayor seria y rechoncha.

Nada más llegar hizo una tabla con los medicamentos que le habían recetado a Tippy y las horas de cada toma para asegurarse de que no se saltase ninguna a pesar de que sólo eran dos: el antibiótico, y unas pastillas para mantener los pulmones descongestionados. Y en cuanto acabó de cenar, la llevó a la cama, diciendo que necesitaba descansar después del largo viaje.

Cuando Tippy estuvo acostada, Sandie salió de su habitación cerrando tras de sí, y fue a la cocina a hablar con Cash.

—¿Se ha metido en la cama? —le preguntó Cash, ofreciéndole una taza de café, que la mujer aceptó.

—Está cansada —contestó Sandie—, y tiene un poco más de congestión en el pulmón. Mañana por la mañana en cuanto se levante la llevaré a dar un paseo, y haré que tome bastante líquido para diluir las secreciones. ¡Jesús, parece que la hubiera atropellado un coche! —añadió sacudiendo la cabeza—. Nunca entenderé cómo un hombre puede llegar a ser tan cruel con una mujer.

—Tampoco yo —dijo Cash—. Hay que tenerla vigilada todo el tiempo. Si Stanton o su primo mandan a un asesino a sueldo para matarla, no podemos arriesgarnos a que nos pille desprevenidos. He escondido tu revólver en el armario del baño... en la parte de arriba, debajo de unas toallas. Está cargado.

—Gracias. Si tengo que usarlo no fallaré —le dijo Sandie.

Cash sonrió.

—Lo sé. Te agradezco que hayas venido. No hay nadie en quien confíe tanto como en ti.

—¿Vas a reincorporarte al trabajo esta noche?

—Bueno, había pensado...

Justo en ese momento sonó el teléfono. Cash se apresuró a contestarlo, antes de que despertara a Tippy.

—Aquí Grier —respondió.

—Jefe, debería venir a la comisaría ...y rápido —dijo uno de sus agentes, con voz vacilante—. Tenemos problemas.

—¿De qué tipo?

—Dos de nuestro patrulleros acaban de arrestar a un hombre supuestamente por ir conduciendo borracho. Lo trajeron esposado, le hicieron un control de alcoholemia... y dio positivo, así que empezaron a redactar una citación judicial, y el detenido se ha puesto furioso y está amenazándolos con hacer que los despidan.

—¿De quién se trata?

Hubo un silencio al otro lado de la línea.

—El senador Merrill.

Cash inspiró profundamente. Aquella era la peor pesadilla de cualquier policía. La mayoría de los políticos hacían que cualquier agente que se atreviese a arrestarlos fuese cesado, y si no lo conseguían, le hacían la vida imposible hasta que dimitía por propia voluntad. Había vivido esa situación en una docena de ciudades en sus años de servicio en el cuerpo de policía.

—El alcalde en funciones ha llamado y me ha dicho que despida en el acto a los agentes que lo arrestaron —añadió el comandante de guardia.

—No despidas a nadie, y si Brady insiste, dile que son órdenes mías y que tendrá que hablar conmigo antes de hacer que nadie pierda su trabajo —respondió Cash—. Estaré ahí en diez minutos.

—Jefe, creo que debe saber que la hija del senador también viene de camino —dijo el comandante de guardia—. Y ya sabe que Jordan Powell y ella son como uña y carne.

Powell era un ranchero rico... muy rico y con muy mal genio. Cash se preguntó si enfrentarse a un asesino a sueldo no sería más fácil que adentrarse en aquel mar de lava que el comandante de guardia le estaba pintando.

—Voy para allá —respondió—. No perdáis la calma.

Sandie sacudió la cabeza cuando Cash colgó el teléfono.

—No hace falta que me digas qué ha pasado. A uno de nuestros compañeros lo echaron por parar el coche de un legislador estatal. No pudimos hacer nada.

—Pues a mis hombres no van a despedirlos —masculló Cash.

Se puso el uniforme, sacó el revólver de un cajón de su escritorio, y lo metió en su funda.

Tippy, que lo había estado oyendo hablar por teléfono, con Sandie, y moviéndose arriba y abajo, salió curiosa de su habitación e iba por el pasillo cuando se topó con él, vestido de uniforme. Ya lo había visto así vestido cuando habían estado rodando en Jacobsville, pero no por eso le resultó menos chocante. ¡Hacía tanto tiempo de aquello...!

—Estás muy guapo —le dijo—. ¿Vas a trabajar a estas horas?

Cash la miró.

—Vuelve a la cama; necesitas descansar —le ordenó—. Ha habido un problema en el centro. Volveré en cuanto pueda.

Tippy estuvo a un tris de decirle «ten cuidado». De pronto se encontró imaginándose cómo sería si estuviesen casados, y ella lo despidiese cada día cuando se fuera a trabajar, sabiendo que quizá no volviese a casa.

Ese temor se reflejó en su rostro, y Cash, que lo advirtió, pareció incomodarse. Revisó su arma y volvió a enfundarla antes de dirigirse hacia Tippy y agarrarla suavemente por los hombros.

—Esto es a lo que me dedico —le susurró—. Nunca he conocido un modo de vida que no implique algún tipo de riesgo. De hecho, no creo que pudiera llevar otro tipo de vida.

Tippy tuvo la sensación de que estaba diciéndole que no podía convertirse en la clase de hombre que ella necesitaba.

—Sé que eres bueno en lo que haces —murmuró, esbozando una sonrisa—. Judd me lo dijo en una ocasión.

Cash tomó el rostro de la joven entre sus grandes manos.

—Siempre tengo cuidado, y los únicos riesgos que corro son riesgos calculados. Y no soy un suicida, te lo aseguro. En este trabajo el descuido es lo único que puede matarte.

Tippy inspiró profundamente, y le puso derecha la corbata. Sonrió, pensando en que aquel gesto era un gesto típico entre mujeres y maridos.

—No dejes que te maten —le dijo.

El corazón le dio un vuelco a Cash. Agachó la cabeza y la besó muy suavemente en los labios. Tippy no llevaba maquillaje alguno para disimular los cardenales, pero aun así estaba hermosa. Cash inspiró, y el difuso olor a rosas del perfume de Tippy invadió sus fosas nasales.

Tippy, cuyas manos se habían quedado en el frontal de la camisa de Cash, levantó sonriente su rostro hacia el de él, y cerró los ojos. Le encantaba dejar que fuese él quien la besara.

El beso que recibió fue tierno, lento y distinto de los que habían compartido anteriormente. No fue apasionado, sino suave... y lleno de promesas.

—Vuelve a la cama —le dijo Cash cuando levantó la cabeza. En sus ojos negros había una mirada turbulenta—. Puede que tarde en regresar.

—De acuerdo.

Cash enarcó una ceja.

—Hmm... Qué dóciles nos hemos vuelto... —murmuró Cash, observando la sonrisa inocente de Tippy—. Seguro que cuando salga por la puerta te pondrás a limpiar la cocina o a intentar reorganizar los cajones.

—Me temo que no. Todavía me duele demasiado al moverme —respondió ella, sonriendo con coquetería—. Esperaré al menos a la semana que viene.

Cash se rió suavemente.

—No te acomodes demasiado —murmuró—. Soy feliz siendo un solterón.

—No existen los solterones felices —replicó ella divertida.

Cash le lanzó una mirada furibunda, pero la sonrisa no desapareció del rostro de Tippy.

—¿Qué es lo que ha pasado? ¿Ha habido un robo en un banco o algo así? —inquirió.

—No, quieren cesar a dos de mis agentes por arrestar a un político que iba conduciendo borracho —contestó Cash.

Tippy lo miró con los ojos muy abiertos.

—¿Y quieren cesarlos? ¿Por qué?

—Porque el tipo al que han arrestado es un político rico.

—¿Y qué? La ley es la ley —replicó ella categórica.

—¡Amor mío! —exclamó Cash, plantando un beso en sus labios. Cuando se apartó de ella, se rió al ver la expresión anonadada de Tippy—. No te hagas ilusiones, ha sido sólo un accidente.

Tippy ladeó la cabeza y lo miró curiosa.

—Bueno, es que me gusta que te pongas de mi parte —añadió Cash encogiéndose de hombros.

Tippy sonrió maliciosa.

—Sé dónde podemos comprar un anillo de compromiso —le dijo para provocarlo.

—Y yo —contestó él, frunciendo los labios—, pero no vamos a comprar ninguno.

Tippy vio que la señora Jewell estaba en la cocina.

—Señora Jewell, está jugando con mis sentimientos y se niega a casarse conmigo.

La mujer la miró boquiabierta.

—No, no voy a casarme contigo —dijo Cash con una sonrisa—, pero no estoy jugando con tus sentimientos. Sólo te he besado porque piensas igual que yo.

—No es verdad. Me has besado porque no puedes contenerte —replicó ella, adoptando una pose de vampiresa, a pesar del dolor que sintió en las costillas al hacerlo—. Soy sencillamente irresistible.

—Si te buscas un grupo y te compras una guitarra puedes cantar esa canción —apuntó Cash.

Tippy sabía a qué canción se refería, *Simply irresistible*, una canción de un maravilloso compositor que ya había fallecido.

—Pues es una canción genial.

—Sí que lo es —respondió Cash, guiñándole un ojo—. Anda, vete a la cama.

Tippy movió las cejas de un modo insinuante.

—¿Y quieres parar con eso? —le exigió Cash—. La señora Jewell va a protegerme de ti, así que cuidado con lo que haces.

—¿De verdad va a hacer eso? —le preguntó Tippy a Sandie—. ¿Por qué?, ¿es que no le caigo bien?

La señora Jewell prorrumpió en carcajadas, y Cash aprovechó que Tippy estaba distraída para correr hacia la puerta.

—Lo conozco desde hace casi un año —le dijo la mujer a Tippy, mientras escuchaban cómo arrancaba la camioneta y se alejaba en ella—, y nunca lo había visto reírse tanto como en los últimos diez minutos. Me parece que está coladito por usted.

—No lo creo. Estoy herida y siente lástima por mí —replicó Tippy, como si no le importase—, pero parece que ahora gruñe menos que antes cuando lo pico.

La señora Jewell, a quien no se le escapaba nada, le preguntó:

—Lo quiere usted mucho, ¿no es cierto?

Tippy vaciló, pero luego sonrió y suspiró.

—Sí, pero es un amor destinado al fracaso. Cash no es de los que se casan, y para él soy un riesgo que puede poner en peligro su independencia.

—Pero en la realidad usted no es como aparece en la pantalla —apuntó la mujer.

—Es usted muy perspicaz —dijo Tippy sorprendida—. La mayoría de la gente no es capaz de distinguir.

—Bueno, tengo mucha práctica en tomarle la medida a la gente —contestó la señora Jewell—. Y ahora vuelva a la cama, señorita. Necesita descansar para ponerse bien.

Tippy se tocó la cara. Todavía se notaba los cortes inflamados.

—Debo tener un aspecto terrible —murmuró.

—Tiene el aspecto de alguien a quien han hecho daño, querida —fue la amable respuesta de la mujer—. Esos cortes se curarán, y también las costillas... y los cardenales desaparecerán, pero debe descansar y tomar mucho líquido para que no se le congestione el pulmón más de lo que ya lo está. El viaje en avión no le habrá sentado muy bien.

—No, es verdad —asintió Tippy—, pero si hubiéramos tenido que recorrer esa distancia en coche habría sido aún peor. En fin, tengo la medicación, y le prometo que voy a tomarla. Quiero acabar la película que estaba haciendo; si no, no cobraré.

Se dio cuenta de cómo estaba mirándola la mujer, y recordó enfadada lo que se había escrito en los periódicos sobre el accidente que había tenido.

—Un ayudante del director me juró que aquel salto no

era peligroso y se negó a contratar a una doble –le explicó–. Yo tenía un mal presentimiento, pero no quería perder mi trabajo por estar paranoica con la idea de poner en riesgo mi embarazo. En ese momento no tenía muchos ingresos, y tenía que pagar el alquiler del piso, y las mensualidades del colegio de mi hermano pequeño. Había hecho otras escenas de acción y no me había pasado nada, así que fui tan tonta que me fié de aquel tipo y me arriesgué cuando no tenía por qué haberlo hecho. No calculé bien el salto y caí... y perdí a mi bebé –añadió, con la voz quebrada por el dolor.

La señora Jewell contrajo el rostro.

–Yo perdí a dos –le dijo quedamente–; sé lo que se siente.

Las dos mujeres cruzaron una mirada que no necesitaba de palabras.

–Vuelva a la cama –le insistió la señora Jewell–. Le llevaré un vaso de leche y así quizá se consiga dormir.

–No creo que pueda dormirme hasta que Cash vuelva a casa –dijo Tippy preocupada.

La otra mujer se rió suavemente, empujando a Tippy hacia la habitación.

–Por ese hombre nunca hace falta preocuparse. Sabe cuidar muy bien de sí mismo. Pronto lo comprobará usted.

La comisaría de Jacobsville, que normalmente era un lugar tranquilo durante el turno de noche, con un personal mínimo, era un hervidero de actividad. Tres patrulleros estaban de pie en torno a la mesa en la que trabajaba la secretaria del turno de noche que llevaba el registro. Un hombre mayor, que se tambaleaba ligeramente, estaba amenazando con tomar acciones inmediatas contra dos de los patrulleros, un hombre y una mujer, que parecían preocupados y no decían una palabra. Mientras, una atractiva joven con un traje carísimo le estaba diciendo a todo el mundo lo que ocurriría si no retiraban inmediatamente los cargos contra su padre.

Cash entró en ese momento, con paso amenazante.

—Está bien, ¿qué pasa aquí? —preguntó con brusquedad.

Todo el mundo empezó a hablar al mismo tiempo.

Cash levantó una mano para pedir silencio.

—¿Quién hizo la detención? —preguntó.

El teniente Carlos García, un agente con experiencia que estaba a cargo de la unidad patrulla, y la agente Dana Hall, una novata, dieron un paso adelante. Cash los conocía bien. La esposa de García, era la responsable de salud pública del condado, querida por todos los ciudadanos, y el difunto padre de Dana había sido uno de los jueces más respetados del tribunal superior de su distrito judicial.

—Hall iba en el coche conmigo —comenzó a explicar García—. Vimos un coche que iba haciendo eses, primero fuera de su carril, invadiendo el contrario, y luego hacia el arcén. Lo seguimos durante un kilómetro y medio para asegurarnos de que la denuncia sería válida... ¡y casi chocó frontalmente con otro coche! Entonces fue cuando le di las luces, puse en marcha la sirena, e hice que parara.

—Continúa —lo instó Cash.

—Hall y yo nos acercamos al coche cada uno por un lado, por si el sospechoso iba armado. Le pedí que me enseñara el permiso de conducir, pero inmediatamente salió del vehículo y empezó a amenazarme. El aliento le olía a alcohol, así que comprobé sus reflejos haciéndole tocarse la nariz con los ojos cerrados, y luego le pedí que caminara en línea recta. No pudo hacer ninguna de las dos cosas.

—¿Y qué ocurrió después? —inquirió Cash.

—Le dije que íbamos a traerlo aquí a comisaría para someterlo a un control de alcoholemia, y entonces empezó a insultarme, y se resistió al arresto. Yo lo reduje mientras Hall le ponía las esposas, lo trajimos aquí, y le hicimos la prueba.

Según el resultado, el nivel de alcohol en sangre es de 0,15... por encima del nivel permitido de consumo, así que le di una citación, lo encerré, y a petición de él le dije a nuestra secretaria, la señorita Phibbs, que telefoneara a su hija para que viniera a depositar una fianza y así dejarlo libre hasta que fuera la vista.

—¡No pueden arrestar a mi padre por conducir ebrio a un mes de las primarias! —protestó la bonita hija rubia del senador—. Quiero que cese a estos agentes, señor Grier. ¡Mi padre no está borracho!

—¡Por supuesto que lo estoy... que no lo estoy! —farfulló el senador—. ¡Están todos despedidos! —añadió tambaleándose.

—Ya que su hija ha depositado la fianza, puede usted irse a casa bajo su custodia —le dijo Cash al senador educadamente—, pero se personará en el juzgado de la ciudad para defenderse del cargo del que se le acusa, y el juez estimará si debe retirársele temporalmente el permiso de conducir.

—Nuestro abogado se hará cargo de eso en cuanto me ponga en contacto con él, ¡se lo puedo asegurar! —le espetó la hija del senador con altivez.

—¡No pueden quitarme el permiso de conducir; soy senador! —se quejó el señor Merrill sumamente irritado.

—Será el juez quien decida eso.

—¡Esto le costará el puesto! —rugió el senador.

Antes de que la cosa pudiera llegar a mayores, el alcalde en funciones, Ben Brady, entró en la comisaría vestido con una camiseta y unos pantalones que parecía que se hubiera puesto a toda prisa.

—¿Qué está pasando aquí? —exigió saber.

García explicó de nuevo lo ocurrido.

—Por amor de Dios —masculló Brady—. Mi tío nunca conduce bebido. Ya están retirando los cargos y rompiendo esa citación. Lo dejaremos en que ha sido un error y nos olvidaremos de este asunto.

—No ha sido ningún error —replicó Cash con firmeza. Se acercó a Brady, a quien superaba varios centímetros en altura, y lo miró amenazante—. Mis agentes han hecho un arresto legítimo, y tienen el resultado de la prueba de alcoholemia para respaldarlo. El nivel de alcohol en sangre del senador está por encima del permitido, y por eso se le ha dado una citación judicial. La ley es la misma para todos.

Brady se puso rojo de ira.

—¡Ya veremos qué piensa el abogado municipal de todo esto!

—Por su bien más le vale que sea lo mismo que yo: que el deber de estos agentes es velar por el cumplimiento de la justicia —contestó Cash—. Y antes de que cuestione lo que acabo de decir —añadió al ver que Brady iba a replicar—, permita que le recuerde que el fiscal general del estado es Simon Hart.

—¡Lo cual no le servirá de nada! —replicó Brady, hecho una furia.

—Los Hart son primos segundos míos —le contestó Cash muy calmado, y de pronto todo el mundo se quedó en silencio. Nunca se lo había dicho a nadie.

Brady se volvió hacia su tío, el senador,

—Tío, estoy seguro de que esto no es más que un error. Haz lo que te dicen; el mes que viene les abriré un expediente disciplinario a los agentes que te han arrestado, y llegaremos al fondo de esta cuestión. Supongo que no tendrá usted nada que objetar —le dijo a Cash.

Cash se limitó a sonreír.

—¿Por qué habría de objetar? Mis agentes no han hecho nada malo —respondió—. Y no serán suspendidos, con o sin paga, en tanto no los haya acusado formalmente por mala conducta profesional y tengan la oportunidad de defenderse —añadió, y la sonrisa se borró de sus labios.

Brady parecía querer ir en ese mismo momento al juzgado a interponer la demanda, pero Cash lo intimidaba.

—Muy bien —farfulló—. Sus agentes recibirán una citación para el juzgado.

—Y yo de usted iría buscándome otro trabajo —le dijo Julie Merrill a Cash con verdadero odio.

—Me gusta el que tengo, señorita Merrill —replicó Cash sin perder las maneras—, y no tengo intención de dejarlo.

—¡Veremos si lo conserva! —se burló ella.

Cash le sonrió, y la joven dio un paso atrás para ir con su padre y el alcalde en funciones sin decir otra palabra.

Minutos después los tres se habían marchado y en comisaría sólo quedaban la secretaria, que tenía una sonrisa divertida en los labios, Cash, y los dos agentes.

—¿Qué? —le preguntó Cash a los patrulleros al ver la expresión en sus rostros.

García se frotó la nuca incómodo.

—Creíamos que querría que dimitiéramos.

—Sí, señor —dijo la agente Hall.

—¡Como si con sólo chasquear los dedos pudiera encontrar otros dos buenos patrulleros en una ciudad de menos de dos mil almas! —exclamó Cash.

—Pero podemos acabar metidos todos en un buen lío —dijo García—. Yo he visto casos similares. El viejo sargento Manley arrestó a un concejal por conducir borracho hace años, y lo cesaron. Sólo le faltaba un año para jubilarse, pero el jefe Blake no dijo una palabra.

Cash lo miró a los ojos con mucha serenidad.

—Yo no soy Chet Blake.

El sargento García esbozó una sonrisa.

—Lo sé, señor. Nos... em... ya nos habíamos dado cuenta.

—Le agradecemos que se haya puesto de nuestra parte, jefe —le dijo la agente Hall—, pero si tenemos que dimitir, lo haremos.

—Pues yo no pienso dimitir —le respondió Cash al instante—, ni va a dimitir nadie de esta jefatura por hacer su trabajo.

—No nos lo pondrán fácil —insistió García—. Y nosotros no contamos con un asesor jurídico. Somos una jefatura tan pequeña que ni eso tenemos.

—Podríamos pedir al señor Kemp que nos represente —propuso Hall.

—Yo me ocuparé de eso —los tranquilizó Cash—. Y no debéis preocuparos; hay un montón de gente ahí fuera que está harta de que los políticos se salten las leyes. Eso se va a acabar, y aquí no va a dimitir nadie, ¿entendido?

Los dos agentes sonrieron. No estaban muy convencidos de que las cosas fueran a salir como Cash decía, pero al menos se sentían más esperanzados.

Cash se fue a casa cansado pero satisfecho y, para su sorpresa, cuando llegó, se encontró con que Tippy todavía estaba levantada, y que se había sentado en el salón a esperarlo.

—¡Le dije a Sandie que se asegurara de que te acostabas! —refunfuñó.

—No la culpes a ella —le dijo Tippy. Estaba en camisón, pero se había puesto encima una bata de cuadros que le llegaba a los tobillos—. Se estaba cayendo de sueño, y cuando se quedó dormida volví a levantarme. No tenía ganas de estar en la cama, eso es todo —mintió.

En realidad la tenía preocupada que hubiera podido pasarle algo, y se había quedado levantada porque sabía que sería incapaz de conciliar el sueño hasta que regresase.

Cash estaba experimentando en ese momento una de las sensaciones más extrañas que había experimentado jamás. No podía recordar que su esposa, la esposa que había creído que lo había amado, se hubiese quedado levantada ni una sola vez para asegurarse de que volviera a casa. Había sido igual que si no estuviese casado.

Y en cambio, en ese momento, frente a él había una mujer

maravillosa de cabello rubio rojizo e hipnotizadores ojos verdes, a la que todos los hombres idolatraban, y estaba sentada en su sofá, esperándolo, porque había estado preocupada por él.

Cash no dijo nada. Se quitó el cinturón de la pistola, lo dejó sobre la mesita, y se volvió hacia Tippy, mirándola curioso, con el ceño ligeramente fruncido.

—Estás enfadado —asumió ella.

Cash apartó la vista.

—No sé cómo me siento.

—Podrías echarte en el sofá y hablarme de tu infancia —le sugirió Tippy, con una sonrisilla maliciosa.

Cash enarcó una ceja y la miró largamente.

—Si me tumbo en el sofá, será contigo debajo.

Las mejillas de la joven se ruborizaron ligeramente.

—Tengo una lesión en las costillas —le recordó.

—Oh, pero se curará —contestó él—, y entonces tendrás que andarte con ojo.

—¿Para qué? Total, ya has dicho que no quieres casarte conmigo... —replicó ella, con una amplia sonrisa—. Y yo nunca haría el amor en un sofá con un soltero declarado.

—Aguafiestas.

Cash se dejó caer con un pesado suspiro en el sillón orejero que había junto al sofá, se quitó la corbata, y se desabrochó los primeros botones de su camisa azul dejando entrever a Tippy la camiseta blanca que llevaba debajo.

—¿Quieres hablar? —le preguntó Tippy, sin querer agobiarlo.

Cash frunció el ceño.

—Nunca había tenido a nadie con quien poder hablar —le confesó Cash—. Ni siquiera durante el tiempo que estuve casado; mi esposa detestaba mi trabajo.

Tippy escrutó sus ojos castaños.

—Algo te tiene preocupado.

—¿Quieres dejar de leer en mi mente? —le dijo Cash irritado, arrojando la corbata sobre la mesita, junto al cinturón.

—No lo hago a propósito —intentó explicarle Tippy—. Y, si quieres saber la verdad, lo cierto es que para mí esto es más una maldición que una bendición. Lo único que soy capaz de ver son cosas negativas, como peligro, e inquietud.

Cash se recostó en el sillón y cruzó una pierna sobre la otra.

—¿Así que, cuando a Rory está ocurriéndole algo malo, puedes intuirlo?

Tippy asintió con la cabeza.

—Desde que era muy pequeño. Y con mi abuela me pasaba igual. Antes de que ocurriera supe cuándo iba a morir y cómo —dijo estremeciéndose, y rodeándose el delgado cuerpo con los brazos—. Lo vi en un sueño que tuve.

—La gente debe inquietarse cuando les cuentas esas cosas —apuntó Cash.

Tippy lo miró muy serena.

—Nunca se lo he contado a nadie. Ni siquiera a Rory.

—¿Por qué?

—Porque no quiero asustarlo; estoy bastante segura de que él no tiene el don. Mi madre desde luego no lo tiene —añadió—. ¿Qué pasará ahora con ella?

—Si se demostrara que estaba implicada en el secuestro irá a la cárcel. El secuestro está considerado un delito federal.

Tippy se quedó callada durante un buen rato.

—Tal vez si la mandan a prisión se curará de su adicción a la bebida y a las drogas.

Cash esbozó una sonrisa burlona.

—¿Acaso crees que los prisioneros de las cárceles no pueden conseguir drogas y alcohol?

—¿Quieres decir que sí pueden? —inquirió ella con incredulidad.

Cash se recostó en el sillón y cerró los ojos cansado.

—Cariño, en prisión puedes conseguir cualquier cosa. Dentro existe toda una estructura social con su propia jerarquía. Y todo el mundo se deja sobornar si se le da un buen motivo.

—No te tenía por un cínico —murmuró Tippy azorada.

Todavía se notaba un cosquilleo por dentro por aquel término afectuoso que Cash había empleado seguramente sin darse cuenta siquiera. El pensamiento de que estaban a solas, y que estaban hablando como si fuesen marido y mujer la hizo sentirse acalorada.

—Sé cómo funciona el mundo —contestó él cansado—, y la mayoría de las veces es un sitio peligroso y triste donde se reciben muy pocas compensaciones por todas las dificultades que hay que pasar.

—Yo creo que la familia es una compensación muy importante —comentó Tippy.

Cash abrió los ojos y la miró con frialdad.

—La familia puede ser más peligrosa que el mundo que hay ahí fuera.

Tippy sabía por propia experiencia que tenía razón, y Cash lo vio reflejado en la expresión triste de sus ojos. Contrajo el rostro irritado consigo mismo. No había sido su intención atacarla de aquel modo; lo que pasaba era que lo hacía sentirse raro que supiese que estaba enfadado. Nunca hablaba de su trabajo con nadie fuera de su ámbito laboral. Además, Tippy ya sabía demasiado él, y no se fiaba de ella. No se fiaba de nadie.

Con sólo mirarlo, Tippy supo que Cash lucharía con uñas y dientes por mantenerla a distancia, tanto física como emocionalmente. Tenía miedo de que lo hiriera.

—Incluso en este momento sabes lo que estoy pensando, ¿no es cierto? —gruñó Cash.

Tippy parpadeó y apartó la vista.

—Creo que ha ocurrido algo relacionado con el trabajo que te ha enfadado, y que te lo estás guardando dentro porque sientes que no hay nadie con quien puedas hablar. No se trata de algo que te haya pasado a ti –añadió–; es algo... que tiene que ver con alguien a quien aprecias.

El ruido que hicieron las suelas de los zapatos de Cash al golpear el parqué cuando se puso de pie sonó como una pequeña explosión. La miró ceñudo, y salió airado del salón.

Tippy suspiró. No quería irritarlo más, pero tampoco era bueno para él que reprimiese sus emociones de ese modo. Aunque estuviera en forma y gozara de buena salud, el estrés podía acabar afectándole. ¡Si intentara por una vez hablar de sus problemas...! Tippy se sonrió al recordar lo que le había contado sobre su padre y su madre, y el trastorno que había supuesto para él. Primero su madrastra y más tarde su esposa lo habían traicionado del modo más cruel. No era de extrañar que fuese capaz de confiar antes en cualquier hombre que en ninguna mujer.

Tippy se levantó despacio. Había sido una tonta al hacerse ilusiones. Estaba muy claro que nada iba a cambiar mientras estuviese allí; Cash seguiría manteniendo la distancia entre ellos. En realidad no era que la pillase por sorpresa, pero no por ello le resultaba menos doloroso. Si no confiaba en ella, no había esperanzas de que pudiese llegar jamás a albergar sentimiento alguno más allá de una amistad superficial.

Con paso lento se dirigió por el pasillo de regreso a su dormitorio, y cerró la puerta suavemente tras de sí. Se quitó la bata, se metió en la cama, y se puso a leer uno de los libros que se había llevado porque seguía sin tener sueño.

Habrían pasado tan sólo cinco minutos cuando llamaron a la puerta y entró Cash con una bandeja. En ella llevaba una taza de chocolate caliente y unas galletas de jengibre.

—No te hagas ilusiones –farfulló Cash mientras cerraba la puerta y se dirigía hacia la mesilla de noche para depositar la bandeja–; esto no implica que me rinda, ni que vaya a hablarte del trabajo.

—De acuerdo —contestó Tippy—. En ese caso gracias por el tentempié.

Cash se quedó allí de pie, mirándola con aparente indiferencia, pero cuando sus ojos se posaron en los blancos hombros de la joven, cubiertos sólo por los tirantes del camisón, y en la turgencia de los firmes y erguidos senos, acudió a su mente el recuerdo de lo que había sentido al besar esas cumbres, haciéndola gemir de placer.

A Tippy no le pasó desapercibido el fuego que se había encendido de pronto en su mirada, pero fingió no haberlo advertido. Tomó un sorbo de chocolate.

—Está bueno —comentó.

—Es de esos instantáneos de sobre, a los que sólo tienes que añadirles leche hirviendo —explicó Cash—. No sé hacer chocolate casero.

Se había quitado la camisa, quedándose sólo con la camiseta y el pantalón, y parecía cansado.

Tippy probó una de las galletas de jengibre. Estaban deliciosas.

—Las envió la señora García junto con las rosquillas y los dos botes de mermelada —le dijo Cash.

—Están muy ricas.

Cash inspiró profundamente.

—Dos agentes de mi jefatura arrestaron hace un par de horas a un político por conducir borracho. Quiere que los cesen, y el alcalde en funciones, su sobrino, está presionándome para que lo haga. Y también quiere que me cesen a mí.

Tippy se tragó el resto de galleta sin masticarla. Un cosquilleo la recorrió de arriba abajo. ¡Cash había decidido hablarle de su trabajo! Aquello era todo un hito, y tuvo que hacer un esfuerzo por contener las lágrimas.

—Pero tú no le dejarás que se salga con la suya —le dijo Tippy, tratando de ocultar su satisfacción.

Cash no pudo menos de sentirse halagado por esa fe ciega que parecía tener en él.

—Ya lo creo que no —asintió—. ¿Sabes?, he acabado haciéndome a esta pequeña ciudad. Para mucha gente todavía soy un forastero, pero yo me siento de aquí.

—Te gusta este sitio —dijo Tippy.

Él esbozó una leve sonrisa.

—Sí, me gusta mucho.

Cash la observó mientras tomaba otra galleta.

—Te sienta bien ese color —le dijo—. Creía que las pelirrojas no se vestían de rosa.

Tippy sonrió.

—Normalmente no me pongo nada rosa. Este camisón es un regalo de Rory. Me lo compró por Navidad, junto con la bata.

—Ya decía yo.

—Lo echo de menos.

—Lo imagino —contestó Cash—, pero está mucho más seguro en la academia de lo que lo estaría si se hubiese quedado en Nueva York contigo. En cuanto acabe las clases lo traeremos aquí.

—Gracias —murmuró Tippy—. Rory te aprecia mucho.

—Es un chico estupendo.

—Para él eres un héroe —añadió ella, pestañeando con fingida admiración.

Cash se rió.

—Pronto se dará cuenta de que por lo general los héroes no son tan perfectos como uno cree.

—No el suyo —dijo Tippy sin mirarlo—. El de Rory es un héroe de verdad.

Cash se quedó callado un buen rato. Sabía que Tippy estaba diciéndolo como lo sentía, pero no quería que lo idealizase de ese modo. Estaba engañándose sólo porque su primera vez la había dejado impresionada, porque le había gustado cómo la había hecho sentirse.

Aquello no era algo nuevo para él. A su ex esposa también le había gustado en la cama, pero cuando le había contado todo lo que creía que debía saber sobre él, sobre su vida antes de conocerla, se había apartado repugnada de él. Con Tippy sería igual. El Cash por el que se sentía atraída era una ilusión, no un hombre de carne y hueso.

—Me voy a la cama —le dijo—. ¿Necesitas alguna cosa antes de que me marche?

Tippy alzó la vista hacia él. Cash estaba muy serio y con hacerle preguntas sólo conseguiría volver a irritarlo.

—No, pero gracias por el chocolate y las galletas —le dijo con una sonrisa.

—No hay de qué. Bueno, hasta mañana —vaciló un instante—. Si necesitaras algo durante la noche...

—Lo sé, el dormitorio de la señora Jewell está justo al final del pasillo, y aquí tengo un interfono —respondió Tippy, señalando el aparato sobre la mesilla de noche—. Me lo dijo antes de ir a acostarse.

Cash asintió con la cabeza, y vaciló de nuevo un momento, como si hubiese algo más que quisiera decir pero no supiese qué era. Se dirigió hacia la puerta, pero cuando tenía la mano sobre el pomo se detuvo de nuevo.

—Gracias por quedarte levantada para esperarme —farfulló sin volverse.

Y, antes de que Tippy pudiese recobrarse de la impresión y responder, salió y cerró tras de sí.

Al día siguiente se corrió la voz entre el personal del ayuntamiento, y de los cuerpos de policía y de bomberos de Jacobsville, de que Cash iba a defender a sus oficiales aunque le costase el puesto. De la noche a la mañana había pasado de ser un forastero intentando hacerse un sitio en la comunidad, a ser considerado parte de ella.

A Cash lo sorprendió la admiración que causó aquello en la gente, porque él consideraba que simplemente estaba cumpliendo con su deber. Los ciudadanos de Jacobsville, en cambio, habían apreciado su gesto en lo que valía, y cuando la gente se encontraba por la calle el principal, el tema de conversación era la fiera defensa que Cash había hecho de sus compañeros.

Y es que, como le diría Sandie a Tippy, fuera Cash o no consciente de ello, se había convertido en un héroe a los ojos de la ciudad entera. Ante esas palabras Tippy había sonreído, sintiéndose ya parte de aquella gran familia.

Tippy, que nunca había vivido en una casa de verdad, estaba fascinada con la de Cash. Hasta entonces sólo había conocido la ruinosa caravana de su madre, el ático de Cullen, el apartamento que había compartido con una compañera, y su piso de alquiler.

La casa de Cash tenía un largo porche en la parte delantera, uno un poco más pequeño en la trasera, amplias habitaciones, un cuarto de baño y una cocina enormes, y verdaderamente parecía que estuviera encantada.

Y tenía aún algo más que la atraía, donde pasaba horas y horas: el jardín de la parte de atrás, donde había flores por doquier, arbustos en flor, y altas pacanas. Cash tenía una hamaca allí, y a Tippy le encantaba tumbarse en ella y mecerse bajo la fresca brisa primaveral. Todavía le dolían las costillas, y le costaba subirse a la hamaca, pero una vez se había subido se recostaba y se encontraba en la gloria. Ya iba costándole menos respirar, gracias a la cantidad ingente de líquido que la señora Jewell le estaba haciendo beber, y los cardenales estaban difuminándose y adquiriendo un tono amarillo. Los mareos y los dolores de cabeza no habían desaparecido del todo, pero estaban mucho mejor, y aunque su rostro todavía parecía un mapa de carreteras los cortes le dolían menos y parecía, como le había dicho el médico, que se iban a curar perfectamente.

Sin embargo, a pesar de esa mejoría, la señora Jewell había estado prácticamente encima de ella durante los últimos días, y Cash le lanzaba miradas preocupadas cuando estaba en casa. Tippy intuía que algo iba mal, pero no había conseguido que ninguno de los dos le dijera de qué se trataba.

Se estiró en la hamaca con un enorme bostezo y cerró los ojos, deleitándose en la agradable sensación del calor del sol en su rostro. Llevaba puesto un vestido de tirantes verde estampado que le llegaba a los tobillos, sus pies estaban descalzos, y el cabello rubio rojizo le caía en torno al rostro en suaves ondas. No podía saberlo porque no se veía a sí misma, pero formaba un hermoso cuadro con el verde césped y los mezquites de fondo.

Aunque la señora Jewell había salido a comprar y Cash estaba trabajando, Tippy no pensaba que pudiese pasarle nada estando en el jardín, y menos a plena luz del día, pero cuando de pronto sintió un cosquilleo en el cuello, se puso tensa, y abrió los ojos para encontrarse con Cash inclinado sobre la hamaca con el ceño fruncido.

—¡Oh! —exclamó dando un respingo. El brusco movimiento casi hizo que se volcase la hamaca—. ¡Cash, me has asustado! —dijo con voz entrecortada.

—Te está bien empleado —respondió él—. Uno de los hombres que te secuestraron anda todavía suelto por ahí y tú eres la única persona que puede testificar contra él y sus secuaces. Mira, Tippy, yo no puedo estar aquí todo el tiempo, ni tampoco Sandie, y es arriesgado e irresponsable por tu parte tumbarte aquí completamente sola en el estado en el que estás. ¡Y ni siquiera vas armada!

Tippy, que no había dejado de mirarlo mientras hablaba, tragó saliva.

—No te preocupes, te aseguro que la próxima vez me

traeré un bate de béisbol –le dijo, con el corazón latiéndole como un loco y sin apenas aliento por el susto.

Cash se ablandó, aunque sólo un poco, y escrutando el rostro de la joven con sus ojos castaños murmuró fascinado:

–Estoy por creer esa historia que dice que la casa está encantada, porque pareces un hada ahí tendida.

–Un hada hecha cisco, será –comentó ella, riéndose para ocultar su azoramiento.

–Qué cisco ni cisco... Anda, hazte a un lado.

Sin comprender para qué quería que lo hiciera, Tippy obedeció. Para su sorpresa, Cash se subió a la hamaca con ella, colocó la funda del revólver de modo que no se enganchara en los agujeros del tejido de red de la hamaca, y se recostó con un bostezo poniendo las manos debajo de la cabeza.

–Qué gusto –murmuró cerrando los ojos–. Monté este trasto hace un mes, y no he tenido ni cinco minutos para probarlo. En fin, al menos parece que las cosas se han calmado un poco en el ayuntamiento.

–¿Sigue amenazando el senador con cesaros a todos? –quiso saber Tippy.

–Sí, ya lo creo que sí. Y el alcalde en funciones también –contestó Cash, sonriendo adormilado–, pero el abogado del senador Merrill no es de los que apoyan las acciones ilegales. Es un tipo honorable que cree en el estado de derecho. Desde que habló con el alcalde no ha habido mucha comunicación entre nosotros.

–Pero todavía queda la vista –le recordó Tippy.

–Sí, pero no cuentan con que tendremos un asesor jurídico al que nadie conoce excepto yo –le dijo Cash, mirándola con una sonrisa misteriosa–. Y además hay otro asunto en el que estoy trabajando, relacionado con el tráfico local de drogas.

Tippy frunció los labios.

–¿Quieres decir... que hay alguien de la ciudad implicado?

—No lograrás sonsacarme nada —le dijo Cash adormilado—; si hablas de una sorpresa antes de tenerla lista puedes acabar estropeándola.

—Está bien, entonces no me cuentes nada. Pero no permitirás que os cesen ni a esos agentes ni a ti, ¿verdad?

—Tenlo por seguro.

Tippy no lo dudó ni por un momento. Se recostó con un largo suspiro, y murmuró:

—Nunca había hecho esto... relajarme, quiero decir. Bueno, para empezar jamás había tenido una hamaca en la que tumbarme, pero tampoco me he sentido nunca lo suficientemente segura como para relajarme.

Cash le acarició el largo cabello con una mano.

—¿Tuviste amigos de niña?

—No muchos —contestó ella—. Había una niña en mi barrio con la que hice amistad, pero le tenía miedo a Sam, y sabía lo cruel que podía ser mi madre cuando bebía. La mayoría de las veces era yo quien iba a su casa... hasta que mi madre decidió que me estaba divirtiendo demasiado —explicó cerrando los ojos, ajena al interés con que Cash estaba escuchándola—. Me odia desde el día en que nací, ¿sabes? Siempre estaba diciéndome que yo no había sido más que un error, que se había quedado embarazada de mí porque había tenido relaciones sin tomar ningún tipo de precaución.

—Qué cosa tan bonita para decirle a una niña... —farfulló Cash indignado.

—A los ocho años ya había tenido que aprender a hacer las tareas de la casa y a cocinar porque raro era el día que no estaba borracha. Creo que nunca la vi sobria. Después Sam entraría en su vida y empezaría con las drogas duras. Yo lo odiaba —recordó en un murmullo—, pero al fin voy a tener la oportunidad de hacerle pagar por todo lo que me hizo.

Cash rodó hacia un lado para mirarla.

—Stanton le dijo a la policía que lo atacaste.

—Es verdad, lo hice —contestó ella—. Gracias a las clases de artes marciales que había recibido para la película fui capaz de asestarle unos cuantos golpes en puntos vulnerables antes de que me inmovilizara. No sabes lo bien que me sentí al pegarle. También me había llevado una navaja mariposa, pero no pude llegar a usarla.

Cash acarició con ternura su magullado rostro.

—Yo añadí un disparo de bala a esos golpes que le diste —dijo quedamente—, aunque cuando vi lo que te había hecho deseé que mi disparo hubiese sido más certero.

Tippy trazó el contorno de sus labios con las yemas de los dedos.

—Contigo me siento segura.

Cash enarcó las cejas.

—No lo decía en ese sentido —farfulló ella—. Me refiero a que no tengo miedo cuando estás a mi lado.

—Gracias por la aclaración —murmuró él.

Tippy se movió para ponerse más cómoda, y contrajo el rostro al sentir una punzada de dolor en las costillas.

—Se está hablando mucho de las elecciones al senado —comentó—. La señora Jewell cree que ese tal Ballenger las ganará.

—Como la mayoría de la gente aquí en Jacobsville —respondió Cash—. Dejando a un lado el que Merrill beba, hay muchas personas que opinan que no debería haberse presentado a una reelección. Y no por su edad, sino por su actitud —añadió—. Está desconectado de los electores, y espera que las familias de rancio abolengo, la gente de dinero que lo ha apoyado siempre, lo mantengan en el cargo. Pero muchas de esas familias han ido perdiendo gran parte de su fortuna y su poder, y está surgiendo una nueva estructura social de la que los Ballenger forman parte. Su nombre tiene peso.

—Entonces, ¿crees que Merrill perderá?

—Sí, estoy convencido —respondió Cash—. Y al alcalde en

funciones también se le presenta una difícil competición para las elecciones municipales de mayo. No creo que tenga posibilidad alguna de repetir. Eddie Cane va por delante de él en las encuestas. Es un hombre que cae bien a todo el mundo, y ya fue alcalde una vez, hace unos años; un buen tipo.

—Ni que decir tiene que te alegrarás si derrota a Brady —comentó Tippy.

—Ya lo creo —respondió él—. Brady y al menos uno de los concejales están metidos en un asunto bastante turbio... cosa que no debes mencionar a nadie —añadió en un tono firme.

—Mis labios están sellados —le aseguró Tippy—. ¿Tiene que ver con el tráfico de drogas?

—Sí. Ha estado aprovechando su cargo para proteger a ciertos asociados, pero en Jacobsville no lo ha conseguido.

—La señora Jewell me contó algo de eso —le confesó Tippy sonriendo—. Dice que has organizado una brigada antidroga intercorporativa para encontrar a los distribuidores.

—Así es; y ya hemos metido a unos cuantos traficantes entre rejas.

—Eso explica por qué no le caes bien al alcalde —dijo Tippy.

—Pero sí le caigo bien al jefe de policía del condado —replicó Cash, riéndose entre dientes—. Hayes Carson y yo tenemos nuestras diferencias, pero los dos estamos muy involucrados en la lucha contra la droga. Su hermano murió de una sobredosis, y es aún más obstinado que yo.

Tippy suspiró y alzó la vista hacia las frondosas ramas del árbol junto al que estaba colocada la hamaca. Cerró los ojos, dejándose acariciar por la suave brisa que le despeinaba el cabello.

—No recuerdo haber disfrutado tanto de un día como estoy disfrutando de éste —dijo de pronto—. ¿Te imaginas lo maravilloso que sería poder pasarse todo el día así, en una hamaca, a la sombra de un árbol, sin nada más importante que hacer que respirar? —murmuró. Cash se rió suavemente—. ¿Te he dicho ya que me encanta tu casa? Siempre he asociado la palabra «hogar» a una casa como ésta, una casa de verdad. La caravana de mi madre nunca fue para mí un hogar, y tampoco puede decirse que tuviéramos mucha vida familiar.

—Yo tampoco la tuve —dijo Cash—; y menos aún tras la muerte de mi madre.

—Ninguno de los dos hemos tenido mucha suerte en ese sentido, ¿eh? —murmuró Tippy—. Todos estos años he intentado darle a Rory el cariño que nuestra madre no nos dio; hacerlo feliz, aunque sólo podamos estar juntos durante las vacaciones.

—Te quiere mucho —dijo Cash.

—Yo también lo quiero muchísimo a él —respondió Tippy, desperezándose de nuevo—. Y creo que te lo debo haber dicho una docena de veces, pero para él tú eres el mejor. ¿Sabes que ahora dice que quiere ser policía?

—¿En serio? —inquirió Cash, entre sorprendido y halagado.

—Mmm-hmm —murmuró ella—. Por cierto, acaba las clases la semana después de las elecciones al senado.

—Se lo pasará muy bien aquí —dijo Cash—. Tenemos un centro de la juventud que organiza todo tipo de actividades recreativas.

—Si encuentra a alguien que lo lleve a pescar se pondrá como loco —murmuró Tippy adormilada—. Le encanta la pesca.

—Tiene gracia; a mí también me gusta.

—En la academia tiene a un compañero que comparte su afición, y van juntos a pescar los fines de semana —añadió Tippy—. Mmm... ¡qué bien se está en esta hamaca! Si tumbarse fuese un deporte, me pasaría todo el día practicándolo —le dijo, rodando ligeramente hacia un lado, y acurrucándose contra su pecho.

Cash dio un respingo, pero inmediatamente se relajó y giró el rostro para mirarla.

—No te acomodes demasiado —le dijo riéndose suavemente—; sólo puedo quedarme unos minutos. Tengo acumulado un montón de papeleo del tiempo que pasé en Nueva York, cuidándote.

Tippy pasó una de sus pequeñas manos por el frontal de la camisa de su uniforme, y cerró los ojos, arrimándose un poco más a él.

—Hueles muy bien.

Cash le acarició el cabello.

—Tú también, ángel —le susurró.

A Tippy le encantaba que le tocara el pelo. Acurrucada a la sombra allí con él, mientras escuchaba los latidos de su corazón y sentía sobre la cabeza su aliento cálido, tuvo la impresión de haber muerto y subido al cielo. Nunca se había sentido tan segura.

—He estado mirando anillos —le dijo adormilada.

—¿Ah, sí? —murmuró Cash.

Tippy bostezó.

—Pero no encontré ninguno que me pareciera que pudiera gustarte —añadió maliciosa.

—No te rindes fácilmente, ¿eh? —inquirió Cash.

—No, cuando se me mete algo en la cabeza es imposible sacármelo —le dijo Tippy—. Cash, Sandie dice que eres pariente de los Hart. ¿Es verdad?

—Somos primos segundos —contestó él.

—Y según tengo entendido tienen parentesco con el vicepresidente y también están emparentados indirectamente con vuestro gobernador.

—Así es.

—Nunca me hablas de tus parientes.

—No hay mucho que contar —dijo Cash—. Mi padre vive de la explotación de sus propiedades... sobre todo minas, y tiene millones. El mayor de mis hermanos trabaja para el FBI, el segundo tiene un rancho de ganado en el oeste de Texas, y el menor es guarda de caza y pesca –añadió, y giró la cabeza hacia Tippy–. ¿A qué vienen todas estas preguntas?

Tippy sonrió contra su pecho.

–Bueno, es que si te distraigo te quedarás más tiempo; estoy tan cómoda...

–Ojalá pudiera –murmuró Cash.

Tippy echó la cabeza hacia atrás para poder ver su rostro. Estaba sonriendo, y había un leve brillo en sus ojos negros.

–Eres tan preciosa, tan suave, y hueles tan bien... Me echaría encima de ti en este mismo momento y te besaría hasta dejarte los labios hinchados.

Tippy emitió un gemido ahogado, y lo miró llena de deseo.

–Pero sería peligroso –le susurró Cash, con los ojos fijos en sus labios–. Estamos a la vista de todo el mundo. ¿Qué pasaría si siguiera mis instintos?

–¿Qué pasaría? –repitió ella, bajando también la vista a sus labios.

–Pues que empezarían a salir reporteros de hasta debajo de las piedras, que dos de mis patrulleros pararían frente a la casa aduciendo que se trata de un asunto oficial, y la gente que pase en coche bajaría las ventanillas y apuntarían los objetivos de sus cámaras de vídeo hacia nosotros.

–Me tomas el pelo... –lo acusó Tippy.

–En absoluto. Por lo que me han contado, cuando Micah Steele estaba cortejando a su Callie, estaban un día besándose a la entrada de la casa de ella, a eso de la medianoche... y se encontraron de pronto con que la anciana vecina de al lado estaba supuestamente podando sus rosales, con dos parejas que estaban paseando y casualmente pasaban por allí en ese momento, y con otro vecino que estaba espiándolos desde su ventana. Y Micah ni siquiera era jefe de policía como lo soy yo...

—Oh, ya veo... —murmuró Tippy—. Eres tan importante dentro de la comunidad que todo el mundo está pendiente de lo que haces en cada instante.

Cash sacudió la cabeza.

—Tú eres una famosa modelo y actriz; tú eres la estrella, quien estás en el punto de mira, no yo —añadió, aparentemente contento por ello.

—Sí, ya, menuda estrella... —farfulló ella, tocándose la cara con cuidado—. Debo parecer Frankenstein...

Cash tomó su mano y se la llevó a los labios para besarle los nudillos.

—Esas heridas te honran —le susurró—. Y no serías fea ni aunque tomases cada mañana dos píldoras «afeadoras».

Tippy sonrió.

—Gracias.

Los ojos de Cash escrutaron con avidez los de la joven. Tippy estaba tan cerca de él que podía oler el jabón en su piel. El cabello le enmarcaba el rostro como un penacho rojizo, y era obvio que estaba tan excitada como él.

Ella había visto reflejada también en sus ojos la llama del deseo que estaba encendiéndose en su interior, y se estiró como un gato, mirándolo de un modo sensual.

—Tippy, no... —le rogó él con voz ronca.

Las caderas de la joven se movieron contra su voluntad.

—No puedo evitarlo —le dijo, notándose cada vez más excitada—. Te deseo tanto...

Cash se estremeció.

A Tippy no le pasó desapercibida esa muestra de debilidad, y se arrimó más a él, queriendo explotarla, aunque de un modo un tanto torpe, porque no resultaba fácil moverse en la hamaca. Extendió una mano hacia su mejilla, y empezó a dibujar arabescos en ella con los dedos.

—Si quisieras, podrías besarme... —le dijo.

—Y en un par de minutos nos convertiríamos en una atracción turística.

—Excusas, excusas... —farfulló Tippy, rodeándole el cuello con las manos, y atrayendo su boca hacia sus labios entreabiertos y dispuestos.
—Tippy... —protestó Cash.
Sin embargo, no fue una protesta demasiado enérgica, y Tippy sólo sonrió antes de atraerlo más hacia sí.
Finalmente Cash dejó de resistirse, y apretándose contra ella se entregó al beso de un modo afanoso y apasionado.
Tippy estaba besándolo con el mismo ardor, pero al cabo de unos segundos sintió dolor en las costillas... y también algo que estaba clavándosele en el vientre, y emitió un gemido de protesta.
Cash levantó la cabeza.
—¿Qué? —inquirió aturdido.
—Tu pistola —susurró Tippy.
Cash bajó la vista. La funda del revólver estaba apretada contra el vientre de la joven. Se apartó de ella sin poder evitar reírse.
—Ya te dije que las hamacas no estaban hechas para esto... —murmuró—. Y seguro que también estabas notando dolor en las costillas, ¿verdad? —le preguntó, poniéndose serio.
Tippy suspiró anhelante.
—Ojalá estuviera bien...
—También a mí me gustaría que estuvieras bien —contestó Cash, bajándose de la hamaca y poniéndose bien el uniforme y el cinturón del revólver—. ¿Ves lo que has conseguido intentando seducirme aquí, a la vista de todo el mundo?
—¿Quieres arrestarme por conducta inmoral? —sugirió Tippy, moviendo las cejas de un modo insinuante y extendiendo ambas manos—. Podrías esposarme y leerme mis derechos... aunque quizá deberíamos hacerlo dentro.
—No serviría de nada —respondió él, con ojos brillantes—. Sé lo que ocurriría si nos quedásemos a solas en la casa: que tus costillas no te permitirían hacer lo que quieres hacer.

Tippy se encogió de hombros.

—Supongo que tienes razón —le dijo apenada—. Está bien, me rindo... al menos hasta que esté completamente curada.

Cash sonrió. Para haber tenido una experiencia tan horrible en su pasado, lo cierto era que estaba superándolo muy bien. Al menos todavía era capaz de sentir deseo por un hombre, y aquello ya era un primer paso. Sin que pudiera evitarlo, acudió a su mente el recuerdo de la larga y deliciosa noche que habían pasado juntos en Navidad, haciendo el amor. Casi había hecho que desaparecieran sus pesadillas... casi. Era difícil vivir con las cosas que había hecho a lo largo de su vida.

—Ya estás otra vez rumiando algo —murmuró Tippy—. Sólo he dicho que he estado mirando anillos; no que hubiera comprado ninguno —le dijo divertida.

Cash frunció el ceño.

—¿Y dónde los has estado mirando?

Tippy sonrió maliciosa.

—En Internet. No me sentiría cómoda paseándome por las tiendas teniendo todavía la cara como la tengo.

—No la tienes tan mal —le dijo Cash con sinceridad—. Dentro de una semana o dos la tendrás igual que antes. Y cuando se haya curado del todo estoy seguro de que no te quedarán cicatrices. Los médicos hicieron un trabajo estupendo.

—Entonces, ¿no crees que Joel busque a alguien para reemplazarme? —inquirió Tippy insegura.

—No, ni hablar —respondió Cash. Echó un vistazo a su reloj—. Tengo que irme ya. Me había pasado sólo para ver cómo estabas. Y que no se te vuelva a ocurrir hacer esto —añadió quedamente—. Aunque estemos en una pequeña ciudad de Texas podría ser peligroso.

—De acuerdo —contestó ella, bajándose con cuidado de la hamaca—. Iré dentro y pediré unos cuantos vídeos picantes por Internet. Necesito ideas –dijo lanzándole una mirada elocuente–; tiene que haber alguna manera de minar tus defensas...

Cash no pudo evitar echarse a reír. Resultaba irónico que, a pesar de lo que le había hecho aquella rata de Stanton siendo sólo una niña, quisiese seducirlo a toda costa. Si algo demostraba aquello, era el afecto que sentía por él.

–Al menos ya vas sonriendo más –le dijo Tippy–. Eso tiene que ser algo positivo.

–Más positivo de lo que crees –apostilló él–, porque no soy de los que sonríen.

Tippy no estaba escuchándolo; estaba estudiando su atractivo rostro y preguntándose qué aspecto habría tenido su hijo si hubiera nacido. El sólo pensar en ello le resultaba muy doloroso, y se volvió, dándole la espalda, pero antes de que hubiera dado dos pasos Cash estaba justo detrás de ella.

–De pronto te has cerrado... como un nenúfar en la oscuridad –murmuró–. ¿Por qué?

–No es nada –respondió Tippy al instante.

Las manos de Cash descendieron por los brazos desnudos de la joven.

–Estabas pensando en el bebé –susurró.

Tippy se esforzó por contener las lágrimas.

–Te equivocas; han sido imaginaciones tuyas –le dijo con voz tensa.

–No lo creo –replicó él, apretándole suavemente los brazos, al tiempo que depositaba un beso en su pelo–. Deberían colgarme por el modo en que te hablé ese día por teléfono. Siempre pienso lo peor de la gente, y me cuesta mucho deshacerme de ese hábito.

Tippy tragó saliva en un nuevo esfuerzo por contener las lágrimas. La calidez que emanaba del cuerpo de Cash, detrás de ella, resultaba embriagadora, y sin querer se echó hacia atrás, reclinándose contra él con un profundo suspiro.

—A mí me ocurre lo mismo —musitó—. Es difícil volver a confiar cuando te han traicionado.

—Sí que lo es.

Tippy miró hacia el frente, hacia la casa, y de pronto una pregunta cruzó por su mente.

—¿Por qué compraste una casa, en vez de buscar una de alquiler? —inquirió.

Cash vaciló.

—Es extraño, ¿no? —murmuró—. La verdad es que no lo sé.

—¿No será que quieres echar raíces? —aventuró ella.

Cash se quedó muy callado. Tenía el ceño fruncido, pero Tippy no podía verlo.

—Nunca he intentado echar raíces en ningún sitio —le dijo—. En cierto modo supongo que podría decirse que cuando aún era sólo un niño me convertí en un lobo estepario. No dejo que la gente se me acerque demasiado, y las mujeres menos —añadió con aspereza.

—Bueno, es comprensible —le dijo ella.

—No, no lo es —replicó Cash al cabo de un rato—; tú nunca me has dado una razón para desconfiar de ti.

—Ni lo haré nunca —le dijo ella—. Cash, yo... nada de lo que hagas o digas podría hacerme odiarte.

—¿Eso crees? —le espetó él, riéndose con cinismo—. Quizá un día te contaré la historia de mi vida y veremos si puedes demostrarlo.

Tippy se giró y lo miró con ojos amorosos.

—Cuando quieres a una persona no es por lo que haya hecho o haya dejado de hacer, Cash —le dijo—, la quieres simplemente por ser como es. Nuestras acciones no siempre son un reflejo de nuestro carácter.

Cash frunció el ceño. Tippy lo hacía sentirse extraño... joven... le daba esperanza.

Tippy levantó la mano y acarició sus labios.

—Como te dije cuando nos vimos en Navidad, no te creo capaz de hacer algo por maldad.

—Yo... ya no soy el hombre que fui una vez —balbució Cash—, pero he hecho algunas cosas imperdonables...

Tippy lo miró a los ojos con serenidad.

—No hay nada imperdonable.

—Ojalá fuera cierto —murmuró Cash.

Tras su mirada se escondían terribles recuerdos, y también tras la de ella. Si él tenía secretos con ella, sin duda no era menos cierto que ella también los tenía con él. Sin embargo, para abrirse el uno al otro, tendrían que aprender a confiar de nuevo, y era demasiado pronto.

—Poco a poco —le dijo Tippy quedamente—; así es como hay que vivir.

Cash puso suavemente la palma de su mano contra la mejilla de la joven y la dejó allí un buen rato, sobre los cardenales difuminados y los cortes a medio curar.

—Ninguno de los dos ha tenido una vida fácil, ¿verdad, cariño? —le dijo, pensando en voz alta.

—En este mundo se obtienen muy pocos placeres por todo lo que sufrimos —contestó ella filosófica—. Y, en mi caso, yo diría que ya he sufrido bastante... ¡y va siendo hora de que me paguen los atrasos!

Cash se rió, y Tippy también.

—Opino igual.

Tippy se puso de puntillas y lo besó suavemente en los labios.

—Sandie va a hacer estofado de pollo para cenar.

—Una buena elección.

—Sabía que te gustaría —le dijo Tippy maliciosa—. Se lo sugerí yo.

Cash alzó la barbilla, y la miró fingiéndose irritado.

—No me dejaré seducir aunque te reboces en estofado... por muy bueno que esté.

—Ya estás otra vez —se quejó Tippy.

—Aunque, por otra parte... es una tentación demasiado grande como para resistirse... —le concedió.

—Gracias —contestó Tippy—. Me pondré un camisón sexy y me echaré unas gotas de perfume.

—Me vuelvo al trabajo ahora que todavía estoy a tiempo —le dijo Cash, apartándola con suavidad.

—Y yo me voy dentro a ver una película.

—Buena chica —murmuró Cash, mirándola de un modo tierno y afectuoso.

Tippy estaba flotando. Se notaba el cuerpo caliente, como si estuviera envuelta en los brazos de un amante.

Cruzaron una mirada larga y llena de sentimiento, y Tippy sintió que un cosquilleo la recorría por dentro.

—¡Qué diablos! —farfulló Cash, acercándose de nuevo a ella—. Un beso de nada no puede hacerle daño a nadie, ¿verdad?

Y nada más pronunciar esa última palabra sus labios se posaron sobre los de ella. No se atrevía a apretarla demasiado contra su cuerpo por temor a hacerle daño en las costillas, pero imprimió todo su ardor en el beso. Tippy suspiró, derritiéndose contra su cuerpo, y sintió de nuevo que flotaba cuando el beso se volvió más profundo y los labios de Cash más insistentes.

Se había hecho un extraño silencio en torno a ellos, y Cash, escamado de que estuviese todo tan en calma, aun medio aturdido por el beso, levantó la cabeza y miró a su alrededor.

En medio de la calle, había parado un coche patrulla. Junto a la acera había un vehículo privado, con Judd sentado dentro. Al otro lado de la calle había un camión de bomberos. Unos operarios de la compañía telefónica habían puesto unos conos señalizadores delante y detrás de su furgoneta, pero no estaban haciendo nada. En la acera había dos ancianas observándolos sonrientes.

—Bueno, ¿qué se puede esperar cuando besas a una famosa estrella de cine a la vista de todo el mundo? —le gritó Judd a Cash.

—¡Yo no estaba besándola! —le gritó Cash—. ¡Es ella la que estaba besándome a mí!

—¡Menudo cuento! —respondió Judd.

—¡Se ha ofrecido a comprarme un anillo!

La gente le respondió con vítores.

—Ahora tengo testigos —le dijo Tippy descaradamente.

Cash la soltó y sacudió la cabeza.

—Hasta en el campamento militar tenía más privacidad... —farfulló.

—¡No pare por nosotros, jefe! —le gritó uno de los bomberos, mientras ponían en marcha el camión—. Sabemos dónde conseguir entradas...

Cash alzó las manos al cielo, se inclinó para besar a la azorada Tippy en la mejilla, y se dirigió hacia el coche patrulla.

A pesar de que las heridas todavía eran visibles en su rostro, Cash convenció a Tippy para que lo acompañara a una fiesta que celebraba Calhoun Ballenger para recaudar fondos para su campaña. No se separó de él durante toda la velada. Sonreía con timidez a los demás asistentes, pero era obvio que sólo tenía ojos para él.

Cuando la orquesta empezó a tocar y Cash la sacó a bailar, el verlos girar por la pista era como ver a una sola persona moviéndose al ritmo de la música.

Tippy se sintió aquella noche más feliz de lo que se había sentido en toda su vida.

A la mañana siguiente reunió el valor suficiente para ir a comprar unas verduras al supermercado con el poco dinero suelto que tenía. Quería prepararle una lasaña a Cash para cenar. Se vistió de un modo discreto, se puso un pañuelo en la cabeza, y se aplicó un poco de maquillaje para disimular los cardenales y las cicatrices.

Sin embargo, cuando estaba esperando su turno en la caja, se llevaría una desagradable sorpresa. En la estantería de metal junto a la caja había varias revistas y periódicos, y en uno de ellos leyó un titular que decía: «La actriz Tippy Moore finge ser secuestrada para ser compadecida por el bebé no deseado que perdió, y se refugia en algún lugar recóndito del país». Debajo había una foto suya ocultando su rostro de los fotógrafos el día que había abandonado el hospital.

¡¿Qué había fingido un secuestro?! Casi la habían matado... ¡y la prensa tenía el valor de decir que había sido todo fingido!

Aún no se había repuesto del impacto cuando oyó a dos mujeres cuchicheando detrás de ella.

—¡Y está viviendo con el jefe de policía! —le estaba diciendo la una a la otra—. Primero pone en peligro a su bebé para no perder su empleo, después miente para dar lástima, queriendo hacer creer que la han secuestrado... ¡y luego se va a vivir con un hombre! ¡Y aquí, en Jacobsville! Es bochornoso, ¡una vergüenza!

—Supongo que algunas mujeres sencillamente no quieren tener hijos —dijo la otra con pena—. Debe importarle mucho su apariencia para...

No acabó la frase, porque de pronto se encontró con Tippy frente a ella, mirándola furiosa.

—¡Perdí mi bebé porque el sustituto del director me mintió, diciéndome que el salto no era peligroso, y porque necesitaba el dinero! De hecho, ahora mismo estoy sin trabajo. ¿Y adivinan por qué? —les espetó, arrancándose el pañuelo y utilizándolo para limpiarse parte del maquillaje—. ¿Qué pasa? —les preguntó sarcástica—. ¿Acaso no les parezco una estrella de cine?

Las dos mujeres habían enrojecido hasta las orejas.

—Se-señorita Moore... yo... lo siento —dijo la más mayor de inmediato.

—¡Quería tener ese bebé! —exclamó Tippy con la voz rota por el dolor y al borde de las lágrimas—. ¡Nunca había deseado nada tanto en toda mi vida! El novio de mi madre secuestró a mi hermano, y me cambié por él para salvarle la vida; ¡así fue como me hice esto! —les gritó señalándose las cicatrices—. ¡Ese tipo de prensa no cuenta más que ponzoñosas mentiras, y si usted las creen, no son mucho mejores que quienes las escriben!

Se giró sobre los talones, pagó su compra, y salió furiosa del establecimiento, dejando mudos a quienes allí estaban.

13

Tippy se alegró de que la señora Jewell tuviera que estar fuera todo el día, porque así al menos no la vería llorar desconsolada. Puso la carne en el refrigerador, y se sentó en el salón hasta que se le pasó el disgusto.

Justo cuando acababa de hacerse un poco de café oyó el coche de Cash. En ese mismo momento llamaron a la puerta. Tippy fue a abrir, rogando por que sus ojos no estuvieran demasiado rojos, y se encontró con las dos mujeres del supermercado. Parecían avergonzadas de sí mismas, y mientras que una llevaba en la mano una cesta con queso y galletas saladas con un lazo, la otra portaba un pequeño jarrón con una rosa amarilla.

Tippy se quedó boquiabierta.

—Queríamos decirle cuánto sentimos lo que dijimos —murmuró la más mayor—. Tenía usted razón; tendemos a creer lo que leemos en los periódicos aun cuando no sabemos si es cierto, pero no vamos a volver a hacerlo, y nos aseguraremos de que nadie en Jacobsville dé crédito tampoco a lo que se publica en esa clase de prensa. Tenga, acepte esto, por favor —le dijo poniéndole torpemente la cesta en las manos.

—Y esto también —le pidió la mujer más joven, con una

débil sonrisa–. Bueno, no la entretenemos más. Sólo queríamos disculparnos.

–Gracias –les dijo Tippy, sonriendo también–. No se imaginan cuánto significa esto para mí.

Las mujeres se volvieron hacia Cash.

–Estamos muy orgullosas de usted, señor Grier –dijo la mujer mayor–, y esperamos que no permita que esa sabandija de Ben Brady los deje sin trabajo a usted o a sus agentes.

–No lo haré –les prometió él.

Las mujeres les sonrieron tímidamente y se marcharon.

Cuando estaban en la cocina y habían cerrado la puerta, Cash miró primero los regalos en las manos de Tippy, y luego sus ojos enrojecidos e hinchados.

–¿Qué ha ocurrido?

–Fui al supermercado –le confesó ella–, y esas mujeres hicieron unos comentarios desagradables sobre la portada de un periódico amarillista que hablaba de mí.

–Lo he visto; por eso he venido a casa en cuanto he podido –le dijo Cash. La tomó por los hombros y la miró–. Y no tienes que preocuparte, Tippy; he tomado medidas para acabar con esto.

–¿Qué quieres decir? –inquirió ella preocupada.

–No me he pegado con nadie –la tranquilizó él–. Se trata de algo que haré público dentro de poco. Te das cuenta de que nuestra mejor baza sería atraer hasta aquí al tercer secuestrador y enfrentarnos a él en nuestro propio terreno, ¿verdad? –añadió quedamente.

Tippy suspiró.

–Sí.

Sin embargo, había habido vacilación en su respuesta, porque temía que aquello pudiera implicar que Cash resultase herido defendiéndola.

Cash la tomó por la barbilla, le alzó el rostro, y se inclinó para besarla con infinita ternura.

—Todo saldrá bien, ya lo veras. Anda, no llores más.
Tippy esbozó una sonrisa.
—De acuerdo.
—¿Te apetece acompañarme a un mitin de Calhoun Ballenger esta noche? —le preguntó Cash con una sonrisa—. Conocerías a parte de la aristocracia de Jacobsville.
—No sé... todavía no tengo la cara lo bastante bien como para salir.
—Tonterías. Eres una heroína, y estarás preciosa.
Tippy se sintió halagada de que no le importara que la gente lo viera en su compañía.
—De acuerdo —aceptó finalmente—. Por cierto, esta noche voy a hacer lasaña para cenar —añadió.
Cash sonrió.
—Mi plato favorito. Bueno, tengo que volver al trabajo.
—Ten cuidado.
—Sabes que lo tendré.
Cash le guiñó un ojo y se marchó, dejándola a solas con sus pensamientos.

El mitin de Calhoun Ballenger tuvo lugar en Shea's. Se trataba de un establecimiento de carretera con bar, restaurante, y salones para celebraciones situado en Victoria Road, pero la policía lo tenía muy controlado, y las cosas habían estado bastante tranquilas después del reciente altercado con los hermanos Clark.

John Clark había muerto en un tiroteo con Judd Dunn y un guardia de seguridad en Victoria cuando intentaba robar un banco. Su hermano Jack había intentado matar a Judd en venganza, pero el disparo hirió a Christabel Gaines, y acabó siendo sentenciado a cadena perpetua por el intento de asesinato de Christabel y el asesinato de una joven de Victoria a la que había violado y por cuya causa había ido a prisión.

Cash presentó a Tippy a los demás asistentes con patente orgullo, mientras ella sonreía, estrechaba manos, y cautivaba a todos los hombres de menos de cincuenta años. Sin embargo, como siempre, únicamente tenía ojos para Cash, y saltaba a la vista.

Cuando salieron a bailar se derritió en sus brazos. Hacía ya más de un año, antes de que Christabel se casara con Judd y tuvieran los mellizos, Cash había dejado impresionadas a las gentes del lugar marcándose varios bailes latinos con ella.

Sin embargo, como Tippy no tenía el cuerpo todavía para esa clase de ritmos rápidos, sólo bailaron temas lentos, mirándose el uno al otro sonrientes mientras la gente cuchicheaba entre sí. Y es que, como dijo alguien, el amor es como el fuego: ven antes el humo los que están fuera... que las llamas los que están dentro.

Cash seguía preocupado por el tercer secuestrador, y su temor por que fuera a por Tippy lo llevó a reforzar la vigilancia de los patrulleros en torno a su casa, y le advirtió a la joven que cerrara las puertas con el seguro cuando él no estuviera en casa. No podía soportar la idea de que algo pudiera ocurrirle.

La semana antes de la vista de Hall y García en el ayuntamiento, Cash volvió a casa un día del trabajo para almorzar, y se encontró a Tippy en la cocina preparando la comida. Estaba descalza, llevaba una falda vaquera larga, una blusa azul de cuadros, y llevaba el cabello recogido en una coleta con una goma de pelo. No estaba maquillada, pero estaba resplandeciente, y Cash se detuvo en el umbral admirando su belleza mientras la joven guardaba un tarro en la nevera.

Giró el rostro hacia él por encima del hombro, y sus ojos verdes se iluminaron al verlo.

—¡Llegas muy pronto! —exclamó—. Estoy haciendo pan especiado para acompañar el estofado de atún. Casi está listo.

—Tranquila, no tengo prisa —le dijo Cash—. Puedo tomarme una hora para almorzar si quiero. Después de todo soy el jefe —añadió con una sonrisa.

Se quitó el cinturón del revólver, lo colgó en el respaldo de la silla, y se desperezó, tensando los formidables músculos de sus brazos.

El corazón de Tippy parecía volverse ligero como una nube cuando le sonreía de esa manera; la hacía sentirse joven y despreocupada. Como tantas otras veces, se encontró con que no podía dejar de mirarlo. Era tan guapo, tan vital, y tenía un cuerpo tan increíble...

A Cash no le pasó desapercibido aquel expresivo escrutinio, y su pecho se henchió de orgullo.

—Otra vez devorándome con la mirada, ¿eh? —la provocó—. ¿Por qué en vez de mirar no vienes aquí y haces algo?

Tippy enarcó las cejas y sonrió.

—¿No te desmayarás si lo hago?

—Veámoslo —la retó él.

Tippy frunció los labios, soltó el paño de cocina que tenía en la mano, fue hasta donde estaba, y puso las palmas de las manos sobre su musculoso tórax.

—Muy bien, amiguito —le dijo Tippy juguetona—. Veamos lo que sabes hacer con una mujer de verdad —añadió en su mejor tono de vampiresa, pestañeando con coquetería.

No hizo falta más para hacer flaquear la fuerza de voluntad de Cash. Tippy olía a harina y especias, y teniéndola tan cerca era obvio por qué tantas revistas la habían elegido para figurar en su portada. La estructura ósea de su rostro era sencillamente perfecta; las pestañas eran del mismo color que el cabello, e increíblemente largas; los ojos grandes; los iris de un verde claro con un reborde de un tono más oscuro; la nariz recta; la boca un conjunto de suaves curvas que hacían que uno muriese por besarla; la piel exquisita...

Dios, cuando recordaba el tacto de seda de su piel en la oscuridad el corazón se le desbocaba.

Tippy advirtió sorprendida los signos apenas visibles de excitación en Cash. Siempre parecía inmune a las preocupaciones, y se le daba bien disimular sus sentimientos, pero estando tan cerca de ella no podía ocultarlos del todo.

Ese pensamiento la hizo sentirse poderosa, y se arrimó a él, deleitándose en la reacción inmediata de su cuerpo.

—Cuidado —le advirtió Cash con voz ronca—; la señora Jewell está tendiendo la colada en el jardín de atrás —añadió señalando la ventana abierta con la cabeza, a través de la cual se veía a la mujer.

—La señora Jewell siempre está canturreando —le dijo Tippy sin inmutarse—. La oiremos si viene hacia aquí.

Cash tragó saliva. Él sería incapaz de oírla tal y como le resonaban en ese momento los latidos de su corazón en los oídos.

Tippy le rodeó el cuello con ambas manos y le hizo bajar la cabeza.

—La vida sin un poco de riesgo sería muy aburrida —le susurró Tippy.

Cash puso sus grandes manos en la cintura de la joven, pero al sentirla dar un respingo se apresuró a bajarlas a sus caderas evitando las costillas.

—Perdona, lo olvidé —murmuró.

—Yo también —susurró ella sonriendo—. Vamos, Cash, demuéstrame lo que sabes hacer...

—¿Quieres parar ya con eso? —gimió Cash, inclinándose hacia ella.

Tippy sonrió al sentir la dulce presión de sus labios sobre los suyos. Cash ya no la intimidaba en absoluto. El recuerdo de la noche que habían hecho el amor únicamente le había hecho desear que aquello volviese a repetirse.

El olor y el calor del cuerpo de la joven quebrantaron la voluntad de Cash tanto como el ardor de sus besos, y al final acabó arrinconándola contra la pared de la cocina y cediendo con un arranque de pasión que no pudo controlar.

Tippy se rió suavemente, con malicia, de esa necesidad acuciante que tenía de ella. Levantó un poco más los brazos, contrayendo el rostro por la punzada que sintió en las costillas, pero hasta del dolor se olvidó cuando Cash abrió la boca, introdujo la lengua entre sus labios de un modo impetuoso, y la besó aún con más intensidad, sintiendo que su cuerpo se ponía rígido de deseo.

—Esto es una locura —masculló mientras sus manos atraían las caderas de Tippy hacia las suyas, y le abría las piernas—. Ni siquiera tengo un preservativo...

—El lunes la señora Jewell estuvo en el atraco al supermercado del lunes que tus agentes impidieron —dijo ella sin aliento—. Entre lo que se habían intentado llevar había dos cajas, y estoy segura de que se guardaría alguna. Podemos preguntarle y...

Cash se echó a reír.

—¡Tippy, por amor de Dios!; ¡sólo tengo una hora para comer!

La joven lo miró con ojillos traviesos y el rostro encendido.

—Bueno, todavía nos quedan cuarenta y ocho minutos.

Cash se apartó de ella jadeante.

—Con cuarenta y ocho minutos no tendría ni para empezar para hacerte lo que querría hacerte —le dijo con voz ronca.

Tippy lo miró exasperada.

—No me lo puedo creer; aquí estoy yo, poniéndotelo todo en bandeja...

Una sonrisa se dibujó lentamente en los labios de Cash.

—No te sulfures. Las cosas buenas ocurren cuando menos te lo esperas. De hecho, sólo tendrás que esperar hasta la semana que viene.

—¿Qué pasa la semana que viene? —inquirió ella al instante.
—Habrá unas cuantas sorpresas —le prometió Cash—, pero no puedo decirte de qué se trata. Tendrás que esperar. Pero puedo asegurarte que al menos una de ellas te gustará.

Tippy se rió suavemente.

—Está bien. Si tú lo dices... Bueno, siéntate y te pondré de comer.

—¿Cómo sabías que me gusta el estofado de atún? —le preguntó Cash mientras se sentaba a la mesa.

—Me lo dijo la señora Jewell —respondió Tippy—. Lo sabe todo sobre ti. Por cierto, ¿sabías que había sido ayudante del jefe de policía del condado?, ¿y que sabe disparar?

—Sí —respondió Cash, dirigiéndole una mirada curiosa.

Tippy sonrió.

—No, no te ha traicionado. Me encontré una pistola en el cuarto de baño y le pregunté qué hacía allí. Me ha dicho que no querías que me enterara de sus antecedentes. La has contratado para que me proteja en caso de que un asesino a sueldo venga a por mí, ¿no es cierto?

—Sí, es verdad —admitió él.

—Me halaga que te preocupes por mí de ese modo —le dijo Tippy, poniendo la comida en la mesa y sirviéndole café—. Gracias —añadió en un murmullo.

Cash alargó el cuello y la besó suavemente en los labios.

—Mientras estés aquí tengo que asegurarme de que estés bien —le dijo—. Ya sé que no eres una niña, y que sabes cuidar de ti misma, pero ésta no es una situación a la que puedas enfrentarte tú sola, y no voy a permitir que nada ni nadie te haga daño.

Tippy sintió que un cosquilleo la recorría de arriba abajo. El corazón le dio un brinco en el pecho, y no pudo evitar sonreír al ver la expresión de ternura en los ojos negros de Cash.

A Cash, en cambio, le salió la vena de lobo solitario y se puso nervioso.

—No irás a empezar a hablar otra vez de anillos de compromiso sólo porque me preocupo por ti —interrumpió a Tippy cuando vio que abría la boca para decir algo.

La joven exhaló un suspiro.

—Aguafiestas... Has sido tú el que ha hablado de sorpresas, no yo.

Cash sonrió malicioso.

—Sí, y no podrás averiguar de qué se trata ni leyéndome la mente —le dijo.

Tippy esbozó una sonrisa. Tenía una pequeña idea de lo que estaba ocurriendo en el ayuntamiento por las cosas que le había contado la señora Jewell. Se decía que la hija del senador Merrill estaba metida en un asunto turbio, y también el alcalde en funciones y dos concejales, y había también muchos rumores sobre las próximas elecciones estatales y municipales.

—¿Sabes?, espero que el señor Ballenger consiga ese escaño en el senado —dijo, aunque no venía a cuento.

—Y yo creo que lo conseguirá —respondió Cash—. Vendrás conmigo a la vista el lunes por la noche, ¿verdad? —le preguntó.

No lo habría admitido aunque lo despellejaran, pero quería que Tippy estuviese allí con él; necesitaba apoyo emocional.

—Por supuesto —contestó Tippy sin pensárselo dos veces—. Ojalá Rory estuviera aquí ya.

Cash no dijo nada, y trató de disimular lo mejor que pudo la sonrisilla que se había formado en sus labios, pero a ella no le pasó desapercibida, y se preguntó que estaría tramando.

Todo Jacobsville recibió asombrado la noticia de que la hija del senador Merrill, Julie Merrill había ingresado en la prisión del condado acusada de incendio premeditado.

De todos era sabido que había calumniado a Calhoun Ballenger en cuñas publicitarias de promoción de la candidatura de su padre, pero nadie habría podido imaginar que hubiera enviado de los empleados de su familia a quemar la casa de la novia de Jordan Powell, Libby Collins. La vista para fijar una posible fianza estaba prevista para el lunes siguiente, el mismo día en que tendría lugar el pleno del ayuntamiento y la vista disciplinaria de los agentes Hall y García. Según decía la gente, el presunto incendiario estaba confesándolo todo, y a la señorita Merrill estaban empezando a acumulársele los cargos.

Cash había mencionado que tenía mucho que ver en el asunto un acto heroico por parte de algún político, pero aunque Tippy, llena de curiosidad, había intentado sonsacarle, no había dicho nada.

Tampoco le había desvelado esas sorpresas de las que le había hablado, pero el domingo por la tarde se desveló una de ellas cuando salió de casa y al cabo de una hora regresó con Rory.

—¡No puedo creerlo! —exclamó Tippy, abrazando con fuerza a su hermano pequeño—. ¡Menuda sorpresa!

—Yo tampoco puedo creérmelo todavía —le dijo su hermano—. Cash le dijo al comandante que estabas triste, y que necesitabas que te animasen, y consiguió convencerlo para que me dejara hacer antes los exámenes. Y pienso quedarme todo el tiempo que Cash me deje —añadió, lanzándole una mirada.

Cash se rió.

—Puedes quedarte tanto tiempo como esté Tippy —le respondió.

Lo que no dijo fue que en ese sentido también estaba planeando algo.

Tippy, sin embargo, se tomó sus palabras en el sentido más literal. Ya estaba mucho mejor, y pronto podría volver al trabajo... si Joel la llamaba, claro, porque todavía no había sabido nada de él. Se preguntó si Cash estaría empezando a cansarse de tenerla allí.

Aquella tarde Cash llevó a Tippy y a Rory a dar una vuelta en su camioneta por el condado para que disfrutaran del paisaje, y a los dos les encantó. Los árboles ya estaban echando hojas, y los campos estaban llenos de flores silvestres.

A la vuelta, a Cash se le ocurrió que podían pasar por el rancho Dunn para que Tippy pudiera ver a Christabel y los mellizos. Cuando llegaron Judd había salido a hacer unos recados para su esposa, pero Christabel y los bebés sí estaban en casa.

Tippy al principio se sintió un poco incómoda. Aquella casa le traía muchos recuerdos de los días en que había estado allí rodando su primera película. Se había comportado con Christabel de un modo vergonzoso y cruel, pero en los últimos meses todo había cambiado.

Le lanzó a Cash una mirada posesiva, teniendo cuidado de que él no la viera, pero aquello no le pasó desapercibido a Christabel, que le sonrió con complicidad.

Tippy se puso roja como la grana, y al verla Cash se rió suavemente antes de inclinarse para besar a Christabel en la mejilla. Tippy disimuló el arranque de celos que sintió lo mejor que pudo. ¿Estaba intentando recordarle Cash con ese beso a la bonita Christabel que no le pertenecía? De pronto resurgieron todas sus inseguridades, pero cruzó los brazos sobre el pecho y fingió estar alegre.

Rory se mostró entusiasmado con los bebés.

—¡Qué pequeños son! —exclamó mientras Jared cerraba su manita en torno a su dedo—. ¡Son una monada! —añadió sonriente.

Tippy y Cash se echaron a reír.

—Y no os hacéis una idea de lo rápido que están creciendo —les dijo Christabel, sonriendo a Tippy con la misma sinceridad con que sonreía a Cash.

Cash había tomado a Jessamina en sus fuertes brazos, y estaba susurrándole algo con el corazón en los ojos. Tippy sintió una punzada de dolor al verlo, y se preguntó si habría sido tan cariñoso con su propio hijo.

—Son unos niños preciosos —le dijo a Christabel, sonriendo para ocultar lo desgarrada que se sentía por dentro.

Crissy le tendió a Jared.

—¿Te gustaría tomarlo en brazos? —le preguntó suavemente.

Los ojos de Tippy le respondieron, llenos de emoción y de afecto. Tomó al pequeño en sus brazos, le sonrió... y el bebé le sonrió también. Tippy emitió un gemido ahogado de sorpresa, y su rostro se iluminó.

—¡Me ha sonreído! —exclamó.

—Sonríen todo el tiempo —le dijo Christabel orgullosa—. Ya van a cumplir los seis meses.

—Es el niño más bonito que he visto en mi vida —murmuró Tippy, mirando al pequeño con una expresión que le llegó al alma a Cash.

No se había permitido considerar una posible relación estable con ella. Tippy había sido modelo, y trabajaba en la actualidad como actriz; estaba acostumbrada a los focos y la fama. Sin embargo, en las últimas semanas parecía haberse adaptado muy bien a la pequeña ciudad, y se había convertido en parte de su vida. Se llevaba bien con todo el mundo, y las ponzoñosas historias que contaba sobre ella la prensa amarilla ya no la afectaban tanto como antes. Y, hablando de historias, Cash estaba preparando una para la semana siguiente, después de una larga charla que había tenido con la doctora Lou Coltrain, que se había convertido en su cómplice secreta. Iba a limpiar el nombre de Tippy de un sólo golpe, y a hacer que la prensa amarilla se tragase todas las mentiras que habían difundido. Se preguntó cómo reaccionaría Tippy.

Tippy parecía una verdadera madre con el niño en brazos. Estaba radiante, aunque se la veía algo triste. Alzó el rostro hacia él, y sus ojos se encontraron. Para Cash fue como mirarse en un espejo.

Crissy quería consolar a Tippy diciéndole que aún era joven y podría tener otro bebé, pero no tenía la suficiente confianza. Aunque la relación entre ambas se había tornado mucho más amistosa, todavía se trataban con cierto recelo. Sabía que Tippy seguía considerándola, aunque fuera de un modo involuntario, una rival. Sin embargo, al verla ese día con Cash se dijo que ya no tenía motivos para que sintiera celos de ella. Saltaba a la vista lo atraídos que se sentían el uno por el otro.

—¿Cómo lleváis la preparación de la vista disciplinaria? —le preguntó Crissy a Cash.

—Oh, estupendamente —respondió él sonriendo.

—Es mañana por la noche, ¿verdad? —inquirió Crissy, tomando a Jared de los brazos de Tippy.

—Sí, y no deberías perdértelo —le dijo Cash—. Vamos a hacer historia; tengo unos cuantos ases bajo la manga.

—En ese caso puedes contar con que Judd y yo estaremos allí —le contestó Crissy con una sonrisa.

Y así fue en efecto. Al día siguiente Tippy y Rory se los encontraron en la puerta del ayuntamiento, esperando para entrar.

Tippy los saludó con una sonrisa. Se había esmerado tanto con el maquillaje que no se le notaba ni una sola cicatriz, ni un cardenal. Se había recogido el cabello en una larga trenza, y se había puesto un traje de chaqueta pantalón de seda color verde esmeralda.

—Estoy deseando ver a Cash en acción —les siseó Rory. Se volvió luego hacia un chico de su edad del que se había hecho amigo y los había acompañado, y le dijo—: Me ha dicho que les va a dar una lección de política.

—Yo creo que esta noche va a ser una lección para mucha gente —le susurró Tippy sonriente a Judd y a Crissy—. Cash tiene una gran sorpresa para el alcalde y los concejales.

—Lo sé —contestó Judd, riéndose entre dientes—. Será digno de verse. No me lo perdería por nada del mundo.

—¡Ni yo! —se rió ella.

Cuando abrieron las puertas hizo pasar a Rory y a su amigo delante de ella, y se detuvo a cambiar unas palabras con Jordan Powell y Libby Collins, que según parecía habían acudido juntos. Durante mucho tiempo la gente había relacionado a Jordan con la hija del senador Merrill, pero finalmente había sido Libby quien lo había conquistado.

Tippy y Rory pudieron sentarse, pero había acudido tanta gente a la vista que la mayoría tuvieron que quedarse de pie en los pasillos y en la parte de atrás de la sala.

Cash estaba sentado con Hall y García en una mesa frente al alcalde y los concejales, y el fiscal municipal estaba en otra a su derecha con una expresión entre intranquila e irritada.

En la pared había una enorme fotografía aérea de Jacobsville, calendarios con fotos de miembros del cuerpo de policía y de bomberos, y al fondo de la sala había una máquina de café, otra de aperitivos, y dos teléfonos.

El alcalde y dos concejales estaban cuchicheando cuando la gente que había en el pasillo central dejó paso y entraron en la sala varias personas. El alcalde se puso lívido.

Simon Hart, el fiscal general del estado, un hombre alto y moreno, y sus cuatro hermanos avanzaron entre las filas de sillas junto con el fiscal del condado, dos senadores, lo que parecía un grupo de reporteros, y dos cámaras de televisión.

Simon le estrechó la mano al fiscal municipal, que le susurró algo, y se pidió orden en la sala.

—Esto es muy irregular —protestó el alcalde, poniéndose de pie—. ¡Ésta es una vista disciplinaria!

—No, esto es un tribunal desautorizado —replicó Cash,

levantándose también–. Mis agentes, en el cumplimiento de su deber, arrestaron a un político por conducir bajo los efectos del alcohol, y usted y dos de sus concejales quieren castigarlos por ello. El político en cuestión es pariente suyo, lo cual constituye un conflicto de intereses por el que usted ni siquiera debería estar tomando parte en esta vista.

–Exacto –intervino Simon Hart–. Les hago saber en nombre del gobernador del estado que serán investigados por estas prácticas ilegales, y que se les acusará por esta subversión de la justicia.

Los reporteros estaban sacando fotos, los cámaras estaban grabando... y parecía que al alcalde se le hubiese atragantado una sandía entera.

–He intentado disuadir al concejo para disuadirlos de que se celebrara esta vista –dijo con aspereza el fiscal municipal–, pero se negaron a escucharme. Quizá lo escuchen a usted.

Calhoun Ballenger se puso de pie.

–Cuando menos tendrán que escuchar a los ciudadanos de Jacobsville –dijo, acercándose a la mesa en la que estaba sentado el fiscal municipal. Sacó un grueso sobre de manila, y se la entregó al secretario del ayuntamiento–. Las elecciones municipales son mañana, y el alcalde Brady se enfrentará a su oponente en las urnas, pero ésta es una petición de destitución de los concejales Barry y Culver firmada por cientos de ciudadanos –añadió, mirando con ojos entornados a los avergonzados concejales–, en virtud de la cual el secretario del ayuntamiento está obligado a convocar unas elecciones extraordinarias para reemplazar a estos hombres.

–Y lo haré –asintió el secretario–; ya he hablado con el secretario de estado.

Simon Hart asintió con la cabeza.

—La justicia se ha visto puesta en peligro en esta ciudad —dijo en un tono grave—; no se debería penalizar a ningún agente de policía por cumplir con su deber —añadió mirando al teniente García y a la agente Hall, que parecían preocupados y orgullosos.

—No podría estar más de acuerdo —intervino Cash.

En ese momento se adelantó otro hombre, un bombero vestido con su uniforme, que se puso frente al alcalde.

—Como jefe del cuerpo de bomberos de Jacobsville he venido aquí para transmitirle un mensaje de mis veinte compañeros, de veinticinco policías, y de varios empleados de otros servicios municipales —dijo—. Si cesa usted a esos dos agentes, o al jefe Grier, todos nosotros dimitiremos.

Todos los concejales enmudecieron, y el alcalde tampoco parecía saber qué decir. Nunca en la historia de Jacobsville se había producido tal muestra de solidaridad entre funcionarios públicos. Los medios de comunicación que habían ido a cubrir la noticia estaban entusiasmados, y Cash parecía estar conteniendo el aliento. Se volvió hacia Tippy y Rory, que le hicieron un gesto con los pulgares levantados. Cash tragó saliva.

Simon Hart se acercó al estrado y miró al alcalde a los ojos.

—Usted mueve.

Ben Brady esbozó una sonrisa forzada.

—Bien, por supuesto estos agentes continuarán en su puesto, igual que el jefe Grier —dijo, casi atragantándose con las palabras—. No teníamos intención alguna de cesarlos; después de todo, como ha dicho usted, ¡sólo estaban cumpliendo con su deber! Es más, ¡lo elogiamos!

Los agentes parecieron relajarse, y Cash también.

Sin embargo, Simon Hart no había terminado.

—Hay otra cosa más —dijo—. Un investigador especial de mi departamento ha estado examinando ciertos informes que hemos recibido sobre tráfico de drogas que implican a un ciudadano de esta comunidad, y dos políticos. La acusación de los cargos correspondientes quedará pendiente hasta que el caso haya sido remitido al fiscal del distrito del condado.

—Esperaré impaciente ese momento —dijo el fiscal del distrito con una fría sonrisa.

El alcalde en funciones, que estaba viendo cómo su carrera política se iba al garete, se había puesto muy pálido. Las elecciones municipales, como había dicho Calhoun Ballenger, se celebraban el día siguiente, y se enfrentaba a Eddie Cane, que era muy querido por todo el mundo, y a la vista de lo que acababa de ocurrir dudaba que tuviera ninguna posibilidad de mantenerse en el cargo. En una ciudad tan pequeña como Jacobsville en cuestión de unas horas todo el mundo sabría lo que había pasado esa noche.

—Muy bien —dijo débilmente—. ¿Podría el secretario leer el acta de este último pleno?

Aquello no llevó demasiado tiempo. En treinta minutos el pleno se dio por finalizado y la gente empezó a abandonar el ayuntamiento.

—Felicidades —le dijo Judd a Cash, dándole una palmada en la espalda.

Cash parecía no creerse todavía que habían triunfado.

—Nunca imaginé que fuéramos a contar con el apoyo de tanta gente.

—Eso es porque subestimas el aprecio que siente por ti la gente de Jacobsville —contestó Judd con una sonrisa—. ¿Te sientes ahora parte de la comunidad?

Cash no podía estar más azorado. En ese momento llegaron Tippy y Rory, que se colocaron a uno y otro lado de él.

—Sí —contestó finalmente con voz ronca—, sí ahora me siento parte de algo —añadió, mirando de un modo posesivo a Tippy, que estaba radiante de alegría por él.

Judd le estrechó la mano y se marchó con una sonriente Criss., Cash y Tippy se detuvieron a hablar con Jordan Powell y Libby Collins antes de que Rory los arrastrara hacia la puerta diciéndoles que se moría de hambre.

Al día siguiente el alcalde en funciones, Ben Brady, dimitió de su cargo y abandonó la ciudad. En las elecciones Eddie Cane obtuvo una victoria arrolladora con el noventa por ciento de los votos, mientras que en las elecciones estatales al senado fue Calhoun Ballenger, quien ganó las primarias al senador Merrill por un margen tan amplio, que éste, avergonzado, se negó incluso a conceder ninguna entrevista a los medios de comunicación.

Julie Merrill, por otra parte, salió bajo fianza, y empezó a acudir a programas de televisión para hablar de las «sucias tácticas» que se habían usado contra su padre en las elecciones, y para verter acusaciones contra Calhoun Ballenger.

Y se produjo un escándalo más que alcanzó a la pequeña comunidad de Jacobsville, ya que se ordenó prisión preventiva para Janet, la madrastra de Libby Collins, por el presunto asesinato por envenenamiento del viejo señor Brady, el padre de Violet, la secretaria del abogado Blake Kemp. Se la acusaba de haber envenenado también a otros hombres, pero no había ninguna prueba que la conectara con esas muertes. De hecho, ni siquiera al exhumarse el cadáver del padre de Libby y Curt Collins se habían hallado nuevas pruebas en su contra. El juicio, cuya fecha aún no se había fijado, prometía ser interesante... igual que el de Julie Merrill.

En la misma semana de las elecciones, Blake Kemp hizo comparecer a Julie Merrill como demandada en un pleito por difamación interpuesto por Calhoun Ballenger. Era una advertencia para la hija del senador de lo que se le venía encima, porque de hecho ya estaba metida en un buen lío por la acusación de incendio premeditado, y Cash había estado reuniendo durante mucho tiempo pruebas que la vinculaban a una banda de traficantes. Su futuro se veía cada vez más negro, pero el mismo día que Cash fue a arrestarla, Julie Merrill abandonó la ciudad y desapareció.

14

Rory estaba encantado de poder pasar las vacaciones con Tippy en casa de Cash. Se había hecho amigo de un chico de su misma edad que vivía tres puertas calle abajo y era hijo de un agente de policía bajo el mando de Cash. Los chicos tenían muchas cosas en común, pero sobre todo su afición por los videojuegos. Cash le regaló a Rory los últimos que habían salido al mercado, y el chiquillo los compartió con su nuevo amigo.

Tippy, por otro lado, estaba cada día más enamorada de Cash, pero desde la llegada de su hermano lo notaba distante y reservado. Se preguntaba por qué. Le había dicho que todavía había una sorpresa más, y que quizá no lo aprobaría, pero no había conseguido que le dijera de qué se trataba.

Esa noche Tippy hizo palomitas y se pusieron a ver una película sobre un grupo de mercenarios que Rory estaba loco por ver. Mientras miraban la televisión Cash no abrió la boca, y cuando acabó se excusó con ellos diciéndoles que se iba a acostar porque estaba cansado.

—¿Crees que lo haya enfadado la película? —le preguntó Rory a su hermana.

Tippy se encogió de hombros.

—Tal vez; no estoy segura —le confesó—. Cash nunca habla de su trabajo, ni de su pasado. Es un hombre con muchos secretos.

—Pero un día te los contará —le dijo Rory muy seguro.

—¿Tú crees? —murmuró ella sonriendo, aunque tenía sus dudas.

Cash no se había abierto a ella; no de verdad desde el día en que le había contado lo que le había hecho su ex esposa. Se comportaba de un modo bromista, afectuoso, amable... pero también distante como la luna. Y esa noche había algo que lo tenía realmente preocupado. ¡Si tan sólo le dijese de qué se trataba...!

Esa misma noche, a altas horas de la madrugada, un ruido inusual despertó a Tippy: Cash estaba gritando. El eco de su grave voz resonaba atormentada a través del pasillo. Le llevó un buen rato recordar dónde estaba y asegurarse de que estaba despierta. Se incorporó en la cama y se quedó allí sentada, escuchando. Quizá lo había soñado, pensó, pero de pronto empezaron de nuevo aquellos ásperos y terribles gritos.

Vestida sólo con un largo camisón azul de seda, se levantó y salió descalza al pasillo, el cabello alborotado y el rostro con restos de sueño. Fue hasta la habitación de Cash, empujó la puerta, entró, y se dirigió hacia la cama. Sólo al cabo de un rato se dio cuenta de que no estaba sola; Rory estaba al otro lado de la cama con expresión vacilante.

Cruzaron una mirada de preocupación, y antes de que pudieran decirse nada Cash empezó a revolverse bajo las sábanas.

—No puedo hacerlo... —farfullaba jadeante—. ¡No puedo... dispararle! ¡Por amor de Dios, es sólo un niño...!¡No!, ¡no, hijo, no lo hagas... no me hagas... no!

—Tippy, no estoy seguro de que sea una buena idea despertarlo −le siseó Rory a su hermana cuando la vio inclinarse instintivamente sobre Cash, que seguía dando vueltas en la cama−. Podría ser peligroso.

−¿Peligroso? −repitió ella deteniéndose.

−Muchos soldados y policías duermen con una pistola −apuntó Rory.

Tippy se hizo al instante una idea de lo que quería decirle. Si lo despertaba y creía que era un enemigo, podría dispararle.

−¡No! −gimió Cash, apartando las sábanas.

Sólo tenía puestos unos boxers de seda negros, tenía el pecho bañado en sudor, igual que el corto y ondulado cabello castaño, y no dejaba de revolverse.

−Lo he matado... ¡Maldito seas!, ¡tú has hecho que lo disparara!, ¡malditos seáis todos! Sácame de aquí, Dios mío... haz que paren... ¡haz... que paren!

Tippy se sentó en la cama junto a él y colocó suavemente una mano en el centro de su musculoso tórax.

−Cash −le susurró−. ¡Cash, despierta!

−No... no puedo seguir haciendo... esto −jadeó él.

−¡Cash! −insistió Tippy, apretando la mano contra su pecho.

En apenas unas décimas de segundo se encontró tumbada de espaldas en la cama, con una de las manos de acero de Cash inmovilizándola por el cuello.

−¡Cash, es Tippy! −le gritó Rory−. ¡Es Tippy!

Cash se despertó al instante. Sus ojos, vidriosos y desorbitados, se enfocaron de pronto sobre su rehén. Se quitó de encima, sentándose a su lado, y aspiró con brusquedad al darse cuenta de lo que podía haberle hecho.

−Estabas teniendo... una pesadilla −le dijo Tippy, casi sin aliento, llevándose las manos al cuello enrojecido.

−Le dije que no lo hiciera −la defendió Rory.

Cash inspiró lentamente.

−¿Te he hecho daño? −le preguntó a Tippy en un tono tenso.

—No, sólo me he asustado —respondió ella, incorporándose también y frotándose la garganta—. Estabas teniendo una pesadilla —repitió.

Cash suspiró con pesadez, mirándola primero a ella y luego a Rory.

—Lo que habéis hecho ha sido una imprudencia —les dijo irritado, sin siquiera disculparse—. ¿Veis esto? —les dijo señalando la funda de su automática del cuarenta y cinco, que colgaba de uno de los postes del cabecero—. Está cargada. Duermo con ella desde hace años. ¡Podría haberos matado!

—Pues no es muy prudente dormir con una pistola cargada al lado cuando hay niños en la casa —lo reprendió Tippy.

—Yo no soy un niño —protestó Rory indignado.

—Bueno, tiene razón; es muy maduro para su edad —apuntó Cash.

—Y yo también tengo razón —replicó Tippy.

Cash dejó escapar un largo suspiro, sacó la pistola de su funda, abrió la recámara, sacó la única bala que contenía, y puso ambas cosas en el cajón de la mesita de noche.

—¿Contenta? —farfulló—. Mañana buscaré una caja y un seguro de gatillo... aunque me harte de reír si durante la noche entra por la ventana un hombre armado.

—¿Es que piensas que vaya a venir alguno? —inquirió Tippy.

—No se trata de que espere que venga ninguno —le dijo Cash con aspereza—. Tengo enemigos, Tippy; tengo que estar siempre preparado.

—Oh, vamos, Cash, con los maravillosos policías que tenemos aquí, en Jacobsville... —comenzó ella.

—No me estoy riendo, Tippy —la cortó Cash.

Se pasó las grandes manos por el cabello, húmedo por el sudor, y se inclinó hacia delante, con los codos apoyados en las rodillas. Estaba temblando de miedo por dentro. Estaba acostumbrado a las armas, a estar rodeado de ellas, pero esa noche había descubierto lo peligroso que podía ser tener una cargada en el dormitorio. Había sido un error que nunca volvería a cometer.

—¿Quieres beber algo? —le preguntó Rory—. A mí me apetece una coca-cola.

—No, no quiero nada —respondió Cash.

Tippy se limitó a sacudir la cabeza.

—Vuelvo dentro de un momento —farfulló el chico, y salió de la habitación.

—Debería estar en la cama —le dijo Cash a Tippy.

—Lo estaba, pero te oímos gritando a pleno pulmón —contestó ella, cruzando las piernas debajo de sí—. Háblame, Cash —le dijo quedamente—. Échalo fuera; te sentirás mejor.

Cash se recostó contra los almohadones, y la miró ceñudo bajo la tenue luz de la luna que entraba por la ventana.

—Vamos —lo instó Tippy—, tú conoces todos mis secretos.

En eso tenía razón, admitió Cash para sus adentros, pero vaciló. Nunca podría olvidar lo que su esposa le había hecho, nunca podría volver a confiar en una mujer.

Tippy extendió una mano y le tocó vacilante el musculoso brazo desnudo. Su tórax estaba cubierto de espeso vello oscuro, y también era muy musculoso. Aunque era un goce para la vista, Tippy trató de disimular su admiración.

—No puedes juzgarme por el mismo rasero que a tu ex esposa —le dijo—, no con lo que he vivido en mi pasado. Yo nunca, nunca te esperaría en la puerta con la maleta, me dijeras lo que me dijeras —añadió con firmeza.

—No voy a cometer el mismo error dos veces —masculló él.

—La diferencia entre tu ex mujer y yo, es que a mí no me interesa tu dinero —le espetó ella con brusquedad.

Cash apretó la mandíbula.

—Si estás insinuando que...

—Lo que estoy diciendo es la verdad —lo interrumpió

ella–. Si tu ex mujer te hubiese querido de verdad no te habría hecho aquello. Hay que ser muy ruin para abandonar a alguien que lo está pasando mal, para darle la espalda sólo por algo que hizo en el pasado. El amor de verdad es incondicional.

–¿Qué sabrás tú? –farfulló Cash sarcástico.

Tippy escrutó su rostro, cubierto de de cicatrices, y esbozó una sonrisa.

–Más de lo que piensas –murmuró, pasando la mano por su pecho cubierto de vello.

Cash la malinterpretó, pensando que se refería a Cullen, el hombre con el que había vivido durante algunos años. Apartó la vista, esforzándose por volver a respirar con normalidad. La pesadilla que había tenido, una pesadilla recurrente, lo había dejado alterado.

–No tienes ni idea de los horrores con los que tengo que vivir.

–Disparaste a un chico.

Cash alzó sus ojos hacia los de ella, lleno de incredulidad.

–¿Cómo diablos sabes eso?

–Era lo que estabas gritando hace un momento –contestó Tippy con sencillez–. Cash, veo las noticias en la televisión como todo el mundo. Sé que en algunos países del tercer mundo las organizaciones paramilitares tienen en sus filas a niños soldados capaces de usar un rifle, o incluso un cuchillo si la ocasión lo requiere.

Cash frunció el ceño. Tippy no parecía horrorizada; ni siquiera sorprendida.

–Cullen luchó en Vietnam, Cash –murmuró–. Me habló de ello, de cosas que nunca pensarías que un hombre como él había visto. Era una persona culta, con mucho mundo... pero también había visto morir a niños. Por él sé cosas sobre la guerra que Rory no puede ni imaginar.

Cash se relajó, aunque sólo un poco.

—Yo he luchado en Oriente Medio —le dijo—, en Sudamérica, en las junglas de África... Lo hacía para ganar dinero, pero pronto comprendí que hay un precio por hacerse rico tan deprisa... y aún estoy pagándolo.

Tippy extendió una mano para tocarle los labios con las yemas de los dedos.

—Tienes pesadillas —dijo—... igual que yo. De hecho —añadió cuando una carita pálida se asomó a la puerta entreabierta—, también las tiene Rory. ¿Verdad? —le preguntó a su hermano pequeño.

El chico entró en la habitación, cerró la puerta, y rodeó la cama.

—Sam me dio un día una paliza tan terrible que casi me mató —le dijo a Cash, sentándose a su lado sobre el colchón—. A veces me despierto gritando en medio de la noche. Y ella también —añadió señalando a su hermana con la cabeza.

Cash, que había estado conteniendo el aliento, exhaló con pesadumbre.

—Y yo —admitió quedamente.

—Pero esta noche ya no tendrás más —le dijo el muchacho, tapándose con la sábana—. Buenas noches, Tippy.

No era el momento de forzar a Cash a hablar si no quería, se dijo Tippy. La idea de Rory era mucho mejor. Después de todo, si no quería compañía siempre podía echarlos de su cama.

Así que levantó la sábana, se tumbó, tapándose con ella, y se arrimó a Cash usando su hombro como almohada. Sonrió, suspiró suavemente, y cerró los ojos. Se sentía como si hubiese llegado a casa, al hogar que nunca había tenido.

—Buenas noches, Rory.

—Buenas noches, Cash —añadió el muchacho adormilado.

—Buenas noches, Cash —lo secundó Tippy bostezando.

Todavía faltaban varias horas para que se hiciera de día.

Fuera el viento aullaba, y estaba empezando a llover. Mientras el sueño la arrastraba, Tippy pensó en lo afortunados que eran de tener un techo bajo el que cobijarse. La gente no solía darle importancia a esas cosas, pero cuando había escapado de su madre y de Sam había pasado muchas noches sola y asustada en las calles antes de que Cullen la recogiera.

Cash, allí sentado con Tippy a un lado y Rory al otro, no sabía qué pensar. Se sentía seguro, se sentía a gusto. Se tumbó y exhaló confuso un suspiro. Quería protestar, decirles que no necesitaba compañía, ni que lo consolasen, que era un tipo duro capaz de cuidar de sí mismo y enfrentarse a sus pesadillas, pero al cabo de un rato la calidez del cuerpo de Tippy a su derecha, y el de Rory a su izquierda terminó por hacerlo rendirse. «¡Qué diablos!», pensó; cerró los ojos, y se durmió.

Al día siguiente, cuando se levantó y se fue al trabajo, Cash no le dijo nada a nadie sobre los dos compañeros de cama que había tenido durante la noche.

Durante varios días estuvo encerrado en sí mismo, y aunque en sus ratos libres le enseñó a Rory a fabricar una caja para gusanos, e incluso lo llevó a pescar, a Tippy nunca la invitaba. De todos modos a ella tampoco le importaba demasiado; con ver feliz a Rory le bastaba.

Una mañana temprano, cuando el chico todavía estaba durmiendo y Cash se había marchado ya, despidiéndose de ella con un gesto de cabeza, Tippy, que estaba en la cocina, oyó un ruido fuera. La señora Jewell había salido a comprar, así que debía tratarse de Cash. Se le habría olvidado algo, pensó con una sonrisa mientras colocaba la sartén sobre la hornilla para prepararse unos huevos revueltos.

Oyó abrirse la puerta de tela metálica detrás de ella, pero no escuchó el sonido de ninguna llave introduciéndose en la cerradura. En cambio, quien quiera que estuviese fuera sacudió el pomo con todas sus fuerzas.

El corazón empezó a latirle como un loco, y le entró pánico al pensar que pudiera tratarse del tercer secuestrador que había ido a por ella. Se había acostumbrado a la calma y la rutina de las semanas anteriores, y casi se había olvidado de que su vida corría peligro. Sin embargo, en un instante todos sus sentidos se pusieron en alerta. Se oyó una patada en la puerta, como si quien estaba fuera estuviese intentando romperla.

Agarró el teléfono y con dedos temblorosos marcó el 911 con la cabeza girada, vigilando la puerta de madera.

—¿Jefe Grier? —contestó la sorprendida operadora de emergencias, al otro lado de la línea.

—Soy Tippy Moore —respondió ella—. Alguien está intentando entrar en la casa. Por favor, manden a alguien cuanto antes.

—Le enviaremos una unidad enseguida, señorita Moore. Por favor, no cuelgue... ¿señorita Moore?

Tippy había soltado el teléfono y había agarrado la sartén por el mango con las dos manos. La puerta estaba empezando a romperse. Había sido una víctima toda su vida, de un modo u otro: primero del novio de su madre, luego de los tipos prepotentes que la habían acosado en el trabajo, después de los secuestradores de Rory, que habían estado a punto de matarla... Estaba cansada de ser una víctima.

Se puso a un lado de la puerta para que el intruso no la golpeara al entrar. Tenía el corazón desbocado y estaba asustada, pero no iba a acobardarse. No esa vez. Aquel tipo iba a pagar por cada hombre que la había maltratado, física y psicológicamente. Apretó el frío mango de la sartén entre sus manos, sintiendo que su propio peso le daba seguridad.

El intruso se había puesto a cargar contra la puerta, que estaba astillándose, dándole un aspecto viejo y quebradizo. Con un par de embestidas más la puerta se abrió bruscamente, golpeando contra la pared, y un hombre alto y delgado, vestido con un pantalón vaquero y un polo irrumpió en la cocina con una pistola en la mano.

¡Al fin un blanco! Tippy le dio un sartenazo en la muñeca con todas sus fuerzas. La pistola salió volando, y el tipo chilló.

Irónicamente, el dolor del intruso dio fuerzas a Tippy.

—¿Te creías que ibas a entrar en mi casa? —le gritó, golpeándolo en el hombro con la sartén. El hombre gritó dolorido de nuevo, y Tippy bajó la sartén para pegarle en la rótula—. ¿Creías que ibas a dispararme? ¡Pues te has equivocado!

El tipo se había puesto a aullar, literalmente. Estaba saltando sobre una pierna y protegiéndose el hombro con la mano sana mientras intentaba retroceder hacia la maltrecha puerta.

Tippy siguió golpeándolo. Estaba furiosa. Aquel tipo había invadido su hogar, la habría matado si hubiera podido... No le importaba si iba a la cárcel; iba a hacerle pagar por intentar matarla.

—¡Puedes decirle a Stanton, cuando lo veas, que no es más que basura! —le gritó, pegándole de nuevo en el hombro con la sartén.

El tipo aulló de dolor otra vez, y dio un traspié cuando intentaba echarse atrás.

—¡No voy a esconderme en un armario mientras me manda a escoria como tú para intentar callarme antes del juicio!

—¡Socorro! —gritó el intruso, gateando hacia la puerta.

Tippy tenía la sartén levantada para asestarle otro golpe cuando se oyeron sirenas en la calle, y tres coches de policía se detuvieron con un chirrido de neumáticos frente a la casa. En uno de ellos iba Cash. Segundos después varios agentes uniformados y armados se desplegaban en torno a la casa.

—¡De rodillas! ¡Y ponga las manos sobre la cabeza! —le gritó Cash al intruso, apuntándole con la pistola.

Esperaba que su voz sonase calmada, porque sentía que el corazón iba a salírsele del pecho. ¡Había pasado tanto miedo, pensando que no llegasen a tiempo para salvar a Tippy...!

—¡No... no puedo levantar los brazos! —gimió el hombre—. ¡Me ha pegado!, ¡ha intentado matarme! ¡Quiero protección!

Rory entró en la cocina en ese momento, y se quedó allí de pie, en pijama, frotándose los ojos, y tardó un instante en fijarse en la puerta destrozada, el extraño, y los coches de policía que había en la calle.

—¿Qué ha pasado? —le preguntó a Tippy.

Sólo entonces repararon los agentes y Cash en la presencia de Tippy. Tenía una enorme sartén de hierro agarrada con ambas manos, el cabello le rodeaba alborotado el rostro encendido como un halo, y estaba vestida con un pijama verde de satén y una bata. Estaba tan bonita que por un momento los policías se quedaron mirándola embelesados.

—¡Esposadlo! —le gritó Cash a dos agentes, que tras salir de ese estado de trance corrieron hacia el sospechoso.

Jadeante y con los ojos verdes aún relampagueándole, Tippy bajó las escaleras del porche hacia el intruso, que salió gritando:

—¡Sálvenme!, ¡se lo contaré todo!, ¡pero no dejen que se me acerque!

Los vecinos de ambos lados de la calle habían salido de sus casas y estaban en sus jardines observando boquiabiertos aquella escena un tanto peliculera que había roto la monotonía de esa mañana de lunes. Una anciana estaba riéndose abiertamente.

—¿Tippy? —la llamó Cash suavemente, yendo junto a ella—. ¿Estás bien, cariño?

La joven asintió, emocionada por el tierno apelativo y su preocupación, y bajó la sartén.

—Creía que eras tú... hasta que empezó a sacudir el pomo de la puerta, y a pegarle patadas y empujarla.

Inspiró profundamente, los ojos fijos en el intruso, que estaba siendo conducido a un coche patrulla por los agentes.

Cash, que todavía no había recobrado el aliento, enfundó el arma sin mirar, ya que no podía apartar la vista del rostro de la joven.

—¿Estás segura de que no te ha hecho daño?

Tippy sonrió débilmente.

—En realidad ha sido al revés. Me enfadé tanto cuando vi la pistola en su mano... —le confesó.

Cash frunció el entrecejo.

—¿Llevaba una pistola?

Ella asintió con la cabeza.

—Está en el suelo de la cocina. Se la quité de las manos con un golpe de sartén —le dijo tambaleándose un poco—. Estoy un poco mareada.

—No dejes que lo vean los demás —le dijo Cash, tomándola por el codo—, estropearás el efecto.

Tippy se rió.

—Estoy bien —le susurró—, pero por si acaso no me sueltes.

—No lo haré —le prometió él.

Tippy se volvió hacia los agentes que estaban congregándose en torno a ellos en ese momento.

—Gracias, chicos —les dijo sonriéndoles, y consiguiendo que volvieran a quedarse embobados—. Su pistola está ahí dentro, en el suelo. Creo que quería dispararme.

—¿Iba armado? —inquirió uno de los más jóvenes, sorprendido.

Tippy asintió.

—Me pareció un cuarenta y cinco —añadió.

—Yo lo recogeré —dijo Cash—. Harry, tráeme una bolsa de pruebas y llama a nuestro investigador para que venga. Ya sé que es su día libre —añadió al ver vacilar al joven—, pero estoy seguro de que no le importará.

—De acuerdo —dijo Harry de inmediato—. Me alegro de que esté bien, señorita Moore —se despidió de Tippy con una sonrisa, y recibió otra de ella a cambio.

Los demás agentes seguían mirándola embobados.

—¿Le pegaste con una sartén? —inquirió Rory, que todavía estaba intentando enterarse de lo que había ocurrido—. ¡Caray, Tip, que valiente! ¡Voy a llamar a Jake para contárselo!

Y salió corriendo en dirección al salón.

—Vamos —le dijo Cash a Tippy, rodeándole la cintura con el brazo—. Yo te llevaré la sartén, querida —le susurró con una sonrisa maliciosa—. No queremos que te fatigues.

Ella se echó a reír y se la dio.

—¿Vas a arrestarme por asalto a un intruso a mano armada? —le preguntó en un murmullo.

—Eso depende... ¿Vas a asaltarme a mí?

—En cuanto te descuides —bromeó ella.

Cuando Cash entró con ella miró enfadado la puerta destrozada, pero aún más enfadado miró la pistola automática del cuarenta y cinco tirada en el suelo. Se imaginó toda una serie de escenas horribles. Sus hombres y él no habrían llegado a tiempo para salvarla, a pesar de la prisa que se habían dado en llegar allí. Si Tippy no hubiera tenido esa sartén a mano...

La atrajo hacia sí, besándola afanosamente, y ella le respondió con el mismo ardor. Se estaba excitando, y la joven lo advirtió. De hecho, empezaron a temblarle las piernas, en parte de deseo, y en parte por el efecto retardado de temor por lo ocurrido.

—Podría haberte matado —masculló Cash, mientras sus labios descendían por su suave y cálida garganta, y ella lo sintió estremecerse de arriba abajo—. ¡Esa sabandija...!

Tippy le rodeó la cintura con los brazos, y apoyó la mejilla en su pecho.

—¿Sabes que apenas sentí miedo? —le dijo cansada—. Creo que está empezando a pegárseme tu valor.

—Eso parece, sí —dijo alguien en tono divertido desde la puerta.

Tippy giró la cabeza sobre el pecho de Cash y vio a Judd entrando en la cocina. Cash lo miró y le sonrió.

—Ha podido con él ella sola —le dijo levantando la sartén—. Cuando llegamos aquí estaba alejándose de ella a rastras y pidiendo ayuda a gritos.

Los ojos de Judd centellearon divertidos.

—Madre mía.

—Los vecinos hablarán de esto durante semanas —dijo Cash con un suspiro, mirándose en los ojos de Tippy—. Rory ya está llamando a sus amigos para presumir de lo valiente que es su hermana. «La famosa y elegante señorita Moore se enfrenta a un asesino con una sartén de hierro»...

—Por su culpa no he podido hacerme los huevos revueltos que iba a hacer —farfulló Tippy—. Justo estaba poniendo la sartén en el fuego cuando apareció. ¿Creéis que es el cómplice que faltaba de Sam Stanton? —inquirió—, ¿el que escapó en Nueva York?

—Probablemente —contestó Cash—. En todo caso lo sabremos pronto si cumple lo que estaba diciendo de confesarlo todo si lo salvábamos de ti —añadió riéndose.

—Pues como no desayune pronto, va a necesitar que lo salven —bromeó ella, apartándose de Cash y quitándole la sartén—. ¿Os apetecen unos huevos revueltos? —les preguntó.

Y volvió como si nada a la hornilla, con los dos hombres mirándola sonrientes.

A pesar de las objeciones de Cash, ese día Tippy preparó la cena para Rory, para él y para ella. Cash le había dicho que tenía que descansar después de lo que había ocurrido, y se ofreció a llevarlos a un restaurante, pero Tippy no le dejó.

Necesitaba mantenerse ocupada; no quería ponerse a darle vueltas a algo que ya había pasado.

—Ella es así —le dijo Rory a Cash con una sonrisa maliciosa, para provocar a su hermana—. Nunca se queja; por mal que se pongan las cosas.

—Ya lo he notado —contestó Cash.

Terminó su filete y tomó un sorbo de café para bajarlo. Todavía estaba irritado por la facilidad con que el tercer secuestrador había entrado en la ciudad y había llegado hasta su casa sin levantar sospechas. Mientras lo pensaba, bajó la vista a la taza con el ceño fruncido, como si el café fuera el responsable de todos sus problemas.

—¿Está muy flojo? —le preguntó Tippy al instante.

Cash alzó el rostro hacia ella.

—¿Qué? Oh, ¿te refieres al café? —murmuró, llevándose la taza a los labios—. No, no, está bien.

—Estás preocupado porque ese hombre consiguiera entrar en la casa... —comenzó ella.

Cash frunció el ceño aún más.

—Tendrás que acostumbrarte —le dijo Rory en un tono familiar—: Tippy sabe leer el pensamiento.

—Ya lo he notado —repitió Cash, apretando los labios en una fina línea. Sin embargo, se dio cuenta de que estaba comportándose de un modo fastidioso cuando lo que Tippy necesitaba después de lo ocurrido era comprensión y cariño—. Lo siento —murmuró.

Tippy se limitó a sonreír.

—No pasa nada —contestó—. Debería ser yo quien se disculpara; no pretendía molestarte.

—No me has molestado. Lees el pensamiento como ha dicho Rory, eso es todo —replicó él.

—Sí, pero sólo el tuyo y el mío —le dijo el chico—. No es capaz de leérselo a otras personas.

Cash se quedó quieto.

—¿Sólo el tuyo y el mío?

Rory asintió con la cabeza, y se llevó a la boca con el tenedor lo que quedaba en su plato del puré de patata.

—Lo ha intentado varias veces, pero nunca lo ha conseguido.

Aquello cambiaba totalmente la cosa. Era como si Rory y él fueran parte de ella. Cash nunca había sentido nada semejante en su vida, ni siquiera durante su breve matrimonio.

Lo que le preocupaba era el miedo que se había apoderado de él cuando le habían dicho que había un intruso en su casa y que Tippy estaba en peligro, le preocupaba el hecho de no haberse podido anticipar a ello. Durante los escasos minutos que había tardado en llegar allí había pasado por un infierno imaginando lo que podría ocurrirle. Se había sentido impotente, y eso no le gustaba. Peor aún, el miedo que había experimentado al saber que peligraba su seguridad había sido distinto de las otras veces que había sentido miedo en su vida. Tippy se había convertido en parte de él, en parte de su vida. Si la perdiera no sabría qué haría.

—¿Queréis un poco de helado? —inquirió Tippy, en un intento por desviar la mente de Cash de los oscuros pensamientos que lo tenían tan serio—. Hay helado de chocolate en la nevera.

—La verdad es que no tengo muchas ganas de postre —contestó Cash.

—Yo tampoco —dijo Rory—. Ha sido un día muy largo, ¿verdad? —añadió poniéndose de pie. Rodeó la mesa para dar un fuerte abrazo a su hermana—. Me alegra mucho que no te haya pasado nada —le susurró con los ojos cerrados—; eres lo único que tengo.

—No es cierto —lo corrigió Cash quedamente—: también me tienes a mí.

Rory levantó la cabeza y lo miró algo sorprendido. Durante las semanas que llevaba allí había creído que más que nada lo que hacía era molestar, pero Cash estaba sonriéndole.

Rory le devolvió la sonrisa tímidamente.

—Gracias. Lo mismo digo —murmuró—. Si pudiera te salvaría.

En el rostro de Cash se dibujó una expresión curiosa, entre el afecto y el orgullo.

—Lo recordaré —le dijo sonriéndole de nuevo.

—¿Te importa que ponga en el vídeo la película de aventuras que has traído? —le pidió Rory a Cash.

—No, claro que no. De todos modos no ponen nada bueno en la televisión esta noche.

—¡Gracias!

Y el muchacho desapareció en un abrir y cerrar de ojos, dejando a solas en la cocina a Tippy y a Cash, que se puso a juguetear con su taza vacía de café.

—¿Quieres más? —le ofreció Tippy al advertirlo.

—¿Por qué no? —aceptó él.

Tippy tomó la taza y fue junto a la cafetera a llenarla, pero cuando la depositó en la mesa, frente a Cash, él le agarró la mano y la sentó con cuidado en su regazo.

—Cuando mi padre me metió en la academia militar no sabía qué quería hacer —le dijo quedamente, mientras la acomodaba, apoyándole la cabeza en el hombro, y tomando una de sus finas manos—. Terminé allí mis estudios superiores, y mi sargento se dio cuenta de que nunca fallaba en las prácticas de tiro. Me recomendó para una unidad especial, una unidad ultrasecreta. Me asignaban una misión, y yo me encargaba de cumplirla. La información sobre la mayoría de esas misiones es clasificada, así que no puedo hablarte de ellas, pero baste con decir que se me exigía matar.

Tippy no se movió, ni dijo nada. Temía que Cash dejase de hablar. Era la primera vez que demostraba la suficiente confianza en ella como para hablarle de sus secretos, y tenía la sensación de que sólo se había sincerado a ese respecto con otra persona: su ex esposa, que lo había abandonado después de aquello. Tippy nunca sería capaz de hacer algo así, le dijese lo que le dijese; lo amaba demasiado.

Cash bajó la vista a su rostro.

—¿No dices nada? —le preguntó en un tono tenso.

—Estás hablando y te estoy escuchando —le dijo Tippy suavemente—. Sé que esto debe ser difícil para ti, y no pienso juzgarte, ni criticarte, pero creo que es bueno que hables de ello.

Cash soltó una risa seca.

—Eso mismo creí yo una vez.

Tippy extendió una mano hacia su rostro y le acarició la mejilla con ternura.

—No estás en el pasado. Y yo no soy una cobarde.

Cash pareció relajarse un poco.

—Bueno, desde luego eso es algo que no puede rebatirse después de lo de esta mañana —murmuró—. Vas a ser una leyenda local durante el resto de tu vida.

Tippy sonrió divertida.

—¿Tú crees?

—Lo creo —respondió él, menos tenso, moviéndola un poco para que estuviera más cómoda—. Colaboré en un par de «operaciones negras», misiones secretas carentes de ética, antes de que empezara a afectarme lo que hacía. Abandoné el ejército, pero mi reputación me acompañaba allí donde iba, y en muy poco tiempo estuve en las listas de todo el mundo para realizar misiones especiales... como mercenario. Permití que me convencieran de que los cargos de conciencia que tenía desaparecerían con el tiempo, de que estaban haciendo un trabajo necesario para que el mundo fuera un lugar más seguro. Me tragué lo que me dijeron. Estuve trabajando para varios organismos de nuestro país y también para los de otros, y a menudo colaboraba como francotirador con comandos de élite. Además, les era útil porque hablaba varias lenguas con fluidez y porque sabía reparar cualquier aparato electrónico. Nunca me faltaba trabajo –le explicó. Inspiró profundamente antes de continuar, y se reflejó en sus ojos negros una expresión de angustia–. Una noche empecé a tener pesadillas. Eran muy vívidas, muy reales, pesadillas de las que me despertaba gritando. En ellas veía caras de muertos. Al principio era sólo algo ocasional, pero se fueron haciendo más frecuentes –sus facciones se tensaron al recordarlo–. Pensé que si lo dejaba tal vez no volvería a tenerlas. Todo el dinero que había ganado como mercenario lo tenía guardado en un banco en Suiza; más del que podría necesitar para vivir. Además, sabía que un día se me acabaría la buena suerte; era sólo cuestión de tiempo, así que lo dejé y me volví a los Estados Unidos. Estuve trabajando en distintas jefaturas de policía aquí en Texas hasta que ingresé en el cuerpo de los Rangers. Un día, a la hora del almuerzo, conocí a una mujer... una bonita morena que llevaba varios días echándome miraditas. Flirteó descaradamente conmigo hasta que cedí a mis impulsos y le pedí salir. Después de nuestra primera cita se vino a vivir conmigo, y dos semanas después nos habíamos casado.

Tippy no quería mostrarse celosa, pero no pudo evitarlo.

–Vaya, sí que os disteis prisa.

–Demasiada. Lo que yo no sabía era que era prima de un antiguo compañero mío del ejército. El tipo no sabía qué clase de misiones hacía, pero sí que tenía dinero. A ella le encantaban los diamantes y la alta costura, y yo estaba demasiado ciego como comprender que no sentía nada por mí, que sólo le gustaban los regalos caros que le hacía.

Tippy contrajo el rostro.

–Debió resultarte muy doloroso cuando te diste cuenta.

–Lo fue –asintió él, y sus facciones se endurecieron–. Estaba loco por ella, y creía que ella también estaba enamorada de mí. Cuando me dijo que estaba embarazada no cabía en mí de gozo. Nunca hasta ese momento me había planteado la posibilidad de tener hijos, pero sólo pensar que iba a ser padre me idiotizó —añadió, intentando restar importancia a sus sentimientos, pensando en el bebé que habían perdido—, así que en un arranque de honestidad me senté con ella y le conté toda la historia de mi vida. El resto ya lo sabes: me abandonó. Más tarde me enteraría de que de todos modos tenía pensado abortar. Sólo dijo que lo había hecho por mi culpa porque creía que al acusarme de haberle ocultado antes de casarnos las «monstruosidades» que había hecho, conseguiría una suma mayor cuando nos divorciásemos.

Tippy escrutó su rostro.

—¿Y la consiguió?

—No. Yo tenía un buen abogado. Había sido mercenario, como yo, y tenía una gran habilidad para el espionaje. Estuvo vigilándola, le pinchó el teléfono... conseguimos un montón de pruebas que por supuesto ningún tribunal admitiría, pero bastaron para asustarla y que tomara lo que le ofrecía. Aceptó, le firmé un cheque, y desde entonces no he vuelto a verla.

—¿Piensas... piensas alguna vez en ella? —inquirió Tippy, no atreviéndose a formular directamente la pregunta que quería hacerle: si todavía la amaba.

—A veces —confesó él, esbozando una sonrisa—. Pero no con agrado, ni porque aún la desee... lo que pienso es que tuve suerte de librarme de ella.

Tippy le devolvió la sonrisa aliviada.

—¿Y cómo acabaste aquí, en Jacobsville?

—Estaba cansado de la vida nómada que llevaba en el cuerpo de los Texas Rangers, así que me presenté para un puesto de experto en ciberdelitos en la fiscalía del distrito de Houston —le explicó—. Tenía mucha experiencia como *hacker* por el tiempo que estuve haciendo esos trabajillos para organizaciones militares —añadió sacudiendo la cabeza—, pero no acababa de encajar allí. De hecho parecía que no pudiera encajar en ninguna parte, y mi reputación me precedía –miró a Tippy y esbozó una leve sonrisa antes de continuar–. Siempre estaba encontrándome con tipos que me conocían. Exageraban al contar algunas de las cosas que había hecho, y mi carácter reservado hacía que los demás las creyeran –acarició distraído las largas uñas de Tippy con la yema del pulgar–. Y entonces, justo cuando estaba planteándome volver al ejército, mi primo Chet fue a Houston a verme y me preguntó si estaría interesado en trabajar como ayudante del jefe de policía aquí, en Jacobsville. Aquello fue antes de que Ben Brady se convirtiera en alcalde en funciones, claro. Si no no habría conseguido el puesto. Pero contaba con la aprobación de Chet, y el alcalde que había entonces y el resto de los concejales también aprobaron mi nombramiento. Y desde entonces estoy aquí.

–¿Y no sientes nostalgia de tu antigua vida de aventuras? –inquirió Tippy suavemente.

–Un poco –tuvo que admitir él. Miró a la joven entre sus brazos: tan hermosa, tan cálida, con una piel tan suave..., y sintió que se le formaba un nudo en la garganta–, pero ya no –añadió con voz ronca.

Los ojos de Tippy brillaron.

–¿Por qué?

Cash se encogió de hombros, y observó la delicada mano que había sobre el frontal de su camisa mientras acariciaba la otra con la suya.

–No lo sé. Mi vida ha cambiado desde que Rory y tú llegasteis a ella, y más aún desde que os tengo aquí conmigo. Por primera vez me siento... como parte de una familia.

Tippy no solía llorar, pero después de lo que había ocurrido aquella mañana se sentía todavía frágil, y las palabras de Cash le robaron el aliento. ¿Querría decir lo que creía que quería decir?

Al ver que se le habían llenado los ojos de lágrimas, y

que empezaron a rodarle por las mejillas, dejando húmedos rastros a su paso, Cash frunció el entrecejo.

—¿Qué es, Tippy?, ¿qué tienes?

—Yo también me siento así —le confesó ella—; y a Rory le pasa lo mismo.

Notándose de pronto algo mareado, Cash esbozó una sonrisa.

—¿De... de verdad?

Ella asintió con la cabeza, y Cash la abrazó e inclinó la cabeza para besarla amorosamente. Tippy, que nunca había conocido una ternura semejante, le respondió del mismo modo.

Cash cerró los ojos, sintiéndose como si hubiese encontrado un verdadero hogar. Tippy apoyó la mejilla en su pecho y se quedó escuchando los latidos de su corazón.

Rory asomó la cabeza por la puerta.

—¡Oh, perdón...!

Cash se rió cuando vio que se marchaba.

—Vuelve aquí —le dijo. Tippy se irguió en su regazo con los ojos un poco rojos, pero sonriente—. ¿Qué querías? —le preguntó.

—Están poniendo una película antigua de vampiros con Bela Lugosi en... —respondió el chico, moviendo las cejas arriba y abajo.

—¿Con Bela Lugosi? —exclamó Cash, poniéndose de pie y casi tirando a la pobre Tippy al suelo—. Perdona, cariño —se disculpó—, pero es que me encanta Bela Lugosi...

Tippy lo miró boquiabierta.

—¿En serio? —exclamó a su vez—. ¿No es broma?

—A ella también le gusta —explicó Rory.

Cash y Tippy cruzaron una rápida mirada.

—¿Tenemos palomitas? —inquirió Cash esperanzado.

—De microondas —asintió Tippy, corriendo a hacerlas.

El día, que había comenzado de un modo tan estresante,

había acabado siendo mágico, pensó Tippy mientras metía la bolsa en el microondas. De pronto sentía que su relación con Cash podía tener futuro. Nunca había estado tan segura de nada como lo estaba de aquello en ese momento.

Se volvió para mirar a Cash, que salía de la cocina con Rory, un brazo en torno a los hombros del chico, y justo en ese instante él giró la cabeza también para mirarla y le guiñó un ojo. Las barreras entre ellos estaban desapareciendo.

Tippy había pensado que la fama que se había ganado por haber reducido al intruso con una sartén no duraría más de un día, pero la gente siguió hablando de ello, y unos días después uno de los periódicos que había publicado mentiras sobre ella se hizo eco de su gesta.

En el artículo se decía que el tipo había resultado ser en efecto el tercer secuestrador, y refería cómo había sido arrestado y llevado de regreso a Nueva York por dos agentes del FBI que no podían dejar de reírse mientras se marchaban con él.

En la historia que relataba el periódico, sin embargo, había también otros detalles que Tippy no habría esperado jamás. En un párrafo se citaba a una doctora de Jacobsville, Lou Coltrain, que aclaraba que había perdido a su bebé por la crueldad del ayudante de dirección cuyo nombre no se mencionaba, y comentaba cuánto había sufrido por aquello. También se citaba a Joel Harper, que decía que era tan importante para la producción que habían decidido que sólo retomarían el rodaje cuando se hubiese repuesto por completo, y añadía con humor que ya estaban cambiando el guión para incluir su innovadora técnica de defensa de la sartén.

Incluso las agencias de noticias recogieron la historia

cuando apareció en la gaceta de Jacobsville, y en los periódicos de Houston y San Antonio.

Pero había algo más en el artículo del periódico amarillista que haría que el corazón le diese un vuelco a Tippy al leerlo: una cita del jefe de policía de Jacobsville, Cash Grier, que anunciaba que iban a casarse ese mismo mes.

Tippy no podía creer lo que estaba leyendo. Cash no podía haber dicho en serio eso de que iba a casarse con ella, no después de todas las veces que le había dicho que no tenía intención de volver a casarse. Confundida, se sentó con el periódico en las manos y volvió a leer el artículo entero.

—El tercer secuestrador estará en la cárcel hasta que se celebre el juicio —le dijo Cash, con las manos en los bolsillos—. No podía soportar el golpe que había sufrido tu reputación por culpa de ese ayudante de dirección, así que he tenido una larga charla con algunas personas que conozco, y no volverá a pasarle a nadie lo que te hizo a ti. Y con la ayuda de la doctora Coltrain conseguí que el periódico publicara ese artículo para reparar el daño que te habían hecho —explicó.

—Pero... es un poco... drástico, ¿no? —murmuró Tippy.

—¿Por qué?, ¿por desenmascarar a ese tipo arrogante e insignificante que trabajaba para Joel Harper? —le espetó Cash.

—¡No! Por cierto, gracias por eso —dijo Tippy—. Me refería a lo de nuestro... compromiso. ¡Aquí dice que vamos a casarnos este mes!

Los ojos negros de Cash buscaron los suyos.

—Ya no hay secretos entre nosotros. Yo lo sé todo sobre ti, y tú lo sabes todo sobre mí. Tengo un trabajo estable, y también dinero en varios bancos del extranjero, aunque si no lo tuviera tampoco me importaría, porque nunca me ha importado trabajar. Lo que quiero decir es que puedo asumir sin problemas cargas familiares. Y Rory puede vivir con nosotros... a menos que tenga muy claro que quiere pasar los próximos ocho años en una academia militar, claro.

A Tippy se le había cortado la respiración.

—Debo estar soñando —murmuró.

—¿Soñando... o teniendo una pesadilla? —inquirió él, preocupado.

—Soñando —respondió ella en un susurro. Con las mejillas ligeramente arreboladas, alzó el rostro hacia él y lo miró embelesada—. ¡No puedo creerlo!

Cash se relajó. La expresión en su rostro, a un mismo tiempo de dicha, sorpresa, y amor, hizo que una sensación cálida lo invadiera.

—¿Quieres que me ponga de rodillas? —le preguntó con una sonrisa—, ¿o te toca hacerlo a ti? No me digas que todavía no me has comprado el anillo...

Tippy lo miró confundida, pero recordó al instante cómo lo había estado haciendo rabiar semanas atrás con un supuesto cortejo.

—Creía que habías dicho que no lo querías... —lo provocó.

—En ese caso tendrás que ir a comprarlo. Pero hasta entonces...

Cash dio un paso adelante, se metió la mano en el bolsillo, sacó una cajita, y la abrió. Dentro había dos anillos de oro: uno de compromiso, y el otro de matrimonio. El primero tenía engarzada una esmeralda rodeada de diamantes, y el segundo era un sencillo aro que alternaba pequeños diamantes y esmeraldas.

—Oh, y una cosa más... —añadió Cash, poniéndole delante una licencia matrimonial–. Yo ya me he hecho el análisis de sangre, y he recogido los resultados del que te hicieron a ti la semana pasada cuando la doctora Coltrain te hizo el reconocimiento con el especialista que había venido de San Antonio.

–Hablando de eso... Todavía no alcanzo a imaginar cómo conseguiste que viniera hasta aquí a verme en vez de que tuviéramos que desplazarnos nosotros hasta allí –murmuró ella.

–Micah Steele y él son viejos amigos –respondió Cash, sin añadir nada más–. Bueno, pues tenemos la licencia matrimonial, y una cita pasado mañana con el juez del tribunal testamentario –añadió muy satisfecho consigo mismo–. Lo único que tienes que hacer es decir «sí». Yo me encargaré del resto.

Tippy se quedó mirando la licencia matrimonial y los anillos como en trance, mientras el corazón le latía salvajemente en el pecho.

–Nunca me atreví a soñar siquiera con que esto pudiera ocurrir –le dijo quedamente, mirándolo llena de amor.

Cash se inclinó y le dio un beso tierno y sensual. El corazón de Tippy latió aún con más fuerza, y Cash volvió a besarla.

–Lo sabes todo de mí, y aun así no has huido de mí –susurró–. ¿Cómo podría arriesgarme a perder a una mujer que no sólo está dispuesta a aceptarme como soy, sino que además es capaz de reducir con una sartén a un criminal armado? ¡Te has convertido en una leyenda!

Tippy se rió suavemente, y le rodeó el cuello con los brazos para apretarlo contra sí.

–Voy a cuidar de ti el resto de mi vida –murmuró con dulzura.

Cash se sonrojó ligeramente.

–¡Esa frase era mía!

–De acuerdo, entonces cuidaremos el uno del otro

—murmuró Tippy, bajándole la cabeza para besarlo de nuevo. Quería decirle que lo quería, pero Cash no había mencionado la palabra «amor», y ella todavía se sentía demasiado insegura como para declararle sus sentimientos abiertamente–. ¿Estás seguro de que quieres esto? –le preguntó muy solemne.
—Estoy seguro.
Cash la atrajo hacia sí de nuevo, envolviéndola entre sus fuertes brazos, y la besó con un ardor que hizo que a la joven le temblaran las rodillas.
—¡Oh, Dios, eres maravillosa...! –jadeó Cash, antes de hacer el beso más profundo y arrinconarla contra la mesa de la cocina–. ¡Tippy...!
Tippy se encontró tumbada entre los restos del almuerzo con Cash inclinado sobre ella con una mirada lujuriosa.
—¡Cash!, ¿qué estás haciendo? –exclamó con los ojos cerrados, mientras todavía podía hablar.
—Adivínalo –farfulló él entre beso y beso.
En medio de las protestas de una vocecilla dentro de su cabeza, que le decía que alguien podría entrar por la puerta de repente, o que Rory podría volver a casa en ese momento, o que podían haber puesto micrófonos y cámaras ocultas, Tippy notó que Cash empezaba a tirarle de la ropa y a desabrochársela.
Fuegos de artificio empezaron a explotar en su interior cuando sintió momentos después que la penetraba. Abrió los ojos y se miró en los de él, mientras cada fiero movimiento de las caderas de Cash hacía que escapasen gemidos ahogados de su garganta.
Cash, que tenía las manos bajo de la espalda de ella, entornó los ojos, brillantes de deseo, y observó su rostro sin dejar de moverse.
Tippy no tenía aliento suficiente para decirle que aquello era una locura. Estaba ardiendo de placer. Abrió un poco más las piernas para facilitarle el acceso, y sus caderas se ar-

quearon hacia las de él. Hacía tanto desde aquella noche en que habían hecho el amor por primera vez... Estaba ávida de él.

El increíble goce que estaba sintiendo se reflejó en su rostro mientras su cuerpo respondía a cada rápida y segura embestida. Estaba ascendiendo hacia el cielo; todo ese placer la hacía sentirse más viva que nunca.

—Me vuelves loco... —masculló Cash, emitiendo un ruido gutural al sentir una nueva sacudida de placer—. ¡Oh... Dios... Tippy! ¡Te necesito...!

—Yo también te necesito —jadeó ella—. ¡Te necesito tanto, Cash... tanto... tanto...!

—Demuéstramelo, cariño —le susurró él, rozando los labios de la joven con los suyos. Los movimientos de su cuerpo se volvieron más insistentes, más desesperados—. Demuéstramelo...

Tippy le desabrochó torpemente los botones de la camisa y la abrió, dejando al descubierto una vasta extensión de músculo y abundante vello negro. Luego se arrancó la blusa, se quitó el sostén, y se arqueó para frotar sus senos contra el pecho de Cash.

Cash emitió un gruñido casi animal, y la miró a los ojos mientras los conducía hacia el clímax. Su aliento jadeante se mezcló con los entrecortados gemidos que escapaban de la garganta de Tippy.

—Oh... por favor —le rogó, estremeciéndose con cada rápida embestida de sus caderas—. Por favor, por favor...

Cash se echó hacia atrás, cerró los ojos antes de impulsarse hacia adelante de nuevo con las fuerzas que le quedaban, y de pronto sintió como si se hubiese lanzado en caída libre desde un precipicio. Aspiró hacia dentro, y se convulsionó al tiempo que gemía junto al oído de Tippy.

La joven estaba palpitando con él, dejándose arrastrar por el placer que la había arrollado como una ola de calor. Prorrumpió en gritos, y le clavó las uñas a Cash en la espalda con fiereza al tiempo que se rendía por completo a su posesión.

—Te siento... —jadeó—, te siento dentro de mí...

Sus palabras incrementaron el placer de Cash, que gimió de nuevo.

—Eres parte de mí —le susurró—, y yo soy parte de ti... Eres tan suave, cariño... Tan suave, y tan cálida... es como si estuviera envuelto en un capullo de seda. Nunca había sentido nada igual.

—Yo tampoco —le contestó ella, también en un susurro, aferrándose a él mientras se apagaban los últimos coletazos de placer—. Ni siquiera la primera vez que lo hicimos...

Cash pensó de pronto que él era el único hombre con el que verdaderamente había tenido relaciones. La única experiencia que había tenido antes de hacer el amor con él había sido terrible y aterradora. En cambio con él estaba a gusto. Podía notarlo en su dulce voz, en su hermoso cuerpo, relajado bajo el suyo.

—¿Qué piensas? —le preguntó Tippy, aún temblorosa.

—¿No lo sabes? —la provocó él.

—No... no puedo ni pensar en este momento.

—Bueno, eso me tranquiliza —le susurró Cash con una risa maliciosa. Levantó la cabeza y la miró a los ojos—. Estaba pensando que soy el único hombre con el que has hecho esto.

Tippy lo miró confundida.

—El que Stanton te violara no cuenta —le dijo Cash con ojos amorosos.

—¿De verdad piensas eso? —inquirió curiosa.

Cash tiró suavemente del labio superior de Tippy con los suyos.

—Stanton te forzó, pero para él aquello era como cometer un robo, no era algo que hiciera para obtener placer. Los violadores no buscan placer, sino amedrentar a su víctima, tener control sobre ella.

—Hace años estuve saliendo con un hombre —comentó Tippy—. Para él el que me hubieran violado era como una especie de mancha que hubiese quedado sobre mí. Decía que le habría dado asco tocarme sabiendo que me habían hecho eso.

—A mí no me importaría que hubieras hecho el amor con media docena de hombres... siempre y cuando yo fuera el último —murmuró Cash en un tono amable.

En ese momento Tippy supo con certeza que sentía por ella algo más deseo. Sus ojos estaban mirándola de un modo afectuoso y tierno. Extendió una mano y le acarició posesiva la mejilla y después la boca.

—Te adoro —le susurró con voz ronca.

Cash se llevó su mano a los labios y le besó los dedos.

—Y yo a ti —respondió, levantando la cabeza y mirándola. Sus cejas se arquearon—. No puedo creer que haya hecho esto.

Tippy sonrió maliciosa.

—Pues yo sí.

Cash se incorporó riéndose, la ayudó a levantarse, y empezó a ponerle la ropa de nuevo en un silencio impregnado de dicha y complicidad.

—Menos mal que no se le ha ocurrido nadie venir a hacernos una visita —comentó Tippy, observando los restos de comida desparramados por encima de la mesa. Se notaba el pelo raro, y cuando se llevó una mano detrás de la cabeza se encontró con que se le habían pegado trozos de puré de patata y judías verdes.

—Vaya, mira cómo me he puesto... —murmuró.

Cash prorrumpió en carcajadas.

—Tienes un aspecto delicioso, querida —le dijo—. Si quieres puedes revolcarte un poco más en el puré de patata, y luego te lo limpio yo con la lengua... —le sugirió moviendo las cejas de un modo insinuante.

Tippy le dio un pequeño golpe en el hombro.

—Para ya. Ésta no es forma de empezar una relación seria.

—Ya lo creo que lo es —replicó él—. La comida es la base de más de una relación. Y estás preciosa con puré de patata y judías en el pelo.

—Sigue burlándote de mí, y te echaré encima los posos del café —lo amenazó Tippy.

Cash se rió y se inclinó para besarla amorosamente.

—No hemos usado nada —le dijo quedamente, poniéndose serio.

Tippy esbozó una sonrisa relajada.

—Lo sé; y no me importa.

A Cash se iluminaron los ojos, y le devolvió la sonrisa.

—Bueno, entonces, ¿cuándo y dónde nos casamos? —quiso saber Tippy.

—Pasado mañana en el palacio de justicia del condado. Judd y Crissy me han prometido que serán nuestros testigos.

—Es un bonito detalle por su parte —le dijo Tippy con sincera apreciación.

—Sí que lo es —contestó Cash, mirándola embelesado—. Estos van a ser los dos días más largos de mi vida —murmuró.

Se casaron por la mañana temprano. Tippy vistió su traje de chaqueta pantalón verde de seda para la ocasión, y llevó un ramo de rosas amarillas, y Cash se puso traje. Judd, Crissy, y Rory asistieron a la ceremonia como testigos, y el juez les sonrió con complicidad al declararlos marido y mujer.

Rory los abrazó con fuerza conteniendo las lágrimas.

—Éste es el mejor día de mi vida —les dijo.

—También de la mía —respondió Cash.

Por primera vez no había sentido miedo a comprometerse, y dio gracias a Dios en silencio por que por fin Tippy fuera suya. Al mirar a la joven tuvo la impresión de que ella estaba pensando lo mismo, pero también de que estaba preocupada por algo. Lo intuía.

Más tarde, después de que almorzaran todos juntos en un restaurante de la ciudad, Cash le preguntó qué le inquietaba.

—No lo sé —le contestó ella con sinceridad—, pero es algo malo. Perdóname —añadió de inmediato—, no era mi intención estropear el día de nuestra boda.

—No has estropeado nada —replicó él—. Estoy empezando a acostumbrarme a tus premoniciones —le confesó—, pero no creo que tengas que preocuparte de nada. Rory va a pasar la noche en casa de Judd y Crissy, y nosotros, premonición o no, tendremos la clase de noche de bodas con la que sueña todo el mundo.

Tippy le sonrió con ternura.

—¡Estoy deseando que se haga de noche! —le susurró.

Cash se rió.

—Ya somos dos.

Fue una noche larga y llena de pasión. Cash le demostró a Tippy que tenía un aguante increíble, y le enseñó unas cuantas cosas que la joven ni siquiera había leído en los libros.

—¿Dónde aprendiste eso? —le preguntó Tippy, emitiendo un gemido ahogado debajo de él, con una de sus largas y fuertes piernas entre las suyas mientras la poseía.

—Me lo enseñó Arnie —murmuró Cash, poniéndole una mano en el muslo para posicionarla de nuevo.

Tippy lo miró con los ojos muy abiertos.

—¡¿Te lo enseñó un hombre?!

Cash se echó a reír. Bajó la cabeza y la besó con ardor en la garganta, lamiendo con la lengua el hueco en el que podía sentir su pulso.

—Arnie era un tipo al que conocí cuando estaba haciendo la instrucción. Sabía más de mujeres que un productor de películas X —le explicó—. Tenía libros, cintas de video, revistas... todo lo necesario para convertir a un novato en un experto.

—Sí, pero... la perfección... sólo se consigue con la práctica —replicó ella, conteniendo el aliento.

—Mmm-hmm... —murmuró él malicioso, mordisqueándole el hombro—. Pero en el sexo la mente y el corazón son tan importantes como el cuerpo. Hacerlo con alguien a quien apenas conoces no es más que una manera de pasar el rato.

—¿Y conmigo? —inquirió Tippy.

Cash levantó la cabeza y la miró a los ojos.

—Contigo es algo casi sagrado —le susurró.

Tippy entreabrió los labios y sus ojos se llenaron de lágrimas.

—No llores, Tippy —le dijo Cash, besándole los párpados.

—No puedo evitarlo —sollozó ella—. Es que yo... siento lo mismo cuando estoy contigo —le dijo besándolo afanosamente en el pecho—. Cada vez es como si fuera la primera vez; me lleno de deseo con sólo mirarte.

Cash la besó de nuevo en la boca, y le mordisqueó suavemente el labio inferior al tiempo que empezaba a moverse a un ritmo más lento. Su respiración se había vuelto rápida y trabajosa, igual que la de ella. Alzó la cabeza y la miró a los ojos, apretando los dientes con cada poderosa embestida contra sus caderas.

Tippy le clavó las uñas en los brazos, contrayendo los dedos como las garras de un gato con cada oleada de placer. De su garganta escapó un intenso gemido, y se movió convulsivamente debajo de él.

—Sí —jadeó Cash—, eso es. Vuelve a hacerlo; muévete conmigo.

—¿Te gusta? —inquirió ella sin aliento.

—Me encanta —murmuró Cash—. Tienes magia; haces que

arda por dentro. Me encanta la sensación que me invade cuando te poseo.

Tippy sonrió y se arqueó hacia él, incitándolo, y bajó las manos despacio, tímidamente hasta su vientre. Lo miró a los ojos, vacilante.

—Adelante —la instó Cash—. Haz lo que quieras.

—¿No te importa?

Cash se rió, a pesar de lo tenso que estaba por el deseo.

—No, no me importa —le dijo—. Vamos, gallina, tócame.

Tippy lo hizo, insegura, y se puso roja como una amapola. Cash se rió y bajó la mano para colocarle los dedos en torno a su miembro.

—Así —le susurró, enseñándole con una paciencia que pronto la creciente excitación tornó en impaciencia—. Ahí... —jadeó estremeciéndose—. Justo ahí... ¡sí!

Tippy estaba mirándolo fascinada por la expresión de angustia que había en su rostro cuando Cash apartó su mano y la hizo rodar con él, colocándose con brusquedad encima de ella.

—Perdona... —farfulló boqueando—. Es que... no puedo aguantar más...

—Quiero que me hagas tuya, Cash —le susurró Tippy, tomándolo por las caderas y tirando de ellas hacia las suyas—. Pero no con suavidad... —jadeó—. Déjate llevar... ¡llega hasta el fondo...!

Cash perdió el control, y en unos segundos el fiero empuje de sus caderas lo llevó al borde de un clímax increíble.

Sintió los ojos de Tippy sobre él cuando empezó a escalar la montaña del éxtasis, y aquello incrementó aún más el placer que estaba experimentando, haciéndolo aún más intenso, más exquisito. Nunca había sentido nada igual.

Tippy se dio cuenta de que Cash estaba llegando al límite. Abrió más las piernas, y arqueó las caderas siguiendo el movimiento rítmico y frenético de las de él, clavándole las uñas en las nalgas mientras lo empujaba para que llegara más adentro.

—¡Vamos, Cash, déjame verte llegar...! —le susurró, olvidándose de sus inhibiciones—. ¡Quiero verte llegar!

Cash alcanzó el clímax con un grito. Los músculos del pecho y el cuello se tensaron como si fueran cables, y de pronto se convulsionó, derrumbándose sobre ella.

El fiero envite de sus caderas y la íntima unión de sus cuerpos produjeron en Tippy una increíble explosión de placer. Los ojos se le llenaron de lágrimas, nublándole la vista, y ella también se estremeció violentamente. Durante unas décimas de segundo se convirtieron en dos almas fusionadas en un solo cuerpo, y se quedaron allí echados, inmóviles, palpitando de satisfacción y temblando en los brazos del otro.

—Ahora sí me siento como una mujer casada —murmuró Tippy con voz ronca.

—Y yo como un hombre casado —respondió él, besándole los párpados.

Durante los días siguientes Tippy y Cash disfrutaron de una felicidad que nunca habían creído posible. Estaban cada vez más unidos, y cuando Rory los observaba tomarse de la mano siempre esbozaba una sonrisa. Era parte de una familia, tenía un lugar en el mundo. Tampoco él había sido nunca tan feliz.

Sin embargo, el mal presagio de Tippy no se había disipado. Sabía que iba a ocurrir algo, algo desagradable, y aquello la preocupaba, aunque se esforzó para que Cash no lo notara.

Cuando llegó el viernes estaba hecha un manojo de nervios, esperando a que Rory regresara del centro comercial de Houston, donde había ido con uno de sus nuevos amigos y su familia. También estaba inquieta por Cash, por su trabajo. Sólo quería saber a qué se refería exactamente aquel mal presentimiento, pero sus intuiciones eran demasiado vagas.

Poco antes de que Cash llegara a casa, sin embargo, se produjo una llamada. Tippy se apresuró a contestar el teléfono, y al hacerlo oyó una voz que le resultaba familiar.

—Soy el sargento William James, de la jefatura de policía de Ashton, Georgia —le dijo el hombre, refrescándole la memoria.

—¡Sí, lo recuerdo! —exclamó Tippy.

Aquel era el agente que había sido vecino de su madre, años atrás, el hombre que la había salvado la noche que Sam Stanton la había violado, y quien la había llamado cuando Rory había recibido una paliza de aquella sabandija, con sólo cuatro años, y la había ayudado a conseguir su custodia.

—Tengo noticias para ti —le dijo quedamente—, aunque no sé muy bien cómo dártelas.

—Le ha ocurrido algo a mi madre, ¿verdad? —inquirió Tippy al instante—. Llevo todo el día preocupada.

El hombre no se sorprendió.

—Siempre tuviste ese don para intuir las cosas... desde muy pequeña —recordó.

—Es más una maldición que un don —replicó Tippy—. ¿Es grave?

—Sí, ha tenido un ataque al corazón. Supongo que no sabrás que lleva en rehabilitación un mes aproximadamente —le dijo el sargento James, sorprendiéndola—. Creo que es la primera vez, desde que la conozco, que la he visto sobria y sin un montón de droga metido en el cuerpo. No está bien, pero quiere veros antes de morir.

Tippy se quedó de piedra.

—¿Va a morir? —inquirió.

—Eso creo —respondió el hombre.

—Nunca ha sido una madre de verdad para nosotros —murmuró ella—, ni siquiera en las raras ocasiones en que no estaba borracha, o drogada.

—Pero sigue siendo vuestra madre —le recordó él.

—Lo sé —asintió Tippy. Vaciló un instante, pero añadió—. Iré con Rory a verla —dijo quedamente.

—Sé lo que os ocurrió en Nueva York —añadió el sargento—. No es seguro que vengáis aquí solos. Deberías traerte a alguien que te vigile las espaldas. Si quieres puedo acompañaros.

Tippy sonrió.

—Gracias —dijo Tippy—, pero creo que a Cash, mi marido, no le importará ir con nosotros.

Hubo un silencio al otro lado de la línea.

—¿Cash Grier?

—¿Lo conoce? —preguntó Tippy sorprendida.

—He hablado con él —matizó el sargento—. Telefoneó aquí hace unas semanas para pedirnos que vigiláramos a vuestra madre en caso de que los secuestradores intentaran entrar en contacto con ella, o si pagaban su fianza. Fue arrestada por haber colaborado en el secuestro de tu hermano, y se le dictó prisión preventiva. En unos días pagó su fianza y salió de la cárcel. Quizá el ataque al corazón se haya debido a la tensión que tenía por el miedo de acabar en la cárcel con Stanton varios años por el secuestro, o quizá hayan sido todos estos años bebiendo y drogándose que han acabado por minar su salud. En cualquier caso no durará mucho.

—Hablaré con Cash y lo volveré a llamar —le dijo Tippy—; dígame su número.

Tras anotarlo, Tippy le agradeció que le hubiera dado la noticia con tanta delicadeza y colgó. Después, hundió el rostro entre las manos y se echó a llorar. Lloraba por la infancia que no había tenido, por la madre que nunca la había querido.

Todavía tenía que decírselo a Rory, pero estaba segura de que no sentía afecto alguno por aquella mujer cruel, igual que ella. ¿Estaba tan loca como para volver y darle a su madre otra oportunidad para que la hiriese?

Hasta hacía un año no había tenido a nadie en quien buscar apoyo y consuelo cuando se había visto en una situación difícil. Había tenido a Rory, sí, pero no había querido preocuparlo con cosas que no podía comprender. «Pero ahora sí lo tengo», pensó. Volvió a levantar el auricular y marcó el número de la jefatura de policía. Cuando pidió que la pasaran con Cash, apenas tardó unos segundos en estar al aparato.

—¿Qué ocurre? —inquirió de inmediato—. ¿Ha pasado algo malo?

Tippy se rió suavemente, a pesar de la mezcla de sentimientos contradictorios que la agitaban por dentro.

—¿Por qué tendría que haber pasado algo malo?
—Nunca me llamas al trabajo.
—Te estás volviendo muy intuitivo... —murmuró Tippy.
—Ya te lo dije; me lo estás pegando. Bueno, ¿vas a contarme qué ha sucedido?

Tippy inspiró profundamente.

—Mi madre se está muriendo, y quiere vernos a Rory y a mí.

Cash se quedó callado un momento.

—¿Se lo has dicho ya a Rory?
—No, todavía no ha vuelto de Houston. Yo... Cash, me gustaría que estuvieras aquí cuando tenga que hacerlo.

Cash se sintió halagado.

—De acuerdo.

Tippy volvió a reír, de un modo algo tembloroso.

—No pensé que fueras a aceptar tan rápido.
—Bueno, en cierta forma soy el cabeza de familia —apuntó Cash—... aunque no sea tan bueno como tú en el manejo de la sartén —bromeó.

Tippy bajó la vista a los anillos en su mano, y fue como si una oleada de calidez la invadiese. Se sentía querida, protegida.

—Gracias.
—No tienes por qué dármelas. Iré para allá enseguida.
—¿No tendrás problemas por mi culpa? —le preguntó Tippy.

A pesar del cambio en el gobierno municipal, todavía seguían teniendo algunos problemas.

—No —le aseguró Cash—, tengo amigos en las altas esferas si los necesito. Pero no será necesario. Las cosas van bien.

—Pero si me dijiste que la hija del ex senador os estaba dando la lata... —comenzó Tippy.

—Bueno, ese problema en particular ahora es competencia de Houston —contestó él, muy satisfecho de sí mismo—. Nos lo hemos quitado de encima.

—Gracias a Dios —murmuró Tippy.

—Estabas preocupada por mí, ¿no es cierto? —inquirió Cash, conmovido.

—Siempre lo estoy —le confesó ella, secándose las lágrimas de las mejillas—. Ojalá mi madre hubiera sido como la tuya...

—Ya sabes lo que dice el refrán, muñeca: no puedes pedirle peras al olmo.

Tippy sonrió.

—Me gusta cuando me llamas así.

—Pues no debería gustarte; se supone que las mujeres lo odiáis porque es algo machista —la acusó Cash divertido.

—¿Y qué? Pues me gusta —replicó ella—. ¿Qué te apetece para cenar?

—Esta noche cocino yo —le dijo Cash tajante—. Tú te sentarás a ver la tele o a hacer cualquier otra cosa. Acabas de sufrir un duro golpe, y necesitarás tiempo para superarlo. A pesar de sus defectos, que son muchos y muy graves, sigue siendo tu madre.

—Eso mismo estaba pensando yo —le dijo Tippy.

—Y también has estado llorando.

—¿Cómo lo sabes? —inquirió ella.

—Ya te lo he dicho: se pega —contestó Cash—. Iré para allá en cuanto delegue unas cuantas tareas, ¿de acuerdo? Supongo que querrás salir para Georgia esta noche.

—Sí, tengo un amigo allí...

—El sargento William James —la interrumpió Cash.
—Sí; me dijo que lo habías llamado.
—Lo hice. Parece un buen tipo.
—Se ofreció a acompañarnos a Rory y a mí, para protegernos.
—Yo lo haré.
—Eso mismo le dije yo.
—Sacaré los billetes.
Tippy exhaló un prolongado suspiro.
—Gracias, Cash.
—No me des las gracias; no he hecho nada —insistió él—. Bueno, nos vemos luego.
—Bien. Hasta luego.

Rory llegó a casa justo unos minutos antes que Cash. Aunque se dio cuenta de que Tippy estaba inusualmente callada, no hizo ninguna pregunta, pero cuando apareció Cash, con la misma expresión seria, el chico se dijo que debía haber ocurrido algo.
—Le ha pasado algo a nuestra madre, ¿verdad? —le preguntó a Tippy mientras cenaban lo que Cash había preparado.
—Sí —respondió Cash—. Ha tenido un ataque al corazón y no creen que vaya a sobrevivir. Quiere veros a Tippy y a ti.
—¿Se va a morir? —inquirió Rory.
Cash asintió con la cabeza.
Rory miró a su hermana, y extendió el brazo para tomarle la mano en un gesto afectuoso.
—No recuerdo nada bueno de ella.
—Tampoco yo —contestó Tippy.
—Pero nos tenemos el uno al otro —le recordó Rory.
—Y me tenéis a mí —añadió Cash, tomando un sorbo de café.
Rory le sonrió.
—Y a ti.

Tippy sonrió también, entre lágrimas.

Cash echó su silla hacia atrás, tomó a Tippy por la cintura para sentarla en su regazo, y la abrazó mientras lloraba con la mejilla apoyada en su pecho.

Rory fue junto a ellos, Cash lo rodeó con el brazo libre, y se desahogó llorando también.

—Es absurdo que lloremos por una mujer que nos trató como si fuéramos basura —murmuró Tippy, enjugándose las lágrimas con el dorso de la mano.

—La familia es la familia; no podemos elegir a nuestros parientes —dijo Cash filosófico.

—Tippy me ha contado que tu madre sí era buena—le dijo Rory, luchando por contener las lágrimas.

—Era maravillosa —le confesó Cash—. Y mi padre era una buena persona... hasta que se enamoró de una cazafortunas y dividió a nuestra familia. Mis hermanos y él se dejaron embaucar por esa mujer, y a mí me envió a una academia militar porque me negaba a aceptar que ocupase el lugar de mi madre —le explicó con una mirada perdida en sus ojos negros—. De hecho, hace años que no veo a mi padre.

—Ni a tus hermanos, a excepción de Garon, por lo que me contaste —comentó Tippy, recordando la conversación que habían tenido sobre su distanciamiento.

—Así es —contestó él—. Garon me hizo una visita el otoño pasado. Decía que había venido para echarle un vistazo a las propiedades en venta del condado, pero creo que sólo era una excusa para verme.

—¿Se parece a ti? —le preguntó Rory.

—Es el mayor de nosotros —contestó Cash—, y es más temperamental que yo. Vive en San Antonio. Los otros dos todavía viven con mi padre, en el oeste de Texas.

—¿Y trabaja alguno de ellos en la policía? —le preguntó Rory.

—No, pero uno de mis hermanos menores es guarda de caza y pesca, y Garon trabaja para el FBI.

—¿Y no hay ninguna chica en vuestra familia? —inquirió el muchacho.

—No ha habido ni una sola en cuatro generaciones —contestó Cash—. Por eso tengo tantos celos de Judd por la pequeña que ha tenido con Crissy.

Aquella mención de Christabel le recordó una vez más a Tippy lo loco que Cash había estado una vez por ella. Presentía que una parte de él siempre lo estaría, pero llevaba en la mano los dos anillos que le había dado, y sabía que Cash la consideraba parte de su vida. Alzó la vista hacia él y le sonrió con tierna confianza.

Cash le devolvió la sonrisa, acariciando el puente de su bonita nariz con el índice.

—Estás guapa hasta cuando lloras —le dijo inclinándose para besarle los párpados—. Anda, vuelve a tu sitio y termina de cenar. Y tú también, Rory. Tenemos muchas cosas que preparar.

Los dos hermanos volvieron a sus asientos sintiéndose mejor, y cuando terminaron de comer las lágrimas de sus ojos se habían secado.

16

Les llevó unas tres horas llegar al aeropuerto internacional Hartfield-Jackson de Atlanta, y allí Cash alquiló un coche para el corto trayecto en dirección sur hasta Ashton, Georgia.

Ashton era una tranquila ciudad sureña más o menos del tamaño de Jacobsville. Tenía un juzgado de más de cuatrocientos años de antigüedad que todavía se utilizaba, y una facultad privada de humanidades. La mayor parte de las tierras en torno a la ciudad estaban dedicadas al cultivo. El sargento James, un hombre de cabello canoso y ojos verdes los recibió a su llegada. Estaba de servicio, pero había quedado con ellos aprovechando la hora libre que tenía para cenar y los llevó a un motel cercano. Cash reservó una habitación, dejaron allí su equipaje, y el sargento James los condujo al hospital de la ciudad.

La madre de Tippy y Rory estaba en una habitación compartida, y tenía conectados media docena de tubos y cables. Estaba pálida e hinchada, y su cabello, antaño pelirrojo, se había tornado gris casi por completo.

Tippy y Rory la miraron con una mezcla de emociones contradictorias, aunque la predominante era una profunda aversión. Cash se quedó de pie justo detrás de ellos, con una mano en el hombro de cada uno.

La mujer, como si de pronto sintiera su presencia, abrió los ojos. Eran de un azul acuoso, estaban inyectados en sangre y no tenían brillo. Los miró a los tres con el entrecejo ligeramente fruncido.

—¿Tippy? —inquirió con voz áspera.

—Sí —contestó su hija, sin acercarse a la cama.

La mujer suspiró.

—Gracias por venir. Imagino que no querríais hacerlo. ¿Es ése Rory? —inquirió, mirando al chico fijamente—. Dios, cómo has crecido...

Ni Tippy ni Rory dijeron nada, pero la mujer no pareció sorprenderse.

—No podéis hacer nada por mí —les dijo—. Estaba intentando desengancharme y dejar la bebida. Hacía años que no estaba sobria ni tenía la mente clara. La verdad es que no me gusta demasiado —añadió con pesadumbre—. Empiezo a recordar cosas... cosas terribles que os hice —inspiró, tosió, y contrajo el rostro—. He estado hablando con un sacerdote. Dice que no hay ningún pecado tan grande que no pueda ser perdonado —miró directamente a Tippy—. No os estoy pidiendo nada —añadió—, sólo quería que supierais que me arrepiento de todo lo que os he hecho, y que si pudiera rectificar mis errores, hacer las cosas bien... lo haría —inspiró de nuevo—. También he hablado con los federales. Les he contado cómo Sam y yo ideamos el secuestro para conseguir dinero para drogas, les he dado nombres, lugares... todo. Sam no saldrá nunca de la cárcel. Se asegurarán de que así sea. Y vosotros dos estaréis seguros.

Tippy miró a Rory y a Cash, cuyos rostros tenían la misma expresión impasible que el suyo. Habían sufrido demasiado como para que unas cuantas palabras y una disculpa atrasada supusiesen alguna diferencia.

La mujer parecía ser consciente de ello. Cerró los ojos.

—Tippy, me gustaría poder decirte quién fue tu padre,

pero no recuerdo nada de él excepto su nombre de pila, Ted, y que le gustaban los coches rápidos. Esa noche estaba demasiado drogada como para recordar nada más. Pero sí sé quién es el padre de Rory. Está detrás de vosotros.

Rory emitió un gemido ahogado al volverse a mirar al sargento James, que tan amable había sido con ellos. No podía estar más sorprendido. Tippy, sin embargo, sonrió aliviada de que el padre de Rory no fuera Sam Stanton.

—Quizá esto te compense por todo el mal que te he hecho, Rory —añadió su madre—. Él tampoco sabía que era tu padre. Lo... lo siento. Lo siento tanto...

Cerró los ojos, y no los volvió a abrir.

Se celebró un pequeño funeral en el mismo cementerio, en el que sólo estuvieron presentes ellos cuatro. El sargento William James se mostraba vacilante con Rory, igual que el chico con él, pero de aquel encuentro surgiría una relación, porque se intercambiaron las direcciones y se prometieron escribirse. El sargento era viudo y no había tenido hijos con su esposa, así que Rory llenaría el gran vacío que había en su vida.

Su madre les había dejado muy pocos efectos personales, y en cambio sí un montón de deudas. Tippy las pagó, y también el alquiler atrasado del solar donde estaba situada la caravana en la que había vivido su madre. Lo cierto era que sentía muy poca lástima de ella por el infierno que les había hecho pasar. Más bien sintió alivio, y Rory también.

Tippy, Cash, y Rory volvieron a Jacobsville. Cash había hablado con los federales antes de salir de Georgia, y había averiguado que la declaración que la señora Danbury había hecho en su lecho de muerte haría que Sam Stanton y sus dos cómplices se pudriesen en la cárcel. Para cuando comenzaran los juicios de los tres hombres, y aún faltaban varios meses, Tippy y Rory estarían encantados de poder testificar.

Entretanto, sin embargo, Tippy estaba disfrutando ya del hecho de que sus principales preocupaciones se habían desvanecido. Los cortes estaban curados, los cardenales habían desaparecido, y ya no estaba en peligro. Podía volver al trabajo.

De hecho, a los dos días de su regreso a Jacobsville, recibió una llamada de Joel Harper, y fijaron una fecha para retomar la película.

Cash no se opuso en absoluto, sino que la besó tiernamente y le aseguró que Rory y él estarían bien mientras estuviese fuera, y que incluso irían a hacerle alguna que otra visita a los estudios. A Tippy no le hacía gracia dejarlos solos, pero le había prometido a Joel reincorporarse al trabajo en cuanto le fuera posible, así que sacó un billete para Chicago, donde se iba a filmar el resto de la película, y se despidió con pena de los dos hombres de su vida.

—Cuídate —le dijo Cash besándola afanosamente en el aeropuerto, sin importarle las miradas de la gente—; no vaya a ocurrírsete hacer ninguna escena peligrosa... Recuerda que tienes un marido y un hermano pequeño que acabarán arrancándose las uñas a mordiscos si vuelves a hacer algo arriesgado.

Tippy le sonrió.

—Lo recordaré.

—Más te vale —respondió él, besándola de nuevo por si acaso.

Rory también le dio un beso de despedida.

—¿Nos llamarás, verdad? —inquirió.

Tippy lo abrazó con fuerza.

—Cada noche; lo prometo. Y vosotros dos no os metáis en ningún lío —les dijo.

—Lo intentaremos —respondió Cash.

Tippy lloró todo el vuelo hasta llegar a Chicago, y ya echaba tanto de menos a Cash que no sabía cómo podría concentrarse en el trabajo. Además, el separarse de él se le había hecho más duro precisamente porque se había dado cuenta de cuánto significaba Cash para ella. Sin embargo, aquella era una obligación con la que tenía que cumplir. En unas pocas semanas se habría acabado el rodaje, se dijo, y podría volver a casa.

Esas pocas semanas se convirtieron en una agonía. Tippy llamaba a casa cada noche para hablar con Rory y con Cash, intentando hacerles creer que lo estaba pasando muy bien y que no se sentía sola, pero echaba de menos la calidez del cuerpo de Cash por las noches. Sin él se sentía perdida.

Empezó a tener vómitos por la mañana temprano la segunda semana en los estudios, y Joel Harper, que lo advirtió, e intuyó que podía estar embarazada, tuvo en secreto una larga charla con todos los empleados acerca de su salud, diciéndoles que debía permitírsele tener tantos descansos como requiriese.

Tippy también tenía el presentimiento de que se había quedado embarazada. Casi no podía creerlo, pero a medida que fueron pasando los días y empezó a tener náuseas cada mañana, su corazón se lleno de dicha.

Se compró una prueba de embarazo y dio positivo, pero decidió no decirle todavía nada a Cash. Por el momento sería su secreto. Sin embargo, tuvo mucho cuidado de no hacer nada durante el rodaje que pudiera ser peligroso para el embarazo, y se dio cuenta de que Joel también estaba teniendo cuidado en ese sentido. De hecho, observó divertida que los dos ayudantes de dirección se preocupaban por su salud como si fueran enfermeras.

Por mucho que se repitiese que no era un sueño no podía acabar de creérselo, pero no había lugar a dudas de que estaba embarazada. Estaba segura de que Cash se pondría loco de contento cuando se lo dijese; no podía ser de otra manera cuando se le caía la baba con Jessamina, la niñita de Crissy. Le encantaban los niños, y ese bebé curaría todas las heridas de su alma. Compró lana, agujas de tricotar, y una bolsa para llevárselas a los estudios.

Como era de esperar, un reportero que los visitó un día durante el rodaje la vio tricotando y ató cabos inmediatamente. Al poco tiempo una articulista de una revista del corazón destaparía la noticia con mucho humor, diciendo que se había visto a la recientemente casada señorita Moore pasar su tiempo libre tejiendo ropita de bebé. Sin embargo, por suerte para Tippy ya había terminado el rodaje y estaba de vuelta en Jacobsville cuando se publicó la noticia.

Tres noches después de su regreso, Rory estaba fuera, de acampada con dos de sus nuevos amigos, y ella estaba acurrucada viendo la televisión con Cash.

—¿Tendrás que volver para volver a rodar alguna escena? —le preguntó él.

Tippy, que tenía el rostro oculto en el hueco de su cuello, esbozó una sonrisa.

—No lo creo —murmuró—. Joel me aseguró que no haría falta; incluso hicimos unas cuantas escenas de más, por si acaso.

—¿Por si acaso?

—Bueno, es que dentro de unas semanas tendré un aspecto muy distinto.

Cash, que tenía la vista fija en la pelea del *western* que estaban viendo, no estaba prestando mucha atención a la conversación.

—¿Tendrás un aspecto distinto? —murmuró.

Tippy metió la mano en el bolsillo de la larga blusa

suelta que llevaba puesta, y lo agitó ante las narices de Cash. Era rosa y suave, y parecía un calcetín... un calcetín muy pequeño.

Cash, al darse cuenta de lo que era, la miró boquiabierto: ¡un patuco!

Tippy sonrió divertida.

—¡Sorpresa!

Cash la atrajo hacia sí, besándola hasta casi dejarla sin respiración, con el corazón latiéndole como un loco.

Tippy respondió al beso, sonriendo llena de dicha bajo la presión de sus labios.

—Soy tan feliz... —le dijo llorando—. ¡Casi no podía creérmelo cuando empecé a tener náuseas por las mañanas durante el rodaje!

Cash la acunó contra su cuerpo, luchando por controlar las lágrimas. Hundió el rostro en el cuello de Tippy, y la abrazó con una ternura infinita.

—Un bebé... ¡Un bebé!

Tippy suspiró feliz.

—Me encantaría que tuviéramos gemelos, como Judd y Crissy, pero no hay ningún precedente en mi familia. ¿Y en la tuya?

—Tampoco —contestó Cash, levantando la cabeza y mirándola lleno de amor—. Supongo que ya es un poco tarde para hacer encargos, pero me encantaría que fuera una niña, pelirroja y de ojos verdes como tú.

Tippy se rió entre las lágrimas.

—Y a mí me encantaría que fuese un niño con el pelo castaño y los ojos negros —le susurró.

Cash le sonrió con ternura.

—Supongo que lo querremos igual venga lo que venga.

—Por supuesto —asintió ella, estirando el cuello y besándolo en la barbilla—. ¿Estás contento?

—Creo que me va estallar el corazón —murmuró Cash.

—Sé a qué te refieres.

Tippy cerró los ojos y volvió a acurrucarse junto a él. Se sentía más feliz de lo que lo había sido nunca en toda su vida.

Rory gritó y dio saltos de alegría cuando le dieron la noticia.
—¡Voy a ser tío!
Cash se rió.
—Eso parece —asintió, dándole una palmada al chico en la espalda.
—Es genial, Tip —le dijo a su hermana, abrazándola—. ¡Los chicos se pondrán verdes de envidia cuando se lo cuente!
—Hablando de chicos... —lo interrumpió Cash, poniéndose serio—. ¿Prefieres volver a la academia el año que viene, o quedarte con nosotros e ir al colegio aquí en Jacobsville?
Rory vaciló.
—Supongo que si me quedara os molestaría...
—¿Te has vuelto loco? —le espetó Cash—. ¿Quién me acompañará a pescar si tú te vas? ¡Tu hermana se pone pálida cada vez que menciono las palabras «gusano» y «anzuelo» en la misma frase!
A Tippy le dio una arcada y salió corriendo al baño.
—¿Lo ves? —le dijo Cash a Rory al instante—. No puedes dejarme solo con esto. Tienes que quedarte.
Rory esbozó una enorme sonrisa.
—La verdad es que es lo que me gustaría hacer.
—A mí también me gustaría que te quedases —le dijo Cash, revolviéndole el cabello—. Me he hecho a ti.
—Um... yo también a ti —murmuró Rory, a quien se le había hecho en la garganta un nudo de emoción.
Tippy salió del baño con una toallita mojada apretada contra la boca y los miró irritada.
—Como se os vuelva ocurrir hablar de gusanos, iré a por la sartén —les juró.

El hombre y el chico se pusieron la mano sobre el corazón.

—¡No lo haremos!, ¡lo prometemos! —le respondieron al unísono.

La expresión en el rostro de ambos era tan solemne que Tippy no pudo evitar echarse a reír a pesar de las náuseas.

Tippy y Crissy se hicieron muy amigas en los días siguientes, y el vínculo afectivo entre Cash y Rory se estrechó aún más. Las cosas en el ayuntamiento y la jefatura de policía se habían calmado, y Cash pudo por fin concentrarse en otras cosas aparte del trabajo. Dejó de ser el hombre distante que había sido hasta entonces, y comenzó a actuar como un hombre que iba a tener un hijo. A los demás policías les divertía su repentino interés por los libros sobre cuidados infantiles, y se imaginaron lo que pasaba antes de que se hiciera público. De hecho, Cash empezó a encontrarse cada mañana con cosas de bebé sobre su escritorio: patucos en toda una variedad de bonitos colores, colchitas hechas a mano, ropita, sonajeros, cucharas... Se sentía abrumado por el entusiasmo que demostraban sus compañeros hacia su próxima paternidad, aunque también perplejidad.

—Es muy sencillo —le explicó Judd—. Vas a tener un bebé, y eso implica que estás echando raíces y tienes intención de quedarte. Todos ven su trabajo y su pensión asegurados. Y aunque quisieras irte no te dejarían siquiera salir del condado.

Cash se sintió halagado, y aunque intentó que no se le notara, no pudo evitar sonreír de oreja a oreja.

A medida que fueron pasando las semanas Tippy y él fueron invitados a todo tipo de fiestas y reuniones, y poco a poco la gente empezó a ver más allá de Tippy, la actriz, y a valorar a la persona, y Cash y ella dejaron de ser un misterioso forastero y una celebridad para convertirse en dos ciudadanos más de Jacobsville. Por primera vez en la vida de ambos eran parte de una gran familia.

El término «familia» adquiriría además un nuevo significado para ellos cuando de pronto recibieron un sábado por la tarde a principios de otoño, una visita inesperada del padre de Cash y sus tres hermanos.

Tippy se quedó de piedra en la puerta al verlos. El padre, de cabello plateado, era idéntico a Cash, aunque lógicamente mucho mayor. Los otros tres hombres se parecían a él también, pero no tanto. Todos eran altos y fuertes, y ninguno sonreía demasiado.

—¿En qué puedo ayudarles? —inquirió Tippy.

Los cuatro hombres bajaron la vista a su vientre hinchado, y se fijaron en el anillo que había en la mano que descansaba sobre él, y cruzaron una mirada perpleja.

—¿Está Cash en casa? —preguntó el mayor de los hermanos.

—Sí, está en el jardín de atrás, jugando con mi hermano.

—Y... ¿usted es? —inquirió el padre.

—Tippy Grier, la esposa de Cash —contestó ella.

La sorpresa de los cuatro hombres se hizo evidente en sus rostros.

—Dijiste que no era más que un cuento, igual que las demás mentiras que publican esos periódicos —le dijo irritado el hermano mayor al padre.

—Bueno, podía haberlo sido —se defendió el anciano.

El hermano mayor, de ojos negros como Cash, y cabello castaño claro ondulado con vetas rubias, la miró fijamente.

—Está embarazada, ¿verdad? —le preguntó bruscamente.

—Es muy poco delicado; no lo tenga en cuenta —intervino el hermano más joven con una sonrisa maliciosa—. Trabaja para el FBI, y tiene tan poco sentido del humor como Cash.

—Cash sí tiene sentido del humor —replicó Tippy.

—¿Cree que hablaría con nosotros? —le preguntó el padre quedamente.

—Pues claro que sí —les dijo ella muy segura—. ¿Por qué no pasan?

Los cuatro hombres la miraron vacilantes.

—Entren, no pasa nada —les insistió Tippy, abriendo la puerta del todo con una amplia sonrisa—. Acabo de preparar café y tengo una tarta de queso recién hecha. Iba a llamar a Cash y a Rory por si les apetecía, pero si quieren ustedes también, hay de sobra para todos.

Los hombres entraron muy despacio en la casa, mirando incómodos alrededor.

—Voy a llamar a Cash —les dijo Tippy, pero los hombres estaban mirando con aprehensión detrás de ella.

—No hace falta —contestó Cash, uniéndose al grupo, y mirando a cada uno de ellos.

Hacía años que no los había visto, a excepción de Garon, que lo había visitado el año anterior. Según parecía su intención había sido tender puentes entre ellos, y habían decidido dar un paso más. Cash no tenía muy claro que quisiese volver a tener trato alguno con sus dos hermanos menores, que junto con su padre se habían puesto contra él después de que aquel volviese a casarse.

—¿Se han presentado? —le preguntó Cash a Tippy, pasándole una mano por la cintura y atrayéndola hacia sí.

—Bueno, en realidad no, aunque he imaginado quiénes son —contestó ella alzando el rostro hacia él y sonriéndole.

Los cuatro hombres se quedaron traspuestos unos segundos al ver esa sonrisa, que la transformó a sus ojos de inmediato en la modelo y actriz de fama internacional.

—Yo soy Vic —se presentó el padre de Cash—; éste es Garon... —le indicó señalando al agente del FBI, que era casi tan alto como Cash—; ése es Parker... —dijo señalando a otro hermano, más delgado, de ojos verdes y pelo negro ondulado—, que es guarda de caza y pesca; y ése del sombrero vaquero, que no se quita ni para comer, es Cort —añadió con un sarcasmo deliberado que le resbaló al hombre musculoso de ojos negros y expresión sardónica al que estaba señalando—. Es quien administra los ranchos que tenemos en el oeste de Texas.

—Yo soy Tippy —le contestó ella con una sonrisa—. Es un placer conocerlos. Bueno, ¿les apetece entonces esa taza de café y un poco de tarta de queso?

Los hombres se relajaron visiblemente, y siguieron a Cash y a Tippy a la cocina.

—¿Cocina usted? —le preguntó Garon muy educado a Tippy mientras ella servía el café.

—Pues claro que cocina —intervino Cash algo irritado.

—Ah. Eso explica lo que leímos de la sartén... —murmuró Parker con una sonrisa maliciosa.

—Eso era sólo un invento de la prensa —le dijo Garon frunciendo el entrecejo.

Cash se quedó mirándolo.

—En realidad por una vez publicaron la verdad —dijo—. Tippy le quitó al intruso una pistola automática del cuarenta y cinco de un sartenazo, y también lo redujo con ella. Cuando llegué aquí con dos coches patrulla el tipo estaba fuera de rodillas suplicándonos que lo salváramos de ella —explicó sonriendo afectuosamente a su esposa—. Se ha convertido en una leyenda en la ciudad.

Tippy le sonrió también.

—Voy a hacer que me enmarquen la sartén —bromeó riendo.

—Creíamos que lo de tu matrimonio también era una mentira de la prensa... —le dijo Garon a Cash en un murmullo.

—Pues ya ves que no —le respondió Cash, mirando a la hermosa Tippy de un modo posesivo—. No dejaré que se aleje de mi lado.

—Yo tampoco querría hacerlo —le contestó ella suavemente.

Vic tomó un sorbo de café y observó en silencio a su hijo y su nuera.

—Nunca imaginé que llegarías a casarte y a echar raíces —le confesó a Cash—, aunque tenía la esperanza de que lo hicieras algún día.

—Sí, bueno, la verdad es que me ha costado —admitió Cash.

—Es culpa mía —le dijo su padre quedamente—. Yo... también tengo la esperanza de que no sea demasiado tarde para disculparnos. Garon nos dijo que no lo echaste a patadas el año pasado cuando vino a verte, ni nada parecido, así que decidimos darte un poco de margen y acercarnos por aquí para ver si podíamos arreglar las cosas. ¿Qué opinas? —inquirió. Tenía la cabeza gacha, pero sus manos tenían asida con fuerza la taza de café.

Cash inspiró profundamente.

—Creo que ahora entiendo por qué ocurrió lo que ocurrió —le confesó Cash. Sus ojos negros se posaron en el sonriente rostro de Tippy—. No podría apartarme de Tippy estuviera ya casado o no —dijo de pronto.

Tippy lo miró sorprendida, tanto por sus palabras como por la mirada en sus ojos. Sentía como si estuviese flotando. Nunca antes había mencionado Cash lo que sentía por ella, aunque se lo demostrase frecuentemente.

Cash tomó su mano, entrelazando sus dedos con los de ella, y le sonrió antes de girar de nuevo el rostro hacia su padre.

—No podemos volver al pasado y cambiar las cosas —dijo al fin—, así que supongo que ya es hora de enterrar el hacha de guerra.

Su padre sonrió por primera vez.

—Ya es hora —asintió.

—Por cierto, Cash, tenemos una noticia para ti —le dijo Garon—: vamos a comprar la vieja casa de los Jacob y sus terrenos.

Cash lo miró sorprendido.

—Había oído que habíais ido a verla, pero no pensé que os interesara: no criáis caballos.

—Ni vamos a hacerlo —contestó Garon—. Voy a convertirlo en un rancho de ganado y a criar toros angus negros purasangre.

—¿Tú? —inquirió Cash aún más sorprendido, pues Garon era abogado.

—Bueno, en algún sitio tengo que vivir —contestó su hermano, lanzando una mirada irritada al hermano más joven, Cort, que seguía con el sombrero puesto—. Está pensando en casarse.

—¡Vaya!, ¿alguien que yo conozca? —preguntó Cash, aunque apenas recordaba a la gente del lugar donde había crecido.

—Todavía no ha elegido a la afortunada —respondió Parker con una sonrisa burlona—. Quiere formar una familia, así que tiene intención de empezar a buscar candidatas este mismo año.

—Es un pretencioso —añadió Garon con un brillo malicioso en los ojos—. Se cree que es guapo.

—Es que lo soy —contestó Cort, muy seguro de sí mismo.

Todos se echaron a reír.

—Pero ésa no es la única razón por la que pensé en comprar la propiedad —añadió Garon—. Queríamos tener una base de operaciones más cerca de ti.

—Además —intervino Vic—, hemos oído que la policía de Jacobsville es muy eficiente.

Cash le sonrió.

—Puedes jurarlo.

Se quedaron bastante rato, y todos disfrutaron con aquella reunión familiar. Luego se les unió Rory, y se hicieron de nuevo las presentaciones pertinentes. El chiquillo se quedó fascinado sobre todo con Garon, ya que era agente del FBI, y se pasó media hora haciéndole preguntas sobre qué debía hacer cuando terminase el instituto para ingresar en el cuerpo.

Cuando se marcharon, Cash tuvo el presentimiento de que en el futuro las cosas les iban a ir mucho mejor a todos. Todavía había algunas heridas sin cerrar, pero eran pequeñas y muy antiguas, y con el tiempo también acabarían por curarse.

Tippy y él los despidieron mientras Rory se iba al salón a ver una película. Tippy se había estado fijando en unas cuantas cosas durante la visita, como que tanto el padre como los hermanos llevaban ropa de firma. No era ostentosa, pero se veía que era cara. Además, conducían un Mercedes nuevo, último modelo.

—¿Son tan ricos como parece? —le preguntó a Cash.

Él asintió con la cabeza.

—Sí. Mi padre creía que, con tal de vivir a sus expensas y heredar su fortuna, me quedaría con él y me olvidaría de las rencillas, pero se equivocaba.

Tippy lo abrazó.

—Yo supe que el dinero no te importaba cuando me llevaste del hospital al hotel después de que dispararan a Crissy.

—Ese día me sorprendiste —le dijo Cash—. Me gustó lo que vi en ti.

—Pues no lo demostraste —le recordó ella.

Cash le sonrió con cariño.

—No me atreví. Tenía miedo de sucumbir a los encantos de una modelo de altos vuelos que exudaba *sex appeal* por todos los poros.

—Era sólo apariencia —contestó ella—. Fingía ser una vampiresa, pero en el fondo siempre he sido tímida e introvertida.

Cash la besó en la nariz.

—Sigues sin ponerte las gafas —comentó.

Tippy se rió.

—A veces lo hago, cuando no estás en casa.

—Eres una vanidosa —la picó Cash—. Y además sin necesidad. Estoy seguro de que estarías muy sexy con gafas —añadió besándola con ternura—. Creo que estarías sexy de cualquier modo.

—¿De veras? —inquirió ella sin aliento.

Cash la besó con más ardor, y al sentir que su cuerpo comenzaba a excitarse, y a reaccionar a la proximidad entre ambos, dejó escapar un gemido.

Tippy le mordió el labio inferior.

—Cash, ¿por qué no subimos? Podríamos cerrar la puerta del cuarto con pestillo y...

—Pero Rory...

—Está viendo una película —le susurró Tippy—, y no haremos ruido...

—Habla por ti —murmuró Cash, besándola y gimiendo de nuevo.

Tippy sonrió contra sus ansiosos labios.

Hacía calor en el dormitorio, pero ni Cash ni Tippy se preocuparon por poner el aire acondicionado. Cash apenas esperó dos segundos tras echar el pestillo para tumbarla impaciente sobre la cama, y no se paró siquiera a retirar las sábanas.

Tippy lo ayudó a deshacerse de la ropa, pero para eso Cash tampoco tuvo paciencia.

—Perdona —le susurró mientras se posicionaba entre sus largas piernas, sintiendo como su cuerpo se estremecía de deseo—, pero es que no puedo esperar...

—No pasa nada... yo tampoco puedo... —jadeó ella, abriendo las piernas para permitirle que la poseyera.

Miró a Cash a los ojos, y la sorprendió el fuego que vio en ellos. Cash empujó las caderas con fuerza, y Tippy le clavó las uñas en los hombros al sentir la primera oleada de placer.

—¿Te he hecho daño? —inquirió Cash al instante, deteniéndose.

—¡No! —exclamó ella temblorosa—; ¡vuelve a hacerlo!

Los ojos de Cash centellearon lujuriosos, y se deleitó en la sensación del interior de Tippy en torno a sí: húmeda, cálida, y suave. Se echó hacia atrás y volvió a empujar sus caderas contra las de ella una y otra vez, en embestidas rápidas e impacientes.

Sin embargo los vaqueros de Tippy le estorbaban, y maldijo entre dientes mientras se detenía para quitárselos. Tippy no protestó por la interrupción; apenas podía pensar.

—Vamos —le susurró Cash—, envuélveme con esas piernas y verás lo adentro que puedo llegar.

Tippy gimió de nuevo; estaba ardiendo. Lo rodeó con las piernas, y arqueó las caderas ansiosa. Cash empezó a moverse otra vez, y observó cómo las facciones de Tippy se tensaban de placer.

—Esto se nos da bien —le susurró Cash sin aliento—. Y cada vez nos sale mejor.

—Sí, mejor... mucho mejor —asintió ella.

Se arqueó aún más, estremeciéndose cuando los envites de Cash comenzaron a llevarla poco a poco hacia el clímax, en una espiral creciente de placer. Sus ojos se quedaron vacíos de expresión, las pupilas se le dilataron, y sus gemidos se acompasaron al ritmo frenético de los movimientos de Cash.

En el interior de su cuerpo se produjeron de pronto una serie de hermosas explosiones de calor, que hicieron que el placer fuera más y más en aumento, hasta que reventó, como una presa desbordada.

Arqueó la espalda, e intentó contenerse, pero finalmente no aguantó más, y prorrumpió en gritos ahogados de placer. No reconoció su propia voz.

Cash alcanzó la cima al tiempo que ella. Se convulsionó violentamente, y de su garganta escapó un intenso y áspero gemido. Después se quedó quieto, y se desplomó sobre ella totalmente exhausto.

Tippy, temblorosa debajo de él, sintió que todo su cuerpo palpitaba. Cerró los ojos, y lo abrazó con fuerza, maravillándose de cómo parecía que estuviesen respirando al unísono.

—Es distinto cada vez —murmuró—. Y siempre es mejor que la vez anterior... aunque la última vez fue increíble.

—Es verdad —le contestó Cash en un susurro, imprimiendo besos por todo su rostro.

Tippy enredó los dedos en su húmedo cabello, y sonrió cansada.

—Nunca había sido tan intenso.

—Es que cada vez estamos más compenetrados —le respondió Cash—. Y también está el bebé —añadió, bajando la mano a su vientre hinchado, y presionando suavemente la palma contra él—. Me parece increíble cuando pienso que aquí dentro está nuestro hijo.

Tippy le acarició la boca con las yemas de los dedos, y sonrió.

—Te quiero —le susurró.

Cash levantó la cabeza y la miró a los ojos.

—Y yo a ti, Tippy —le dijo muy solemne—, con todo mi corazón. Quiero pasar a tu lado el resto de mi vida.

Tippy emitió un gemido ahogado de emoción.

—¿Acaso no sabías lo mucho que te quiero? —le dijo Cash con ternura—. Debes haber sido la última en enterarte.

Los ojos de Tippy se llenaron de lágrimas.

—Nunca me lo habías dicho. Yo soñaba con que así fuera... ¡oh, si supieras cuánto deseaba que así fuera...!

Cash le besó en ambas mejillas, limpiándole las lágrimas.

—Cuando hicimos el amor por primera vez supe que no te habrías entregado a mí si no sintieses algo —le dijo—, pero tenía miedo de que se repitiese la historia, de que me abandonases cuando supiese las cosas terribles que había hecho.

—No, no... yo jamás te abandonaría —le susurró Tippy—. Te amo demasiado.

—Sólo ahora me doy cuenta —contestó él, besándola tiernamente—. Perdóname, cariño, por haberte hecho sufrir tanto.

Tippy sonrió, y se relajó debajo de él.

—Ya me has compensado con creces —le dijo—. Ahora sólo debemos pensar en el futuro: viviremos en Jacobsville felices para siempre, y tendremos un montón de niños... y quizás también un perro.

—Podría pedirle a Bill Harris que me devuelva la serpiente —propuso Cash.

—Y quizá un *perro* —repitió Tippy—. A Rory le encantan los perros.

Cash suspiró.

—Está bien, quizá un perro —asintió al fin, con una sonrisa.

17

Febrero llegó con unos días de calor impropios en aquella época del año. Tippy ya había salido de cuentas, y su bebé podía nacer en cualquier momento.

A pesar de que su vida con Cash y Rory hasta ese momento había sido idílica, estaba preocupada, porque Cash había recibido una llamada de Washington, y no le había dicho qué asunto la había motivado. Estaba casi segura de que le habían ofrecido alguna misión secreta.

A pesar del amor que se profesaban, Cash seguía siendo un hombre inquieto, y no estaba muy convencida de que fuese a ser capaz de quedarse para siempre en una pequeña ciudad como Jacobsville. ¿Y si decidía que quería volver a su anterior vida, llena de riesgos y de peligros? Tippy no creía que pudiese soportarlo.

Desde que se casara con Cash, la vida de la joven se había vuelto cada vez más relajada. Ya hacía tiempo que había terminado el rodaje de la película de Joel Harper, y seguía recibiendo derechos residuales por la primera en la que había participado. Joel le había ofrecido un papel en otra que tenía en proyecto, pero Tippy quería esperar a tener su bebé antes de tomar decisión alguna.

Aunque había muchas mujeres que compatibilizaban

trabajo y maternidad, Tippy no estaba segura de que aquello fuera lo que quería. De hecho, lo cierto era que no tenía necesidad de seguir trabajando, porque Cash y ella sumaban más dinero del que podrían llegar a gastar jamás.

Ella había hecho una pequeña fortuna como modelo y después como actriz, pero no quería vivir su vida constantemente bajo la mirada pública, sobre todo cuando tenía que pensar no sólo en ella, sino también en Rory, y en el bebé que iban a tener. En Jacobsville se sentía muy a gusto, y las hordas de reporteros no la seguirían hasta allí. La gente del lugar todavía hablaba de cómo se había quitado de encima Matt Caldwell a la prensa antes de casarse con su querida Leslie, que arrastraba un trágico pasado. Desde entonces los reporteros de la prensa amarilla raramente se atrevían a poner los pies por allí.

Tippy sonrió al pensar en aquello. Tendría privacidad, y su propia familia. ¿Qué más podría necesitar para ser feliz? Y más adelante, si sintiera deseos de retomar su carrera, sabía que Cash la ayudaría en todo lo que pudiese. Era maravilloso tener libertad de elección.

En ese momento, sin embargo, su única preocupación era su inminente parto. Su ginecóloga le había dado una fecha tope, pero si por algo se caracterizaba la naturaleza era por su imprevisibilidad. ¿Y si se ponía de parto precisamente un día en que estuviese sola?

Irónicamente, quiso el destino que, el día siguiente a la misteriosa llamada que había recibido Cash, rompiera aguas mientras estaba preparando el desayuno. Rory, que venía de arriba, acababa de entrar con sus libros en la mano, y Cash estaba abrochándose la camisa, cuando ocurrió.

Tippy se quedó plantada en medio del charco, y emitió un grito ahogado, mezcla de temor y vergüenza.

—Tranquila, no pasa nada —le dijo Cash al momento con una sonrisa tranquilizadora. La ayudó a sentarse en una silla, y mandó a Rory a por un par de toallas del baño—. El bebé está en camino, eso es todo. Vamos a irnos ahora mismo al hospital, así que no te preocupes por nada, ¿de acuerdo?

—De acuerdo —asintió ella, más calmada.

Rory extendió una toalla sobre el suelo y le dio la otra a Tippy.

—Me adelantaré e iré abriendo el coche —les dijo.

—Buen chico —contestó Cash—. Iremos enseguida.

Alzó a Tippy en volandas, sonriendo de oreja a oreja.

—Vamos a por nuestro bebé —le susurró travieso.

Tippy le rodeó el cuello con los brazos y hundió el rostro en el cálido hueco de su hombro cerrando los ojos.

—¡Oh, Cash, soy tan feliz...!

—Yo también. ¿Han empezado las contracciones? —le preguntó cuando Tippy se puso tensa y gimió.

—¡Sí!

—Respira, cariño, respira como practicamos en las clases de Lamaze, ¿de acuerdo? —le dijo haciéndolo él mismo para que lo siguiera.

Sin embargo, el dolor era cada vez más intenso, y las contracciones cada vez más fuertes.

Cash la sentó sobre la toalla en el asiento del copiloto mientras Rory se sentaba detrás, y luego, manteniendo la calma para no poner más nerviosa a Tippy, puso el vehículo en marcha.

De camino al hospital, llamó con el móvil para avisar a la doctora de cabecera de Tippy, Lou Coltrain, de que iban para allá, y ésta le dijo que se pondría en contacto con la ginecóloga para que estuviera preparada. La suerte quiso que ya estuviera en el hospital, porque había ido a asistir el nacimiento de otro bebé.

Ya dentro del hospital, un enfermero se acercó a ellos con una camilla, donde se tumbó Tippy. Avanzaron por el pasillo hacia la sección de maternidad, con Cash agarrándole una mano a Tippy y Rory la otra. Las enfermeras la llevaron a la sala de partos, y empezaron a prepararla de inmediato, mientras Cash se ponía una mascarilla y una bata, y al pobre Rory lo mandaban a sentarse en la sala de espera.

—¡Cielos, prácticamente ha dilatado del todo! —exclamó la ginecóloga cuando la sentaron en el potro—. La cabeza del bebé casi está fuera. Empuja, Tippy; eso es, empuja, esto va a ser muy rápido, ya verás.

—¿Es una niña? —inquirió Cash esperanzado.

La doctora Warner lo miró por encima de la mascarilla. Sus ojos sonreían.

—Por el momento me temo que todavía no podemos saberlo.

Cash, que todavía estaba sosteniendo la mano de Tippy, se rió suavemente.

—Estoy aquí, a tu lado —le dijo cuando la escuchó gemir—. Todo va a salir bien. Sólo un poco más...

La doctora daba órdenes, y Tippy las seguía con Cash animándola todo el tiempo. En menos de cinco minutos el bebé estaba fuera berreando a pleno pulmón. Después de lavar a la sonrosada criatura, la enfermera la envolvió en una mantita, y se la puso a Tippy en los brazos.

Tippy abrió la mantita y Cash se inclinó para mirar. Un grito ahogado de sorpresa escapó de su garganta.

—Una niña —susurró como si hubiera descubierto el secreto del origen de la vida—. ¡Una niña! —se agachó y besó a Tippy con pasión—. ¡Oh, Dios, eres maravillosa!

Una de las enfermeras estaba mirándolo con los ojos como platos.

—¿No quería usted un niño?

—Quizá más adelante —le dijo Cash, con la voz quebrada por la emoción—, pero primero quería una niñita pelirroja y de ojos verdes como su madre —murmuró.

Incapaz de seguir conteniendo la felicidad que sentía, Tippy empezó a llorar.

La enfermera suspiró y esbozó una amplia sonrisa. Qué

mujer tan afortunada, pensó: guapa, rica, famosa, y con un hombre así enamorado de ella, y feliz de que lo hubiera hecho padre.

Cash no habría querido apartarse ni un segundo de su esposa y la pequeña, pero tenía que ir a casa a por ropa y objetos de aseo para Tippy.

—¿No irás a aceptar alguna misión en el extranjero, verdad? —inquirió Tippy, dando voz al temor que la había consumido desde aquella llamada.

Cuando Cash se volvió hacia ella, la encontró mirándolo con ojos asustados.

—¡No! —susurró inclinándose para besarla—, ¡por supuesto que no!

—Perdona —balbució Tippy, secándose las lágrimas que escaparon de sus ojos—. Es que... cuando te llamaron... ¡me entró tanto miedo de que no fueras feliz aquí y echaras de menos el riesgo y la aventura de tu antiguo trabajo...!

—Soy muy feliz aquí —le aseguró él con ternura—, y les dije que no. Me estoy haciendo mayor para eso. De hecho, debí dejarlo hace ya cuatro años. Por eso volví a la policía. Aquí tengo una vida, pertenezco a una familia... Es lo que siempre he querido, y no pienso renunciar a ello.

Tippy lo besó afanosamente.

—¡Oh, Cash!, ¡gracias!

—No, gracias a ti —replicó él—: por quererme, por este pequeño tesoro que me has dado..., por todo —sus ojos negros brillaban—. Nunca creí que pudiera llegar a ser tan feliz.

—Tampoco yo —respondió ella, sonriéndole entre lágrimas.

—Sólo voy a casa a por tus cosas —le prometió Cash—, no a una misión secreta a tus espaldas. Te doy mi palabra.

—De acuerdo —contestó ella sonriéndole, mientras le daba el pecho a su hija—. Vuelve pronto.

—Lo haré —dijo Cash riéndose suavemente. Se quedó mirando un buen rato a su pequeña—. ¿Has pensado cómo la llamaremos? Quizá podríamos ponerle Tristina Christabel.

Tiempo atrás Tippy se habría sentido dolida ante esa sugerencia, pero Christabel se había acabado convirtiendo en su mejor amiga, y nada podía parecerle más natural que el que su hija llevase su nombre. Además, tampoco la preocupaba ya que Cash pudiera estar todavía algo enamorado de la esposa de Judd, porque sabía que era ella quien ocupaba su corazón.

—Me gusta —respondió con una cálida sonrisa.

—A mí también —dijo Cash.

Le guiñó un ojo y salió por la puerta, aún sonriendo.

Cash estaba caminando por el aparcamiento del hospital para volver a su camioneta negra cuando oyó un helicóptero sobre su cabeza. Alzó el rostro, y justo en ese momento vio que lanzaban un pequeño paracaídas del aparato, que se alejó en dirección a la base aérea de San Antonio.

Lleno de curiosidad, Cash observó la caída del paracaídas hasta que se posó en el suelo, y fue a recogerlo. Colgado del paracaídas, había una pequeña mochila negra que contenía un jersey de cuello vuelto, unos pantalones de chándal, un par de zapatillas de deporte, un pasamontañas, y un par de guantes... todo en color negro, y todo de bebé. Del cuello del jersey colgaba una placa de identificación militar que decía «CIA».

Cash observó el helicóptero mientras se perdía de vista sin poder parar de reír. Tippy no se creería aquello, pensó dirigiéndose a la camioneta con la mochila y el paracaídas. Aquello le hizo recordar los viejos tiempos: los días sin ataduras, los días de riesgos, de peligros, de subidas de adrenalina... Miró alrededor, paseando la mirada por la pequeña ciudad que había jurado defender y proteger, y de pronto supo que había hecho la elección correcta. Arrancó la camioneta y puso rumbo a casa a través de las tranquilas calles de Jacobsville.

Entretanto, dentro del hospital, Tippy Grier estaba cantándole una nana a su primer vástago mientras su hermano pequeño, sentado en una silla junto a la cama, la escuchaba con una sonrisa en los labios. La fama y la gloria eran sólo algo pasajero, pensó la joven. La verdadera felicidad estaba en amar y ser amado. Cash, Rory, y el bebé eran para ella algo más precioso que el mayor de los tesoros.

Miró a Rory con el corazón en los ojos.

—Acabo de recordar algo —le dijo.

—¿El qué? —inquirió Rory.

—¡Que hoy es mi cumpleaños! —exclamó Tippy, echándose a reír. Bajó la vista a la criaturita que tenía en brazos—. ¡Y vaya regalo he recibido!

Tenía que acordarse de decírselo a Cash cuando volviese.

Aquellas Navidades fueron las mejores de sus vidas. Las elecciones habían sido muy emocionantes, y Calhoun Ballenger había resultado elegido senador con un amplio margen frente a su oponente. Janet Collins había sido sentenciada a cadena perpetua por el asesinato del viejo señor Hardy. Julie Merrill todavía seguía huida de la justicia, y se le imputaban varios cargos, entre los que se contaban incendio provocado y tráfico de drogas. Dos ediles también estaban implicados en tráfico de estupefacientes, al igual que el ex alcalde en funciones, Ben Brady, que se había esfumado misteriosamente. La fecha del juicio de los secuestradores de Tippy se había fijado para el verano, pero la joven no estaba preocupada... no con la confesión que su madre había hecho en su lecho de muerte a los federales.

Era la única cosa noble que había hecho por Rory y por ella.

Entretanto, Rory estaba escribiendo a su padre, feliz de poder saber más cosas sobre él. Tippy nunca sabría quién había sido el suyo, pero se consolaba diciéndose que era mejor no saberlo, ya que podía haber sido incluso peor que su madre y Sam Stanton. Además, tenía a Cash a su lado, y eso lo hacía todo más soportable. Cada día que pasaba estaban más enamorados.

Sin embargo, la mayor alegría en casa de los Grier era la pequeña Tris. Tenía encandilados a sus padres y a su tío Rory, por no hablar de los ciudadanos de Jacobsville. De hecho, de los coloridos paquetes que había bajo su enorme árbol de navidad de más de dos metros y medio, la mayoría eran para ella.

La película de Tippy se estrenaría dentro de seis meses, y aunque eso significaría que tendría que dedicar algún tiempo a la promoción, Cash ya estaba planeando acompañarla y llevarse con ellos a Tris y a Rory.

—Sabes que cuentas con mi apoyo si quieres volver a actuar, ¿verdad? —le dijo Cash un día.

Tippy le sonrió.

—Lo he estado pensando, pero no estoy segura de querer hacerlo. Hay muchas cosas que podría hacer aquí en Jacobsville si quiero trabajar. Podría abrir una agencia de modelos, o podría incluso retomar mis estudios, licenciarme, y dar clases de interpretación en la universidad como profesora adjunta.

—¿Y no echarás de menos los focos, los estrenos, las entrevistas...? —inquirió él suavemente.

Tippy se dio cuenta de que Cash tenía el mismo temor que había experimentado ella cuando había recibido aquella llamada de Washington. Fue junto a él, sonriente, y lo abrazó.

—Me pasa como a ti: ya me he cansado de estar en el ojo

del huracán, de perseguir el éxito y la fama. Lo único que quiero es criar a nuestros hijos y pasar el resto de mis días y mis noches contigo.

Cash asintió.

—El dinero y el éxito sólo te dejan vacío cuando no tienes con quien compartirlos.

Los ojos de Tippy se iluminaron.

—¡Eso es exactamente lo que yo estaba pensando!

Cash le lanzó una mirada maliciosa.

—Sin duda debe estar pegándoseme algo de ese sexto sentido tuyo.

Tippy se echó a reír y lo besó afanosamente.

—Te quiero.

—Y yo a ti —le respondió Cash.

La tomó de la mano y entraron juntos en la casa.

Rory y sus amigos estaban jugando en el salón con la videoconsola, y Tris balbuceaba en su corralito.

—Jefe Grier, ¿es verdad que estuvo usted en los Texas Rangers? —le preguntó uno de los chicos.

—Sí, es verdad —asintió él, mientras Tippy iba a tomar a la niña en brazos.

—¿Y disparó alguna vez a alguien? —inquirió el mismo chico.

Aquella pregunta, meses atrás, habría destrozado a Cash. Sin embargo, desde el día en que le había confesado todo a Tippy, y había hablado después con un sacerdote, era un hombre nuevo.

—Cuando de lo que se trata es de hacer cumplir la ley, siempre hay que procurar dejar eso como último recurso —le respondió con una sonrisa.

—¿Quieres jugar, Cash? —lo invitó Rory.

Cash puso mala cara.

—¿Para qué?, ¿para que me deis una paliza? ¡Ni hablar!

Todos se echaron a reír, y Tippy se unió a ellos con la pequeña.

—¿Qué crees que será Tris cuando sea mayor? —le preguntó a Cash.

Él miró a su hijita, y luego a ella.

—Será preciosa —le dijo con una ternura infinita.

Y en efecto así fue.

www.ingramcontent.com/pod-product-compliance
Lightning Source LLC
LaVergne TN
LVHW030337070526
838199LV00067B/6318